생각해 봤는데
　　너무하다 싶어

생각해 봤는데
너무하다 싶어

박성규 소설

차례

단편소설

안전지대 / 7

바람의 시간 / 41

만루 홈런 / 77

중편소설

해신당 / 105

기억의 실루엣 / 179

|해설| 지금·여기를 향한 다섯 가지 질문 / 285

작가의 말

단편소설

안전지대

바람이 멈춘 듯 느리게 지나갔다. 시원하게 불어 답답한 마음을 달래주면 좋으련만 바람마저 답답했다. 회사 출입문을 나서면서 급히 먹다 체한 듯한 가슴은 여전하다. 그런 기분은 출입문을 나서기 전부터, 어쩌면 오래전부터인지도 모른다. 요즘 들어 그런 마음이 여름철 장마처럼 이어지고 있는 원인을 어렴풋이 짐작은 하고 있다. 아니 짐작이 아니라 알고 있다는 말이 맞을 거다. 알고는 있었지만 애써 모른척하며 지낸 것 같기도 하다. 정년 때문에 흐린 날처럼 우중충한 날이 이어지다 밖으로 표출되었는지 모른다. 정년이 아직은 상당히 남아있어 초침이 째깍거리듯 그리 초조하게 생각하지는 않으려 했다. 상당이라 해 봐야 1년이 조금 넘긴 하지만 피할 수 없는 일인

데다 누구나 다 맞는 일이니 그냥 받아들이면 된다는 생각이었다. 자신한테만 있는 일이라면 모를까, 고민할 일이 아니라고 여겼다. 일어날 일은 반드시 일어난다는 말처럼 걱정한다고 없어질 일도 아니기에 될 수 있는 대로 편하게 마음을 먹기로 했었다. 마음 씀이 긍정적이라 해야 할지 태평스럽다고 해야 할지는 애매하지만, 그런 결심이 요즘 들어 조금씩 흔들리는 것 같기도 하다.

살아가는 일이 마음 먹은 대로 되지 않는다는 것을 살아오면서 체험했기에 이제는 그러려니 하는데도 그리되지 않는다. 회사 생활 말년에 이런 흔들리는 마음이라니 기분이 영 뭘 밟은 것 같을 수밖에 없다. 정년은 지금껏 안전지대라 여겨 온 곳을 벗어나는 일이다. 다시 말해 안전지대가 사라지는 것이니 심리적으로 불안할 수도 있는 일이다.

노후 대비를 꼼꼼하게 챙겨놓은 사람들이야 불안하기는커녕 제2의 인생 시작이라며 새로운 즐길 거리를 찾는 희망으로 설레겠지만 지금 그런 사람이 몇 이나 될지 궁금하기보다 자신은 그런 축에 들지 못한다는 생각이 앞섰다. 이제 일 년 남짓 남은 시간에 마음먹고 생각해 본들 별달리 뾰족한 수가 나올 리 없다는 것도 알고 있지만 설마 산 입에 거미줄이야 치겠나 싶은 심정으로 지내고 있다. 어쩌면 '안전지대'가 사라진다는 두려움과 마주할 용기가 나지 않아 뒤로 미루고 있는지도 모르는 일이기도 하다. 궁리를 해봐도 아무런 답이 나오지 않으면 그 난감함을 피하려 폭탄 돌리듯이 하는 것 같기도 하고.

어쨌든 그런 것을 떠나 기분을 우울하게 하는 건 정년이라는 시간이 다가오는 그것만은 아닌 것 같다. 요즘 들어 회사에서 자신을 대하는 모양새도 원인의 하나라는 생각이 들기도 했다. 얼마 전 배당된 업무만 해도 그렇다. "과장님 이번에 큰 선물 하나 남기시지요." 나이 한참 아래인 실장이 새로운 업무를 전하며 한 말이었다. 어찌 보면 상대의 능력을 치켜세우는 것 같아도 그게 아니라는 건 알고 있다. '큰 선물'이라는 건 해결하기 어려운 문제를 이르는 말이다. 이제 슬슬 소몰이하듯 자신을 막다른 길로 몰아간다는 생각이 들었다.

사용할 만큼 했으니 폐기 처분 대상인데 물건이라면 그냥 버리면 간단하지만, 사람이다 보니 절차가 조금 다를 뿐이다. 적당한 명분으로 정년 전에 제 발로 걸어 나가게 하려는 거란 것을 알고 있다. 자신도 전에 사용한 방법을 지금도 사용하고 있다는 게 놀라운 일이다. 업무용 IT

기기들은 놀라울 정도로 발전했는데다 빠르게 발전한 AI가 어려운 일을 척척 해결해 주는데, 사람 다루는 일은 여전히 전에 방식이라 진전이 전혀 없다고 해야겠다. 인력관리가 그만큼 어렵고 난해하다는 실증이기도 하다. 그런 까닭은 인간은 사고하는 개체라 함부로 다룰 수 있는 대상이 아니라, 어려운 일이기에 개똥 치우듯이 궂은일을 맡겨 해결 못하면 제 발로 나가게 하려는 것일 거다. 한껏 예를 갖춰 정중하게 무슨 큰 선심이라도 쓰듯이 말은 했지만, 밑바탕에 흐르는 묘한 감정은 아니라는 것이 느껴졌다. "인제 그만두시지요"하는 말을 그렇게 은유적으로 한다는 것도 알고 있다.

이럴 때 조심해야 한다. 그런 느낌을 받고도 아무렇지도 않게, 못 느끼는 것처럼 대범해야 한다. 그래야 그나마 체면을 지킬 수 있다. '이게 뭐 하는 짓이야' 하며 안으로 속을 끓이더라도 참아야 한다. 괜히 실없는 용기를 밖으로 드러내 보이면 꼴사나워진다. 아무리 말년이라지만 아직은 소속이 분명하고 맡은 업무는 해야 한다. 그게 받아들이기 힘들면 간단한 일이긴 하다. 당장 사표를 쓰면 되지만 아직은 그걸 쓸 준비가 되어있지 않았다. 끝까지 버티라는 선배들의 충고 때문만은 아니다.

안전지대 밖에서 당장 할 일을 정해 놓지도 않았는데 제 성질을 못 이겨 불쑥 뛰쳐나온다면 그건 사회생활 마지막을 험하게 처리하는 꼴이 된다. 아름답지는 못하더라도 손가락질받는 일은 되지 말아야 한다. 그리고 자신한데는 대한민국 법이 일 년 남짓한 기간을 보장해 주고 있다. 회사에서 자신을 어찌 대하든 그건 크게 염두에 둘 일이 아니다. 이제 와 승진할 일도 없겠다 눈치 볼일은 더구나 없다. 그렇더라도 일을 제대로 못 하는 무능한 사람이라는 말은 듣고 싶지 않았다. 일 년이 조금 넘는 기간은 짧은 기간이지만 자신한테는 긴 시간일 수도 있다. 임원 정도 라면 사회적응을 위한 넉넉한 시간이 주어지지만, 그런 위치에 오르지 못했으니 할 말은 없다. 어찌 됐든 지금의 상황이 '이게 뭐지' 하는 생각이 드는 건 어쩔 수 없었다. 지나온 자신에 대해 아쉬움과 지금 섭섭함이 밀가루 반죽처럼 부풀어 올라 마음을 어둡게 했을 거다.

그런 찌뿌둥한 마음으로 계단을 내려오는 어깨 위로 가을 햇살이 스펀지에 물이 스며들 듯이 스며들었다. '너무 기죽지 말아' 하는 위로 같기도 했다. 고개를 들어 하늘을 쳐다봤다. 파란 하늘에는 구름 한 점 없이 맑았다. 어렸을 적 바라보던 하늘이었다. 아니 이런 날도 있었나. 도시의 갖가지 매연에다 대륙에서 건너오는 황사에 희뿌연 날이 거의였는데 오늘따라 웬일이지 하는 생각이 들었다. 모처럼 맑은 날을 맞으니 화사한 차림으로 거리를 가볍게 걷는 여인을 보듯 기분이 조금 바뀌는 것 같았다.

 축축하던 마음이 맑은 가을 날씨에 뽀송뽀송해졌지만, 거래처 담당자를 생각하면 마음이 땡감처럼 떫은 건 여전하다. 그를 생각하면 진땀이 나고 기분이 나빠지는 것은 조건반사처럼 일어났다. 파브르의 실험 개도 아닌데 이런 반응을 보이는 자신에 놀라 기분이 나빠졌다. 그리된 이유가 있다. 납품하는 회사의 중간 간부인 그를 처음 만났을 때의 인상은 붙임성 좋고 싹싹한 성격이라 좋아만 보였다. 물렁하다 느낄 정도로. 그러나 그건 터무니없는 오해였다. 겉모습일 뿐이었다. 상담에 들어가 실무 이야기를 나누다 보면 '뭐야, 이 사람 보기와 딴판이네, 아주 달라….' 느낌이 금방 소나기처럼 몸을 젖게 했다. 자신의 주장 주의를 다람쥐 쳇바퀴 돌 듯 되풀이한다는 걸 알게 된다.
 블랙홀이 주위를 온통 빨아들이듯 그도 자기 안으로 상

대를 빨아들이려 했다. 상담에서 절대 물러서지 않는 타입이었다. 그런 끈질긴 기질이 대기업서 그 자리를 지키는 능력이라 느껴졌다. 섣부른 허점을 보였다면 막강한 힘을 행사하는 그 자리를 그리 지킬 수 없었을 거다. 그가 가진 힘은 거래처의 어지간한 회사의 생사를 위협하는 정도였다. 이런저런 이유를 갖다 붙이며 거래처를 바꿔버리면 J그룹만 믿고 일하던 기업은 마른 하늘에 벼락을 맞는 꼴이 된다.

그래도 대기업은 기업 윤리라는 걸 어지간히 지키려는 것처럼 보이려 한다. 괜히 엉뚱한 일을 벌여서 갑질을 한다는 언론의 비판이라도 받게 되면 곤란해지기 때문이다. 그러지 않아도 대기업에 대한 사회의 시선이 우호적이지 않은데 그런 일이 생기면 곤란하기에 조심하는 편이다. 그런 이유에서인지는 모르지만, 그는 호감형으로 거래처 담당자를 만나서는 자신의 힘을 겉으로 드러내지 않는다. 그러면서도 어려운 문제를 자신의 회사가 절대 손해를 보지 않는 방법으로 해결했다. 그만의 특별한 재능이라 하겠다. 말하자면 구매 계통에서는 물이 녹은 베테랑이라는 표현이 맞을 거다.

그와 직접 대면해 상담하게 된 건 실무진들 간의 협상

이 지지부진해 한 단계 격을 높인 탓이다. 직위가 높아지면 결정할 수 있는 권한이 많아져 일의 성사가 이뤄질 가능성이 커진다. 실무진이 결정할 수 있는 권한이 열이라면 그보다 많은 삼사십은 될 테니 협상에 여유가 생긴다. 그렇다고 근본적인 것이 변하지는 않지만 계속 협상을 진행할 여지는 훨씬 높아진다. 협상이 어려워지면 직위를 높여 계속하는 게 일반적인 형식이기도 하다. 국가 간의 협상을 생각하면 쉽게 이해가 갈 거다. 국가 간에 해결할 일이 실무자들 간의 협의가 잘 안되면 과장, 국장, 실장에서 장관에 이르듯이 그런 거다. 장관까지도 어려우면 남아있는 카드는 한 장뿐이다. 국가 최고 CEO인 대통령이 만나 통 크게 주고받고 하는 거다.

자신이 만나는 상대는 그렇게 통 크게 결정할 위치에 있지는 않지만 그래도 장관 아래 어디쯤 위치한 사람이라 적지 않은 재량권은 가지고 있을 텐데도 워낙 틈을 주지 않으면서 상대를 지치게 했다. 그와 상담하고 나면 몸은 젖은 빨래처럼 후줄근해졌다. 만날 적마다 그랬다. 끈덕진 사람이었다. 좋게 말하면 성취욕이 강하다 할 수도 있지만, 한편으론 소통 능력이 빵점인 이기적인 사람이기도 했다. 모든 일을 자신의 블랙홀로 빨아들이려 하는 태도가 그랬다.

대기업이 중소기업의 영역까지 침범해 모든 이익을 가로채는 거와 빼 박았다. 대기업에 근무하면 인간성마저 닮아가는 모양이라는 생각이 들었다. 정말 그럴 일은 없겠지만 그의 행동을 보면서 그런 생각이 맞을거라 여겨졌다. 자신을 맥 빠지게 하는 그는 J그룹 구매 담당 이조원 과장이다.

처음 인사를 나누면서 그가 건네는 명함에 또렷하게 박힌 이름을 보고 대단하다는 생각이 들면서 혀를 깨물었다. 자칫 웃음이 터져 나올 뻔했었다. 초면인 데다 아쉬운 소리를 해야 하는 '을'의 처지에 상대를 불쾌하게 하면 협상에 좋을 리 없기 때문이었다.

속으로 '이조원, 이조원' 하며 웃음을 삼켰다. 조 단위의 이름을 가지고 있는 사람과 만나다니 이건 행운이라는 생각마저 들었다. 책에서 읽은 돈과 행복에 관한 글이 떠올랐다. 수입이 늘어날수록 행복해지는 마음은 7만 5천 달러 정도까지라고 한다. 우리 돈으로 대략 연봉 일 억정도 된다. 연봉이 억이 넘어가면 돈으로 행복감을 느낄 수 없다고 했다. 그렇다면 이 사람은 행복감을 어디서 느낄까 하는 엉뚱한 생각이 들었다. 그렇지만 이름처럼 정말 그만한 재산가라면 이 자리서 자신과 만날 일은 없을 거다. 웃음을 삼키는 자신을 바라보는 그에게 명함을 건넸다. 명함을 받아 든 이 과장도 자신과 비슷한 표정을 지었다.

"강일산업 물류 담당 김만년 과장님이 시라…." 자신의 이름도 만만치는 않았다. 아무리 백세시대라고는 하지만 만년이라니 그렇게 산다면 정말 축복이 아니라 형벌일 거다. 아주 가혹한 벌이 맞을 거다. 자신의 조부가 장수하라 지어줬다는데 이름 탓인지 만년 과장으로 퇴직을 앞두고 있다. 서로의 이름에 웃음이 나왔다. 그래도 웃을 수는 없었다. 이 과장은 서로의 그런 모습을 보며 참지 말자고 했다. 한번 웃고 나면 다음에는 웃지 않아도 된다면서 먼저 소리 내 웃었다. 거기에 덧붙여 이름과 관련된 이야기를 꺼내 놓았다.

백 씨 성을 가진 친구가 있는데 모임에서 한 말이라 했다.

"여보게 조원이, 자네는 우리 집안 사람이 돼야 했었는데 참 아쉽네."

"뭔 소리야? 왜 그래야 하는데…?"

"아 그야 이조 원보다는 백조 원이 더 낫지 않은가…?"

"듣고 보니 그렇네. 그런데 지금 가진 것만으로도 넘쳐

나서 자네 집안에 관심 없네…."

 어색해지려는 분위기를 바꿔놓는 재주도 보통 아니었다. 처음 그렇게 좋은 인상이었는데 상담하면서 딴사람이 되었다. 준비 해간 원가 변동 사항들을 코앞에 펼쳐놓았다. 원자재 가격, 인건비, 환율변동…. 관련된 수치들이 그래프로 한눈에 들어오게 만든 자료를 가리키며 납품단가를 올려야 한다고 했다. 지난번 한 얘기를 오늘 또 반복했다. 끄떡도 하지 않았다. 납품단가를 오히려 내려야 할 형편이라 했다. 지금 당신이 말한 그런 요인으로 시장이 얼어붙어 수익률이 계속 마이너스라며 되잡아 엄살을 떨었다. 이건 뭐 혹 떼려다 붙인 격이라 해야 할지 당황스러우면서 이름값을 못 하는 인물이라 여겨졌다. 이름은 거상인데 마음은 좁쌀에 홉을 파는 쫀쫀한 종지 그릇과 같은 머슴이었다.

 "이 과장님, 이런 가격으로는 계속 납품이 어렵습니다."

 "김 과장님, 우리 사정도 마찬가지입니다. 가격을 올려서 받기는 어렵지요." 그렇게 서로 배수진을 쳤지만, 최후에 루비콘강은 건너지 않을 거라는 걸 알고 있었다. 상대의 속내를 읽고 있기에 쓰지 않을 카드를 슬쩍 꺼내 보인 거다. 협상이라는 게 고무줄을 당겼다 놓았다 하는 줄다리기 게임이다. 상대를 지치게 해 잡은 줄을 놓게 만드는 거다.

지금은 서로 힘이 팽팽해 균형을 유지하고 있어 어느 한쪽으로 유리하게 기울고 있다고 할 수 없는 상황이다. 전에 같았으면 당연히 '갑'인 이 과장 쪽이었겠지만 지금은 상황이 달라졌다. 서로 그렇게 버티고 있는 건 만만찮은 세계 경기 탓이기도 하다. 살얼음판 같은 국제 경제 상황에서 새 파트너를 구하는 데는 불필요한 시간과 경비지출이 발생한다. 서로에게 득 될 게 없었다. 협상이 뜨뜻미지근해질 수밖에 없는 이유이기도 하다. 협상이야 계속 이어지겠지만 당분간은 현재 상태가 유지될 거다. 결국은 카드를 많이 가진 쪽이 이기겠지만 결론이 나기 전까지는 최고 CEO한테는 협상이 진행 중이며 좋은 결과가 곧 나올 거라는 보고가 올라갈 것이다. 그는 그렇게 믿고, 다른 일에 신경을 쓸 거다.

대기업의 최고 책임자의 자리는 한곳에만 신경을 쓸 자리가 아니다. 그런 일은 작은 기업의 책임자나 할 일이다. 진행되고 있는 사업이 문어발처럼 많은데 한 곳에 많은 시간을 쓸 수는 없는 일이다. 분 단위의 시간을 나누어 쓰는 사람이다. 그래서 세간에서 그룹이라고 부르고 있다.

대단한 능력을 발휘하는 경영인들이다. 요즘 흔한 말로 AI 같은 능력 보유자라 하겠다. 보통 사람은 작은 가게 하나를 꾸려가는데도 힘들어하는 것과는 분명 비교가 된다.

회사의 일이나 나랏일이나 흘러가는 모양새는 비슷하다. 당장 무슨 결판을 낼 듯이 하다가도 언제 그런 일이 있었느냐는 듯이 시간을 끌다가 흐지부지되는 경우가 보통이었다. 가끔 아닌 것도 있지만 대부분 그래왔기에 우리는 거기에 익숙해져 있다. 그런 게 정치다. 국내외를 막론하고 정치인들이 한 약속이 그대로 지켜지는 일은 없었다. 그렇게 흐지부지 용두사미로 끝나는 걸 알고 있으며 그런 약속을 또한 쉽게 잊기도 한다. 그렇게 잊힌다는 사실을 이용해 다음 선거에서 잊힌 공약을 다시 들고나와도 하등 이상한 일이 아니다. 정치인치고 국민과 자유를 위한다고 외치지 않은 사람은 없는데 독재자는 그들 속에서 성장했다.

기업 간의 협상도 정치를 닮아가는 모양새가 되어갔다. 급히 결정할 일이 아니면 시간을 끌게 마련이다. 그러다 보니 협상 당사자만 죽어나는 거다. 몇 달간 이 과장과 진을 빼고 나자 '말년에 이게 뭐람', 자신의 처지가 딱하다는 생각이 들었다. 어떤 회사는 말년이면 편한 부서로 보내 쉬게 한다는데 이놈의 회사는 그런 것도 없나 속으로 불평을 늘어놓았다. 고양이 쥐 생각한다는 말처럼 회사에서 퇴직자를 위해 하는 일이 전혀 없는 것은 아니었다. '사회적응 프로그램'을 운영하고 있기는 했다. 그런 것도 직원 복지를 위한 거라고 한다면 회사가 사원을 위해 아무것도 하지 않는 것은 아닌 셈이다. 프로그램 신청 대상은 퇴직을 앞둔 예비 퇴직자들이다. 자신도 대상자라 몇 번 강의를 들었는데 과연 그 프로그램이 사회에 나갔을 때 도움이 될지는 알 수 없었다. 아직 겪어보지 않았으니 알 수 없는 일이기도 했다.

그나저나 몸이 무거워졌다. 이 과장과의 실랑이 때문만은 아닌 것 같았다. 세월 따라가는 몸은 어쩔 수 없었다. 지난 시절 어른들이 어제오늘이 다르다는 말을 들으면서 엄살이 심하다고 생각했었는데 지금 돌이켜보니 엄살만은 아니라는 생각이 들었다. 나이는 숫자에 불과하다는 말은 쓸데없는 위로라는 걸 요즘 들어 몸으로 느끼고 있다. 그러면서 이리 느껴지는 게 크게 걱정되거나 아쉽지는 않았다. 세월 따라 이리되는 것은 순리라 여기고 있다. 원래 성격이 낙천적인 면이 있기는 했었지만 비좁은 현실 앞에서, 어쩔 수 없는 상황에서 변하는 게 정상일 거라는 생각이 들었다.

이조원 과장과의 협상 뒤라 피로가 몰려왔다. 나른해진 몸을 내려놓고 쉴만한 쉴 곳을 살폈다. 길 건너편에 카페가 눈에 들어왔다. 안에 조명이 환하게 대낮보다 더 밝게 빛나는 거로 봐서 영업하고 있는 게 분명했다. 요즘 가장 많이 생겨난 업종이다. 지난 시절 다방처럼 한 집 건너 하나씩 줄을 잇고 있다. 창업하는 주류층은 젊은이들이라고 한다. 바리스타 자격만 가지면 쉽게 창업할 수 있는 업종이다. 세상 살아가는 모습이 많이 변했다는 생각이 들었다. 젊음에서 도전이라는 말이 사라진 것 같았다. 힘든 걸 피하려는 사회 분위기가 못마땅했다. 그렇다고 카페를 운영하는 일을 얕보는 것은 아니지만 지난 시절 중동의 사막에서, 베트남 전쟁터에서 화약 냄새를 맡으며 땀 흘렸던 일이 떠올랐다. 하긴 그 시절은 어쩔 수 없어 그리했지만, 고생을 일부러 사서 할 일은 아니긴 하다. '그래, 저기서 좀 쉬었다 가자.' 그놈의 이조 원인지, 백조 원인지를 잊고 가벼운 마음으로 퇴근하고 싶은 생각이 들었다. 카페가 가까워질수록 안이 훤히 트인 모습이 드러났다.

창가에는 머리를 길게 늘어뜨린 젊은 여자가 앉아있는 게 보였다. 탁자에는 노트북이 펼쳐져 있고 커피가 반이 채 남지 않은 컵에 꽂은 빨간 빨대를 입에 물고 있었다. 줄어드는 커피가 아쉬운지 동작이 느릿해 보였다. 요즘 가끔 논란이 되는 '카공족'인 모양이다. 계단을 올라가 카페 문을 열려는 순간 그녀와 눈이 마주쳤다. 자신을 바라보는 눈매가 '웬일이야?' 하는 눈빛이 곱지 않았다.

'아저씨, 여긴 안 되지. 분위기 탁하게 만들지 말고 딴데 가시지.' 그런 눈빛을 광속으로 보내왔다. 출입문 손잡이서 손을 내려놓으며 A4 용지에 붉은 돋움체로 유리창에 붙여놓은 '경고문'이 눈에 들어왔다. [경로증 소지 분은 출입을 금합니다] '아…. 참 그렇지!' 사회적응 프로그램서 들었던 내용이 떠올랐다.

"사회에 나가면 안전지대를 찾아야 합니다. 그곳에서는 여러분의 안전을 담보할 수 없는 맹수들이 서식하는 밀림지대입니다. 겉모습은 같아 보이지만 여러분과는 전혀 다른 종입니다. 그들의 식성은 묘하게 당신들과 같은 햇내기 사회초년생을 좋아합니다. 식성이 다른 그 부류들은 다른 패턴을 보이기도 합니다. 맹수가 자기 영역을 혼자 차지하듯이 함께 하는 걸 꺼립니다. 자칫 그들의 공격을 받아 다칠 수도 있으니 조심해야 합니다."

그러고 보니 그녀가 보낸 눈빛이 함께하는 걸 단호히 거부하는 눈빛이었다. 갑자기 저들과는 다른 부류라는 생각이 들었다. 도서관이 아니라 카페에서 노트북을 펼쳐놓고 일하는, 스마트폰을 손에서 놓을 수 없는, 잠시라도 그게 없으면 심한 스트레스와 불안증세를 보이는 저들, 겉모습은 비슷하다고 해도 자신과 다른 것은 분명했다. 행동은 생각에 따른 결과이니 함께 할 수 없다는 의사 표현을 보낸 것이다. 소통이 어려운 그들과 같은 공간에 있는 건 어색한 일이라 주인이 알아서 안내문을 붙여놓았을 거다. 소통이 안 되면 같은 종이라 할 수 없다. 그러면 저들은 뭔가? 새로운 인류임이 분명했다. 유리창에 붙여놓은 것은 안내문이 아니라 다른 종끼리 합류해서는 안 된다는 경고문이기도 했다.

'여긴 안전지대가 아닌 모양이야.' 발길을 돌렸다.

걸음이 무거워졌다. 이조원 때문만이 아니라 새로 등장한 저들의 낯선 문화 때문이기도 하다. 유튜브에서 본 내용이 떠올랐다. 어떤 손님이 프랜차이즈 카페에 오래 머물러 논란이 된 내용이었다. '젊은이는 커피 한 잔 시켜 놓고 몇 시간을 버티면서 나이 조금 든 사람은 왜 안 된대, 세대 간의 담을 쌓고 있는 그들을 새로운 문화 패턴이라고 하지만, 그들이 흉보던 또 다른 형태의 꼰대'라는 생각이 들었다. 백세시대가 왔다면서 떠들썩 호들갑을 떨면서도 나이를 가지고 건너기 어려운 해저를 만들고 있다. '흉을 보면서 닮는다'라고 생각하며 그곳을 떠날 수밖에 없었다.

 '위대한 사상은 걸으면서 얻은 것이다.' 니체는 말했지만, 자신은 놀랄만한 그런 생각은커녕 적당히 쉴 곳 하나 찾는 것도 얼른 떠오르지 않았다. 천재와 보통의 차이었다. 천재와 평범은 종이 한 장 차이라 했지만, 아닌 것 같았다. 종이 한 장이 아니라 지구의 양 끝에 있는 것만큼 차이인지도 모른다. 그 거리감은 아득했다. 천재는 노력해 오를 수 있는 고지가 아닌 게 분명하다. 평범의 표준인 자기 몸을 데리고 걷는 거리에는 카페가 줄줄이 불을 밝히고 있었지만 그냥 지나쳤다. 조금 전의 마음이 그쪽으로 발길을 어렵게 했다. 얼마큼을 더 걸었을까, 서점이라는 작은 간판이 눈에 들어왔다. 서점 앞에 붙은 이름은 낯설었지만, 책을 보면서 쉬는 것도 괜찮을 것 같다는 생각이 들었다.

 독서가 휴식이라는 인식의 변화가 온건 그리 오래되지

않았다. 독서가 공부에서 휴식으로 의식의 전환이 되기까지는 오랜 시간이 필요했다. 왕조시대에는 과거시험을 위한 독서였다. 근래에 들어서도 그런 기틀이 바뀌지는 않았다. 고시를 위해, 좋은 대학에 가기 위해, 취업 때문에 책과 가까이했다. 그런 분위기가 바뀐 건 그리 오래되지 않았다. MZ 세대들의 특성인 자유로움이 고착된 틀에서 벗어났다. 구속되지 않고 얽매이는 걸 못 참는 세대들이다. 그들이 그렇게 자유를 누릴 수 있는 바탕을 마련해준 윗세대에 대한 이해는 부족하지만, 사회의 흐름을 바꾸는 주역임은 틀림없다.

서점 문을 열고 안으로 들어섰다. 지금껏 알고 있는 서점 모습과는 다른, 익숙지 않은 모습에 '어 이게 뭐지?' 하며 주위를 살폈다. 자신이 알고 있는 서점과는 모습이 달랐다. 달라도 아주 달랐다. 우선 서점의 크기였다. 이런 곳에서 무슨 서점이…, 라는 생각이 들었다. 독서는 공부라는 인식이 남아있어선지 그런 생각이 들었다.

실내는 아기자기하게 꾸며놓은 소녀풍의 장식에다 예쁘게 만든 소품들도 보였다. 책을 보고 있는 젊은 여성들이 드문드문 보였다. '이런, 여기도 안전지대가 아닌가?' 주위를 살펴봐도 자신을 눈여겨보는 사람은 없었다. 염려를 내려놓고 진열대에 있는 책들을 쭉-우-욱 살폈다. 책은 낯설고, 알고 있는 출판사도 없었다. 책들이 서먹하게 자신을 쳐다보고 있었다. 서먹하긴 자신도 마찬가지였다. 구석에 놓인 테이블이 보였다. 대학생으로 보이는 젊은이가 커피를 마시며 책장을 넘기고 있었다. 차도 파는 모양이었다. 맞은편 쇼케이스에는 케이크와 빵도 보였다. 자신과는 어울리지 않는 곳이라는 생각이 들었다.

'서점이라더니 빵도 파는가?' 발길을 돌려야 할지 어정쩡한 모습으로 무슨 신비스러운 것을 본 듯 서 있는 자신한테 젊은 여인이 다가왔다. 주인인지 종업원인지는 구별이 되지 않았지만, 서점 규모를 봐서 종업원을 두기에는 마땅찮다는 생각이 들었다. 지금처럼 인건비가 비싼 상태에서 이런 작은 공간의 수입으로는 감당하기 어려울 거란 생각이 들었다. 사장일 거다. 요즘 큰 힘과 자본을 들이지 않고 할 수 있는 일을 찾아 창업하는 이들은 젊은이들이니까 주인이 맞을 거란 확신이 갔다.

요즘 창업하는 업종 중에는 참신하며 반짝 빛나는 것들도 있다는데 이런 걸 두고 하는 말인가 했다.

"선생님, 독립서점에 처음 오신 것 같네요?"

"독립서점이라… 낯선 이름인데 그렇습니다. 저쪽에

앉아도 될까요?" 여자는 무슨 뜻인지 금방 알아들었다.

"그럼요, 앉으셔도 됩니다." 여기는 안전지대인 모양이었다.

"차를 마시며 책을 보셔도 됩니다." 집어 든 책을 들고 커피를 주문하고 자리를 찾아 앉았다. 책을 펼쳐 목차를 살폈다. 세계여행을 하며 쓴 기행문이었다. 지금도 '이런 책이 발간되나?' 여행이 자유로워져 세계의 곳곳이 더는 신비스러운 미지의 대상이 아닌데도 이런 류의 책이 발간된다는 게 시대에 어울리지 않는다는 생각이 들기도 했다.

"커피 나왔습니다. 뜨겁습니다. 시간 나면 저희 서점에 관한 안내 팸플릿을 참고하시면 도움이 되실 거예요." 젊은 여주인은 친절했다. 코끝에 와 닿는 커피 향이 우선 반가웠다. 뜨거움을 식히려 천천히 입에 가져갔다. 입술에 조금 갖다 댔다. 맛은 그랬다. 커피 맛의 평균치에 겨우 도달할 정도였다. 어쩌면 조금 못 미치는 것 같기도 했다. 커피 전문점의 은은하며 길게 느껴지는 카페인의 여운이 아쉬운 느낌이 들었다. 하지만 여기는 커피를 전문으로 하는 집이 아니니 맛에 대한 아쉬움은 접어두기로 했다. 카페인이 들어가자 후줄근해진 몸이 살아나는 것 같았다. 가뭄에 축 처졌던 나뭇잎이 비를 맞아 고개를 드는 것처럼 정신이 들었다.

  탁자 위에 놓인 팸플릿을 옆으로 밀쳐놓고 진열대에서 가지고 온 책을 펼쳐 천천히 읽어나갔다. '이 정도면 괜찮은데….' 예상과는 달리 독특한 내용이 다음 장을 넘기게 했다. 흔히 접하는 기행문의 유명 관광지의 유적, 유물, 도시 모습을 보여주는 평범한 그런 류가 아니었다. 저자는 문명에 오염되지 않은 곳을 찾아 그곳 사람들이 살아가는 모습을 편안하게 펼쳐놓았다. 자연과 함께 살아가는 모습을 과장 없이 그리고 있었다. 지금 자신이 있는 도시와는 전혀 다른 모습이 그려졌다. 소개하는 곳의 원주민들은 정글에서 삶을 영위하고 있지만, 갈등이 없는 그런 삶을 꾸려가고 있다고 했다. 그러면서 사람 사는 곳에 갈등이 전혀 없을 수야 없겠지만 문명사회처럼 그리 심하지는 않다고 했다. 역설적이었다. 문명이 인간 삶의 갈등 원인이라니 역설이 아닐 수 없었다.

  저자의 글에 상당히 공감하면서도 문명이 주는 혜택을 포기할 수는 없는 지금의 삶은 계속될 거다. 가볍게 읽을 수 있는 책이라 마지막 장을 넘기고 저자와 출판사를 확인해 보니 모두 처음 보는 이름이었다. 알려지지 않은 저자와 출판사가 서로 호흡을 맞춘 결과물이었다. 두고 간

팸플릿을 넘기며 '독립서점'이란 낯선 이름을 읽으며 독립영화와 비슷한 처지라는 느낌이 들었다. 메이저 출판사처럼 대량판매를 목적으로 하는 책이 아닌 것을 취급하는 곳이 '독립서점'이었다. 작은 출판사에서 소량의 책을 출판해 판매하는 곳이었다.

지금 출판계가 어려움을 겪고 있는 건 사실이지만 막상 책을 내려고 들면 그 역시 어려운 것도 사실이다. 이름이 알려진 출판사에서는 소량의 출판은 하지 않을 뿐만 아니라 저자를 가려서 출판하고 있다. 수익성을 따진 결과다. 이름이 그리 알려지지 않은 저자의 글을 출판했다간 자칫 출판비를 건질 수도 없다. 거기다 판매를 확신할 수 없는 책을 대량으로 출판할 수도 없는 일이라 조건을 정하는 건 출판사 입장에서야 어쩔 수 없는 일이기도 하지만, 책을 출판하려는 저자의 처지에서는 그런 조건이 어렵기만 하다. 그런 어려운 틈새를 메워주는 역할을 '독립출판'이 하고 있다는 걸 알았다. 필부필부의 원고를 소량으로 출판해 '독립서점'에 비치해 독자들이 가볍게 읽을 수 있게 했다. 기존의 메이저 출판사에서는 결코 할 수 없는 것을 하는 현실이 놀랍기만 했다.

그러면서 '독립'이라는 단어에 아쉬움이 들었다. 달리

통로가 보이지 않던 출판계에 활력을 불어넣는 이런 사업에 왜 '독립'이 사용되는지 궁금해졌다. 독립영화도 그렇고…. 요즘 들어 사용되는 '독립'이라는 용어는 왜소하고 어려운 환경에 처한 느낌으로 사용된다.

왜 이리 엉뚱하게 사용되는지 알 수 없었다. 대한독립만세를 목이 터지라 외쳤던 그때의 '독립'은 웅장하고 푸른 기상이었는데 지금은 작아져서 메이저가 아닌 마이너에 사용되는지 이유를 알 수 없었다. 언어는 시대를 반영한다는 말처럼 이제 새삼 독립할 일은 없으니 그 효용가치가 예전만 못함은 당연하다. 그래도 그렇지 이건 너무 작아졌다. 한동안 독립이 누렸던 영광의 자리를 '통일'이 차지했지만, 화무십일홍이라 요즘은 그마저 시들어가는 느낌이다. 언어에 생명이 있다는 것을 보여주고 있다.

웅크려 든 '독립'이란 단어가 아쉽긴 하지만 이런 '독립서점'도 필요하다는 생각이 들었다. 우리는 메이저에 익숙해 마이너에 대한 이해가 부족했다. 어쩌면 이해가 부족하다는 그 사실마저 깨닫지 못하고 있는지도 모른다. 위만 쳐다보는 성취 지향적인 사고에 빠져 이름 없는 이들이 땀 흘리는 것을 잊고 지냈다. 우리 사회의 그늘이기도 하다. 손흥민이라는 선수가 나오기까지는 이름 없는 수많은 선수가 있었다는 걸 우리는 잊고 있다. '사회적응' 프로그램에서 들은 '융합'이라는 게 이런 거라 여겨졌다. 그때 강사는 지금은 '융합 시대'라며 한 가지로는 생존이 어려운 시대라고 했다.

"지난 시절 자급자족 시대에는 혼자 살 수 있었어요. 지금은 아니죠. 자동차를 보세요. IT 제품이 워낙 많이 들어가다 보니 전자제품으로 분류해야 한다는 말까지 나오잖아요. 이제 한 가지만 가지고는 되지 않습니다. 몇 가지를 한데 묶어 새로운 것을 만드는 시대입니다. 여러분들이 퇴직해 부업으로 창업하려면 융합을 잊어서는 안 됩니다." 강사의 말에 고개를 끄덕였지만, 눈에 선명하게 들어오는 것은 없었다. 그런 강의가 대개 원론적이라 구체적 행동양식은 없어 두루뭉술 하나 마나 한 강의가 되는 게 일반적이었다. 그런데 오늘 그 두루뭉술한 강의 현실을 보는 것 같았다. 강사가 강조하던 '융합'의 현장에 자신이 지금 있다는 생각이 들었다. 쉼터 역할에 책과 커피, 아이스크림, 다과까지 다양한 상품으로 고객을 맞는 이런 곳이 강사가 말한 '융합'이라 생각하면서 빈 커피잔을 들고 무슨 귀한 것을 만지듯 쓰다듬으며 안전지대의 느긋함에 빠져들었다.

그런 기분 좋은 시간은 오래가지 못했다. 출입문이 조심성 없이 열리며 거친 바람이 사정없이 몰려들었다. 열린 문으로 우르르 한꺼번에 들어온 건 바람만이 아니었다. 여중생쯤 되어 보이는 학생들도 함께였다. 그들은 진열대서 집어 든 책을 마른 낙엽이 바람에 굴러가듯 후루루 넘기며 조잘거렸다. 책을 읽는 건지 책 구경을 하는 건지 분간이 되지 않았다. 주위의 눈치를 살피는 내숭은 없었다. 빈자리에 덜컹 소리 내며 앉아 진열대서 과자를 꺼내 먹는 행동에 스스럼이 없었다. 하교 시간이어서인지 출입문 열리는 소리가 이어졌다. '이게 뭐지?' 좀 전까지 '융합'에 대해 가졌던 놀라움이 쑥스러워지면서 이런 건 아닐 텐데 하는 생각이 들었다. 학생들이 나누는 소리가 귓바퀴를 당기며 지나갔다. 학생들이 들어오면서 책을 보던 몇 사람은 자리를 비웠고 주위는 자신뿐이었다. 안전지대가 사라지고 금세 불확실한 곳으로 변했다.

초식동물이 맹수를 피해 온 초원이 갑자기 사막으로 변한 것이다. 톰슨가젤이 어쩌다 사막에 오게 된 꼴이었다. 무리에서 떨어져 혼자 남은 톰슨가젤, 생존 가능성은 알 수 없는 일이다. 톰슨가젤은 자리서 일어났다. 사막이 아닌 초원과 무리를 찾아야 했다. 톰슨가젤의 생존에는 융합이 별로 소용이 없어 보였다. 누에는 뽕잎을 먹으라는 말이 변함없는 진리라는 생각이 들었다. 엉뚱하게 괜한 짓을 했다간 맹수들 앞에 혼자 남은 톰슨가젤 신세가 될 거라는 생각이 번개같이 지나갔다. 갑자기 속이 텅 비며 허기가 들었다.

언제부턴가 자신의 주위에 'No Senior Zone'이라는 보이지 않는 경계선이 쳐졌다. 휴전선처럼 보이는 것도 아니어서 멋모르고 발을 디뎠다간 부비트랩을 밟게 된다. 지뢰처럼 매설된 곳이 곳곳에 있다. 그곳엔 '위험'이라는 경고판도 붙어있지 않았다. 눈치가 어두운 이들은 지뢰를 밟을 여지가 충분했다. 자신의 나이를 잊고 아무 데나 들어가다 보면 매설된 부비트랩을 밟아 상처를 입을 거다. 그 상처는 다리가 잘리고 팔이 부러지는 게 아니라 마음이 폭발하는 중상을 입게 된다. 회복이 거의 불가능한 상처다. 강의에서 들은 '안전지대'가 다시 떠올랐다. 그래 딱 한 곳이 있기는 하다. 이제 그 유일한 안전지대로 가야 한다.

지하도 입구를 내려갔다. 찬 공기를 가르며 앞에 멈춘 전동차에 올랐다. 지하철 안 모습이 바뀐 지는 오래되었다. 손에 든 스마트폰을 뚫어져라 보며 무언가를 모두 하고 있다. 눈 밝은 이들은 무엇을 읽고, 누군 음악을 듣고, 나이 든 이들은 뉴스를 뒤적이며 한숨을 쉬기도 한다. 그런 분위기로 인해 전동차 안은 조용하다. 많은 사람이 이야기를 나눈다면 밀폐된 공간이라 소음이 여간 아닐 텐데 스마트폰에 전념하는 지금 모습이 괜찮은 것 같기도 했다. 다음 역을 알리는 안내방송이 나오자 내릴 사람들이 자리서 일어나며 어수선해졌다. 빈자리를 찾다 보니 의자 끝머리 경로석에 머리가 까만 사내가 앉아있었다. 아직은 그 자리에 앉을 정도의 나이는 아닌 것으로 보였다. 그는 눈을 감고 있었다. 머리 하얀 이들의 눈을 피하려는 것인지도 모른다. 자신한테 빈자리는 차례가 오지 않았다. 가끔 노인들이 자리를 두고 다투는 일이 있다는데 그런 볼썽사나운 일은 초원에서 하이에나들이 먹이를 두고 다투는 거나 같을 것이다. 나이 들수록 처신을 조심해야 하는 것도 밀림에서 생존하는 방법이다. '그래, 참아야지 그게 가장 좋은 방법이지….'

집에 도착해 현관문을 열고 들어섰다. 안도의 숨이 절로 나왔다. 집안은 조용했다. 거실은 등이 켜지지 않아 어둑했다. 아무도 없나 싶었는데 아내 방에서 불빛이 새어 나오는 게 보였다. 방문을 열려 했으나 열리지 않았다. 잠가놓은 모양이다. 안에 인기척이 느껴지는 거로 봐 아내가 있는 것은 분명했다.

"여보, 나왔어. 뭐해…?" 한참이 지나 아내의 짜증 섞인 목소리가 문틈으로 새어 나왔다.

"글 쓰고 있을 때는 방해하지 말라 했는데 또 그러네…. 집중이 흐트러지는데…."

아내의 당부를 깜박 잊은 거다. 자신이 방에 있을 때는 절대 찾지 말라는 말을 깜박했었다. 요즘 이렇게 잊는 일이 잦아져 혹시 치매가 아닌가 하다가 설마 하며 지내고 있는데 오늘 또 잊고 아내 방문을 열려고 했다. 치매라기보다 버릇이라는 생각이 들었다. 무심코 늘 하던 대로 행동하는 건 습관일거다.

아내는 요즘 작가 수업이 한창이다. 구청서 운영하는 문화 교실의 '소설창작반'서 공부를 시작한 건 꽤 되었다. 한 3년 되는 것 같기도 하다. 처음 나가게 된 건 단순했다. 글 쓰는 공부를 하는 곳이니 나오는 이들이 어느 정도 수준이 되는 이들일 거라 여겨 그들과 어울리며 살아가는 이야기나 나누며 시간을 보내려는 것 같았다. 거기다 강의하는 선생이 TV 문화 살롱에 가끔 얼굴을 비치는 작가라 재미도 있을 것이고 들을 만한 이야기도 해줄 거라는 기대가 한몫했었다.

 강의가 있는 날은 평소에 보지 못하던 즐거운 모습으로 귀가해 그날 있었던 이야기를 풀어놓았다. 대부분이 강사에 관한 이야기였다. "글쎄 그렇게 깊은 이야기를 들려주시다니 너무 감동했어요. 그분은 정말 대단한 작가라는 걸 알았다니까…. 감동이야." 이런 식이었다. 그러다 사건이 일어났다. 말하자면 긍정적인 사건이라 할 수 있다. 문화 교실에 나간 지 2년쯤 되었을 때였다. 구청에서 발간하는 소식지에 '문예란'이 생겼다. 구청 소식지는 발행된 지 꽤 되었지만, 문화예술 쪽 기사는 적었다. 문예란은 아예 없었다. 그걸 강사가 문예반 수강생들의 발표 기회를 주기 위해 만들었다. 구민이 함께하는 공동체 의식이 생기는 데 필요하다며 요구해 이루어졌다. 강사의 추천으로 문예란에 수강생의 작품이 게재되기 시작했다. 게재된 수강생의 작품을 읽은 사람들이 전화나 문자로 격려를 보내와 작품 발표자는 용기를 얻으며 즐거워했다. 축하해 주는 이들이 대부분 아는 이들이라 해도 즐거워했다. 자신의 글을 누군가가 읽고 응답을 보내온다는 사실이 놀라울 만큼 큰 즐거움이라는 걸 알게 되었다.

 처음에는 작품게재를 미루던 분위기가 나도 한 번 하

는 것으로 바뀌었다. 점차 강사의 추천이 어려워지면서 선택을 받은 사람은 마치 백일장에서 장원을 차지한 것처럼 으쓱했다. 그런 가운데 수강생들 사이에 묘한 분위기가 형성되었다. 발표자와 미발표 사이에 보이지 않는 작은 틈이 생겼다. 발표자들끼리 따로 모이는 사실을 알고 강사가 금지시키기는 했지만, 완전히 해결됐다고는 볼 수는 없는 일이었다. 발표한 수강생은 마치 작가라도 된 듯이 선별의식으로 미발표자와 구별하려 드는 사람의 마음은 정말 알 수 없었다.

아내도 발표 그룹에 들어갈 기회가 왔다. "다음 호에는 문필 씨가 준비해 보세요. 공부한 지도 상당한 데다 글을 이끌어가는 호흡도 괜찮고 문장이 다듬어진 느낌이라 추천하려고 합니다." 강사의 추천을 받고 아내는 감동해 며칠 잠을 이루지 못했다. 그러면서도 부담감에 불안해하기도 했다. 그동안 습작했던 작품에서 강사가 다듬어 보라는 작품을 가지고 한 달 내내 씨름하는 모습을 지켜봐야 했다. "그리 힘든 것을 왜 하는지 모르겠네…. 그만두면 안 되는가?"하면 "창작의 의미를 모르는 당신은 가만 계시지요."하며 말을 끊었다.

그런 시간을 보내고 발표한 작품이 문제를 일으켰다.

그냥 평범하게 지나갔으면 좋으련만 그렇지 않았다. 작품을 재미있게 읽었다는 격려의 전화가 여러 곳에서 왔다. 물론 아는 사람이 대부분이었지만 모르는 사람들도 있기는 했다. 그중에는 문화 교실 강사 선생의 제자이며 등단한 작가도 있었다. 그런 격려가 아내의 글 쓰는 수위를 높이게 한 것 같았다. 그 후부터 글을 쓸 때는 문을 닫아걸기 시작했다. 강사 선생이 뭐라 언질을 주었는지는 알 수 없지만, 열정을 쏟아놓았다. 그런 아내가 보기 좋다는 생각이 들었다.

전에처럼 하루 보내는 게 지루하다는 말이 없는 걸로 봐 시간을 제대로 보내는 것 같았다. 저러다 등단이라도 하는 게 아닌가 하는 생각이 들다가 피식 웃음이 났다. 글 쓰는 일이 얼마나 힘들고 고뇌하는 일이라는 것을 지금 겪고 있으니 알거라 여겼다. 작가라는 게 어중간하게 글 몇 편 써서 되는 게 아닌 것은 분명하니 그런 걱정은 안 해도 될 것 같았다.

어쨌든 지금은 아내의 창작 시간이다. 아내가 문을 닫아건 시간은 어쩔 수 없이 끝나기를 기다려야 한다. 좁은 방에서 어떤 명작이 나오려고 저러나 하며 소파에 몸을 내려놓았다.

덩그러니 거실에 혼자 있으니 찾아드는 적막감을 좇으려 옆에 있는 텔레비전 리모컨을 들다가 '아차, 조용히 해야지…. 또 잊을 뻔했네' 하며 내려놓았다. 그러면서 여기도 정말 안전지대인가 하는 의문이 들었다. 요즘 들어 Safe Zone이 어딘지 분간이 잘되지 않는다.

바람의 시간

꽃무늬가 양각된 잔에 햇살이 내려앉았다. 몇 가닥은 잔에 부딪혀 혜성처럼 긴 꼬리를 남기고 사라진다. 향이 아지랑이로 피어오르고, 침묵이 커피를 우려내고 있다. 몸을 파고드는 햇살에 온기가 전해진다. 고요가 조용하다.

이 시간이면 창을 넘어 찾는 햇살의 항상심이 고맙다. 오늘도 그렇다. 그리 느낀 건 사람의 마음과 비교되어서일 거다. 늘 같은 마음인 사람은 몇이나 될까?

밤잠을 설치며 뒤척인 것도 알 수 없는 마음 때문이다. 마음 안에 작은 변화가 쌓이면서 몸집이 커지면 변심이 된다. 그런 고약한 일은 상대가 있기에 생긴다. 혼자서는 일어날 수 없는 마음의 물결이다. 늘 그대로인 마음이면 좋으련만, 그렇지 못해 번뇌의 들을 걷고 갈등의 계곡을 헤매기도 한다. 그러다 늪에 빠지기도 하고.

남녀 사이에 오가는 마음의 채널은 복잡하면서도 야릇하다. 사랑에 관한 것이라면 복합성이 가중되면서 위험이 내포된다. 자칫 폭발할 수도 있는 위험물이 될 수도 있다.

사랑은-낭만적인 표현으로-꿈처럼 아름다운 것이라고도 한다. 꿈은 현실과 다르다. 깨고 나면 허무할 수도 있다. 전부 그런 건 아니지만 스쳐 지나간 바람 같은 것이기도하다. 아름답다 하는 건 상황에 따라 다를 수 있다. 사랑이 탈 없이 조용히 지나갔다면 모를까 조마조마했다면 그리-꿈처럼 아름다운-생각할 수는 없을 거다. 시간이 지났다고 모든 게 아름다워지는 건 아니다. 마음의 파도를 헤치느라 힘들었다면 가슴에 담아 둘 일은 없을 거다.

사랑의 셈법이 수학처럼 명쾌할 수는 없지만 분명한 건 밤잠을 설치게 하는 마법 같은 힘이 있다는 거다. 그런 마법에 홀렸다면 헤어나는 게 쉽지는 않을 거다. 오히려 그 상태를 계속 유지하는 게 좋을 거다. 번뇌와 갈등 없이 평온을 누릴 수 있으니까. 그 평온의 톱니바퀴가 어긋나기 전까지는 그럴 거다. 그런 상태가 아니라면 문제가 생긴다. 번뇌, 갈등, 회한, 후회, 자괴감, 분노, 증오…. 이들이 광대가 되어 밤을 기다린다. 아무리 떨쳐버리려 해도 찰거머리처럼 떨어지지 않는다. 공연을 펼치며 온갖 요설로 밤을 어지럽게 한다.

객석의 관객은 한 명뿐이다. 그를 엉뚱한 길로 데려가려 공연을 펼친다. 담담하던 관객이 제풀에 지쳐 반응을 보이면 공연 수위는 높아진다. 끝내 관객은 자리서 일어나 그들이 건네는 조끼를 걸치고 어두운 골목을 향한다. 손에는 자폭 스위치가 들려진다. 자동소총을 메고 앳된 소년에게 폭탄 조끼를 입히는 사내가 떠오른다. 눈에 익은 모습이다. 조끼를 걸치고 나면 그의 지시를 따라야 한다. 자율권은 없어진다. 마음대로 되지 않는다. 그가 가리키는 곳으로만 가야 한다. 막다른 골목이라 다른 길은 없다. 마음의 식민지가 된다. 그들의 손가락에 따라 움직이는 인형이 된다. 스위치를 누르라면 따라야 한다.

스위치를 누르는 건 마음을 파괴하는 일이다. 누르는 순간 마음은 허공으로 날아가 버린다. 마음이 떠나간 몸은 껍데기일 뿐이다. 영혼이 없는 몸뚱이를 온전히 살아 있다고 할 수는 없을 거다. 그런 일을 막으려면 초대에 응하지 말아야 한다. 어쩌다 할 수 없이 초대를 받았더라도 그들의 말에 귀를 막아야 한다. 그들의 말은 간교함으로 포장된 사탕 같은 요설이다.

그런 조끼를 걸친 이들 중에 '도대체 어쩌란 말인가'라며 팽개치는 이들이 있기는 하다. 두려움을 버리는 것이다. 그렇게 버려도 아무 탈이 없다. 그리 못하는 건 두려움 때문이다. 두려움이 마음을 붙잡고 어쩔 줄 몰라 잡은 채 있는 거다. 버리면 될 일이지만 그게 어렵다. 두려움은 크고 강하다. 은영은 광대들의 공연을 관람은 했어도 아직 박수를 보내지 않고 있다.

그렇게 어수선한 밤을 보낸 건 현우 때문이다. 광대의 말은 종잡을 수 없었지만, 아직도 그의 그림자가 어른거리는 것 같았다. 커피 향은 옅어지고 가물거리던 아지랑이도 사라졌다.

갤러리 아르떼서 그룹전을 마쳤다. 전위적인 작품이라 그런지—관람객 수준은 거기까지 못 미쳐서—반응은 기대에 못 미쳤다. 기획 단계부터 예상된 일이었지만 혹시나 하는 공간을 뒀었지만, 실망은 하지 않았다. 앞서가는 예술가는 그런 거라면서 셀프 위로를 했다. 조금은 우울한 시간이었다. 그런 시기에 보라가 전화를 했다. "바쁠 텐데 무슨 일이야?" 묻는 말에 "바빠도 그냥 지날 수는 없지." 전시회로 힘들었을 테니 만나자고 했다. 위로를 해주려는 것 같았다. 은영이 너를 생각해 주는 사람은 나밖에 더 있겠냐며 마음 바뀌기 전에 시간 내라고 했다. 특별한 일이 없어도 가끔 만나기는 했지만 고마워서 약속을 냉큼 받았다. 조금은 회색의 우울한 마음을 달래보고 싶었을 거다.

보라가 말한 곳의 출입문을 열고 안으로 들어섰다. 손님이 꽉 찬 홀이 눈에 들어왔다. 웬 손님이 이리? 입소문이 난 집인 모양이었다. 보라는 직업상 발이 넓어 최근 유명세를 타는 곳을 많이 알기에 이리 정했을 거라는 생각이 들었다. 홀은 밝기를 줄여 분위기를 깔고 있었다. 손님들이 나누는 대화와 배경음악, 빛을 발하는 조명이 믹서기 안의 혼합물처럼 산만했다. 제자리서 주위를 둘러봤다. 자신을 향해 손을 흔드는 보라가 보였다. 미희도 함께였다. 둘이 늘 같이 다니다시피 하니, 함께 나올 거란 생각은 하고 있었다. 하는 일이 비슷해 다른 친구들에 비해 같이 어울리는 경우가 많았다. 그렇다고 자신과 뜸한 사이는 아니고 그들만이 나눌 이야기도 있을 거다. 보라는 카피라이터, 미희는 C 기업의 홍보실에서 일하고 있으니 연관된 일이 있을 수 있었다.

 그들 둘이 만난다고 기분 상할 일은 아니다. 자신도 일할 때는 전화기 전원을 꺼 놓고 있어 만남이 어려울 때가 있으니 그걸 탓할 일은 아니었다. 어쨌거나 자신을 위로해주려는 마음이 고마웠다. 생각을 행동으로 옮기는 건 단순해 보이지만 그리 쉬운 일이 아니다. 마음에 두면서도 쉽게 하지 못하는 게 마음의 표현이기도 하다. 누군가에게 식사 대접을 해야지 하면서도 못하는게 현실이다.

 은영은 비워 둔 자리에 앉았다. 맞은편의 보라와 미희가 애썼다며 손을 잡았다. 따뜻함이 전해왔다. 그 따뜻함은 체온이 아니라 정이었다. 한국인만이 느낀다는 정 그거였다. 옆자리에는 먼저 온 이들이 있었다. 테이블 거리가 가까워 나누는 이야기가 의도적이든 아니든 들리게 되어있는 구조였다. '이리 가까워서야.' 속으로 중얼거리는데 보라와 미희가 메뉴판을 밀어놓는다. "오늘은 너를 위한 자리니 네가 결정해, 맛있는 거로." "얘들아, 눈물이 나려고 한다. 어쩌지, 보여줘야 하니, 이 고마운 아가씨들아…?" 엄살을 떨며 마음을 전하자 배고픈데 어서 고르라며 메뉴판을 가리켰다. 식사는 코스로 3종류, 주류도 있었다. 코스요리는 번호가 올라갈수록 값도 올라갔다.

식사는 부담되지 않게 적당히 고를 수 있는데 문제는 곁들어야 할 술, 와인이 문제였다. 술값이 만만치 않아 선뜻 이거야 하기가 어려웠다. 그런 눈치를 챘는지 "가격에는 신경을 쓰지 마! 오늘은 너를 위한 자리다." 셋이 다 술을 조금씩 곁들이며 이야기를 나누는 걸 좋아하기에 여기를 정한 것 같았다. 이럴 때 선택이 어려워진다. 그냥 식사만 할 때와 술을 곁들일 때와는 다르다. 거기다 술은 딱 두 종류, 와인과 위스키뿐이었다. 자신은 도수가 높은 건 마시지 못해 선택은 하나뿐이었다. 와인을 골라야 하는데 복잡하고 어려운 일이었다. 와인에 대한 지식이 어느 정도 있어야 할 수 있었다. 가끔 마시기는 하지만, 지역과 품종까지 살피는 수준은 아니었다.

그림을 그리다 피곤하면 마셨던 와인 이름은 보이지 않았다. 하긴 이런 곳에서 대중적이라 할 그런 와인을 취급할 리는 없을 거라는 생각이 들었다. 어쨌거나 초보 지식으로 메뉴판을 가득 메운 와인을, 그것도 처음 보는 것을 이거야 하기는 어려웠다. "어렵다, 너희가 골라봐." 미루자 "얘는, 우린 칼라가 다른 걸 알잖니, 오늘 너를 위해 특별히 와인으로 양보하는 거야." 그녀들의 재촉에 자신도 모르게 옆자리에 눈길이 갔다.

지난 시절 음식을 시킬 때 나도 같은 거로 하는 정말 개성 없는 주문을 할 때가 있었는데 그것처럼 꼴이 우스워졌다. 옆자리엔 남자 셋이 와인을 즐기고 있었다. 모습이 자연스러웠다. '저들이 마시는 건 뭐지?' 은영의 눈길을 느꼈는지 그중 한 남자와 시선이 마주쳤다. "혹시 도움이 필요하십니까?" 물었다. "지금 어떤 와인으로 할지 고민 중입니다." 은영의 대답에 "제가 좀 도울 수 있습니다만…." 옆의 남자들도 관심을 보이며 "이럴 때 네가 도움을 줘야지." 거들면서 그가 와인에 대한 지식이 많아 자신들도 그의 도움으로 즐기고 있다고 했다. 보라와 미희도 그러라는 표정이었다. 자존심을 버리고 그의 도움을 받아들였다. 그가 추천한 것으로 주문하고 나서 자연스럽게 이야기가 오갔다. 고마움에 대한 예의였다. 주문한 식사와 와인이 나왔다. 와인의 첫 잔을 맛본 보라가 조금은 아니라는 표정을 지으며 "이거 뭐야? 긴장감이 부족하잖아…." 불만스러운 말에 미희도 동의하는 표정이었다. 추천한 남자는 조금은 의아한 표정으로 "와인, 취향이 아닌가 보네요? 하긴 맛은 개인차가 있으니까."하면서도 괜찮은 와인인데 조금은 의외라는 듯이 "긴장감이라는 표현의

해석이 어렵네요." 했다. 보라는 놀랄만한, 급격하게 짜릿한 충격을 주는 자극을 느낄 수 없다는 표현이라고 했다.

자기는 도수가 높은 것을 선호하는데 오늘 친구를 위해 와인을 마시다 보니 그런 표현이 나왔다고 했다. "아 그런 느낌을 긴장감이라 하다니 표현이 아주 인상적."이라면서 "와인은 대화를 위한 것이라 자극보다는 은은함을 유지하려 하지요. 편안한 마음으로 이야기를 나눌 수 있는 분위기를 만들어 주는 술."이라 했다. "그럼 우린 대화를 하긴 어렵겠네요? 자극적인 걸 좋아하니까, 호호호." 미희의 응수에 "아니 그런 건 아니고…." 그의 황급한 진화에 모두 웃었다. "마시는 게 자극적이면 나누는 대화도 자극적이지 않을까요?" 옆자리 친구들이 거들었다.

자극적이라는 용어가 정말 자극이 된 것인지 대화가 활발해졌다. 혹시 글을 쓰는 분이냐고 물었다. 보라는 고개를 저으며 "그 비슷한 일"을 한다고 했다. 상대는 궁금한 표정이면서도 더는 묻지 않고 시선을 은영 쪽으로 옮겼다. "그런데 이분은 어떤 일로 축하를 받는 거지요?." 정말 궁금한 모양이었다. 미희가 그들의 궁금증을 풀어줬다. 상대는 과한 반응을 보이며 "아, 그래요. 오늘 귀한 분을 뵙네요." 그렇게 서로 이야기를 나누면서 분위기는 무장해제가 되었다. 와인을 골라준 남자는 현우라 했다. 와인관련 일을 하고 있다고 했다. 옆에 친구가 "이 친구 소믈리에입니다." 자랑삼아 덧붙여 소개했다. 그의 친구들도 하는 일이 이 정도의 여유를 즐길만한 직업들로 보였다.

와인을 추가로 더 마시고 일어날 즈음 현우가 "화가님, 다음에 또 뵐 수 있으면 좋겠습니다." 하며 명함을 내밀었다. 번호 따기는 어린 친구들이 하는 행동이고 그 위가 명함세대다. 호감이 간다는 뜻이다. 도움을 준 그가 고맙기는 하지만 선뜻 받기가 망설여졌다. 건너편의 보라와 미희는 괜찮다는 눈짓을 보내왔다. 현우와의 만남은 그렇게 시작되었다. 생각지도 않은 우연이었다. 우연은 피할 수 없는 작은 게 모여 이뤄지는 필연이라 했던가, 현우와의 만남은 정해져 있었는지도 모른다.

현우가 한다는 영업점을 찾기는 쉬웠다. 건물 벽에 'Time of Wind' 간판이 보였다. '카페 상호가 독특하네…. 바람의 시간이라니 자유를 의미하는 건가? 아주 감성적이야.' 바람의 이미지는 얽매이지 않는 자유라 하겠지만 그 자유에 무게가 실리면 자칫 유목민이 될 수도 있다는 생각이 들었다. 정착하지 못해 항상 떠날 채비를 하는 건 심리적으로 불안하다. 어쨌거나 여운을 남기는 이름이라 여겨졌다. 문을 열고 들어서자 은은한 조명이 은영을 맞았다.

그리 넓지 않은 홀 오른쪽 자리에 몇 명이 현우와 같이 있는 모습이 눈에 들어왔다. 현우는 은영을 보자 손을 들어 반겼다. "오늘 들린다는 연락을 받고 반가웠습니다. 그동안 잘 계셨지요?" 카운터 쪽으로 안내했다. 술을 파는 카페이긴 한데 술 판매를 전업으로 하는 것 같지는 않아 보였다. 현우가 권하는 의자에 앉자. "우선 가벼운 음료수를 드실까요?" 고개를 끄덕이자, 현우가 카운터 안 진열장에서 음료수병을 따서 잔에 따랐다. 잔을 들어 가볍게 입을 축였다. 현우는 자신이 와인에 관한 프로그램을 운영하는 가게라고 했다. 홀을 둘러보니 손님은 거의 없었다. 거의라 한 건 현우와 함께하던 이들이 있었기 때문이다. 그의 이야기를 들으니 프로그램이 매일 있는 건 아니었다. 두 가지를 겸하는 타입의 운영이었다. 이런 타입이면 찾는 손님이 되려 부담이 될 수 있지 않을까 하는 생각이 잠깐 들었지만 둘의 시너지 효과를 기대할 수도 있을 거라 여겨지기도 했다. 어느 한쪽을 택하는 것보다는 나을 수 있다는 생각이 들기도 했다.

이야기를 나누면서 자신이 있었던 자리를 자주 바라봤다. 신경이 쓰이는 모양이었다. "볼 일이 있으면 보셔도 됩니다. 바쁘신 분을 붙잡고 있으면 안 되지요." 그를 편하게 해주려고 한 말이지만 사실 그가 가면 난감하긴 하다. 와인을 혼자 즐기는 애호가도 있기는 하지만 자신은 그런 경지는 아직이다. 미리 전화를 넣은 것도 그래서다. 오늘 프로그램이 없는 날이라고 해 온 거다. 좀 전에 프로그램 참여자 몇이 들러서 담소를 나누던 중이었다며 "은영 씨도 와인을 좋아하니 함께 하는 게 어떨지요?" 현우의 말에 잠시 망설임이 있었으나 이리로 오려고 마음먹었을 때 이미 작정한 터라 "실례가 아니라면…?" 응답에 현우가 은영을 그들한테로 데려갔다. "오늘 귀한 분을 소개하겠습니다. 하은영 화가님입니다." 자리에 있던 그들은 미리 귀띔을 받았는지 환영한다며 박수로 맞아줬다. 화가를 존경한다느니, 대단하다느니 은영에 대한 환영의 말들을 풍성하게 풀어놓았다. 그러는 사이 현우가 내어온 와인을 따며 은영의 방문을 환영한다고 다시 말했다. 그렇게 그들과 만남의 연을 맺게 되었다. 현우를 우연히 만난 것처럼 그들과 만남도 그랬다.

세상을 살아가다 보면 이런 우연이 우리의 삶의 한 부분을 차지한다. 의식하지 못해서 그렇지 많은 부분일 거다. 알지 못하는 사이 내 삶의 방향이 어느 쪽으로 흘러가고 있는 것을 알았을 때는 한참이 지난 후의 일이다.

현우의 와인 프로그램에 참여한 첫날은 인상적이었다. 현우는 단정한 외모와 차분한 말투로 모두를 사로잡았다. 와인에 대한 폭넓은 지식으로 재미있게 이야기를 이끌어 갔다. 멋지다는 생각이 들었다. 현우 옆에 자리한 동철은 그와 비교되는 인물이었다. 수수한 모습과 말투가 세련되지는 않았지만, 정이 느껴졌다. '프리토크' 시간에 동철의 꾸밈없는 모습을 볼 수 있었다. 테이블에 놓인 시음 와인을 맛보며 "이 맛을 뭐라고 해야 하나? 적당한 표현이 떠오르지 않네…"라며 고개를 갸웃거리는 모습에 순수가 보였다. 동철의 그런 모습이 강의로 가라앉은 분위기를 풀어주었다. 자연스러움이 매력이 될 수 있었다.

어느 모임이나 비슷한 모습이지만 동철을 빼고는 모두 여자 회원이었다. 여자들은 자신을 표현하는 방법도 다양했다. 개성이 강했다. 유미는 언제나 정갈한 옷차림과 잔잔한 미소로 사람을 편안하게 만들었고, 소라는 밝은 옷음과 와인에 얽힌 에피소드를 풀어냈다. 나리와 지윤은 짝꿍이다. 자리를 옆에 두고 와인을 나누는 모습이 너무 다정해 보였다. 혜린은 들어온 지 얼마 안 된 듯 조신하게 이야기를 들으며 자신의 자리를 잡아가려 신중해 보였다. 같은 취향의 만남이지만 색깔은 와인의 종류만큼이나 다양했다.

 프로그램에 나가면서 현우가 다가왔다. 강사와 수강생의 신분이 아닌 이성으로의 만남이었다. 세련되고 멋있는 그가 싫지 않았다. 가슴에 작은 파도가 일렁였다. 좋아하는 마음의 일렁임이라는 게 느껴졌다. 둘만의 시간이 잦아졌다. 젊은 만남의 끝은 거리가 없어지는 거다. 그런 거리가 되기까지는 그리 오래 걸리지 않았다. 만남이 반년 되었을 무렵이었으니까 빠른 편도 아니긴 했다. 그리되는 데에는 이유가 충분했다. 서로가 좋아했으니까. 단정한 외모와 차분함으로 모두를 사로잡는 남자, 와인에 대해 넓은 지식으로 갈피를 잡지 못하는 대화의 중심을 잡아주는 남자, 너무 멋지게 느껴지며 은영의 마음에 자리했기 때문에. 이런 매력적인 남자가 좋아한다는데 싫다고 할 까닭은 없었다. 은영은 현우와 함께하기로 했다. 둘은 폭풍의 시간을 보내며 사랑의 달콤한 과즙을 즐겼다.

사람 사이에는 교감하는 거리의 값이 있다고 했다. 문화 인류학자 에드워드 홀(Edward Hall)은 사람과의 관계 유형을 4가지로 분류했다. 첫 번째 거리가 부부나 연인 사이인 아주 가까운 '친밀한 거리'라 칭하며 45cm 이내라고 했다. 사랑의 거리라는 게 더 어울릴 것 같았다. 연인 사이라면 이보다 더 가까울 수도 있을 거다. 살을 맞대고 지내는 시간이 많을 테니 말이다. 다음이 '개인적인 거리'로 45cm~1m 사이라고 했다. 세 번째가 사회적 관계, 네 번째가 공적인 관계라 했다.

서로에게 감성을 전달하는 거리의 측정값이 같으면 좋겠지만 그렇지 않을 경우가 있다. 한쪽은 친밀한 거리-사랑의 거리-로 생각하는데 다른 쪽은 개인적인 거리라 여긴다면 혼란스러워진다.

어느 날 현우가 마실 것을 고르면서 물었다. "와인은 사람의 성품을 나타내죠. 좋아하는 와인은 성격처럼 다들 달라요. 은영 씨는 어떤 종류의 와인을 좋아하시나?" 느닷없는 물음에 "달콤하고 쓰지 않은 와인." 편하게 대답했다. "그런 와인은 없어요. 달콤한 와인도 끝에는 쓴맛을 남기니까." 와인 전문가인 그가 할 말은 아니라 여겨졌다. 깊은맛을 모르는 자신도 뒤끝이 쓴맛은 아닌데 알 수 없는 말이었다. 어딘가 개운치 않았다. 은영은 "그러면 현우 씨가 좋아하는 와인은?" 되물었다. 조금 뜸을 들인 후에 "라이트한 바디감이 좋지요. 머무는 시간이 길면 즐거움의 순도가 낮아지니까." 그의 응답에 맛을 즐기는 방법에 저런 것도 있는가보다 여겼다. 그러면서도 의문이 뒤를 따랐다. 와인 애호가들은 묵직한 풀바디로 진한 여운이 오래 갈수록 좋다는데, 말하자면 피니쉬가 길어야 좋은 와인이라는데 현우의 생각은 그런 일반적인 평가와는 달랐다. 새로운 해석일 수도 있긴 하지만 일반적인 견해와 달랐다. 모두가 일반적인 해석을 따를 필요는 없지만, 하지만 하는 생각은 멈추지 않았다.

맛에 대한 기호는 성격 탓일 수도 있다. 행동은 그 사람의 성격에 의해 결정된다. 조급하기도, 느긋하기도 한 건 성격 탓이다. '오래 머물면 즐거움이 낮아진다'라는 그의 생각은 생활에서도 그런지 모른다. 오래 머물지 못하는 마음은 한곳에 정착하지 못한다. 옛날 그런 사람을 역마살이 씌었다고 했었다. 끝없이 새로운 것을 찾아 헤매는 유형이다. 그들은 새로움에 늘 허기져 있기에 만족을 느낄 수 없다. 마음의 집시라고나 할까. 그들은 어쩌면 디아스포라처럼 늘 외로웠는지도 모른다. 그가 운영하는 가계의 상호가 떠올랐다. 'Time of Wind' 지금 함께 가고 있다고 여기는데 '변심? 벌써 그럴 리야…'

마음을 진정시키면서도 '끝에는 쓴맛을 남긴다.'라는 말이 마음에 걸렸지만, 와인 맛에 대한 것일 거라며 숨은 의미를 살피려 하지 않았다. 너무 급작스러움에 당황해서였을 거다. 의도적인 회피였는지 모른다. '오래 머물면 즐거움이 낮아진다.'라는 그의 말처럼 자신이 '오래 머문' 거기에 해당하는지도 모른다 여겨서 인지도 모른다. 그때 정신을 차렸어야 했다. 그랬더라면 이어지는 더 쓴잔은 들지 않아도 됐을지 모른다.

"난 이런 관계가 좋아요." 현우가 말했다.

"어떤 관계요?" 은영은 자신이 느끼는 지금의 거리를 이르는 거라 여겼다.

"이만큼 만의 거리 말입니다."

뭔가 기대한 답이 아니라는 느낌이 들었다. 알아서 찾아보라는 듯이 숨기는 말이 있는 것도 같았다. 이만큼은 애매한 거리였다. 감각으로 어림해야 하는 거리다. 이때 숨겨놓은 말을 감지해야 했을 텐데 놓쳤다는 생각이 들면서 자신의 측정값에 오차가 있는 건 아닐까 하는 의문이 스멀거렸다. 현우의 값과 달랐던 건 아닐까? 그런 것 같기도 하다는 생각이 불쑥 분수처럼 솟았다. 처음엔 값이 같았을지도 모른다. 아마 같았을 거다. 그래서 같은 느낌이었을 거다. 시간이 지나면서 그 값이 바뀔 수는 있지만.

마음이라는 게 어리숙할 때가 많다. 감성에 포장되면 엉뚱한 길로 가기도 한다. 은영은 자신이 순진했다는 생각이 들었다. 현우가 이상한 공을 던지며 경기를 끝내려는데 알아차리지 못했다는 생각이 들었다. '바보, 이리 순진할 수 있는 거야?' 아직 세상의 때가 덜 들었다는 생각이 들었다. 독해져야 하는데 그러지 못했다. 현우가 전달하는 언어에도 문제가 있었다. 문장에서 행간을 읽는다는 표현은 나타나지 않은 의미를 찾는 것이다. 숨겨둔 의미를 찾지 못해 간혹 엉뚱한 해석으로 난처해지기도 한다. 언어에도 문장처럼 숨겨진 말이 있다. 어쩌면 그 숨겨진 말-마음으로 하는-이 더 중요할 때가 있다. 숨겨진 말을 찾는 게 사람과의 관계에 중요하다. 보이는 것만 보고 읽는 건 순진한 거다. 은영은 자신한테 '너무 순진해, 그런 것도 모르잖았니?' 정말 그랬었다. 현우가 던진 공의 구질을 눈치챘어야 했다.

바람의 시간

동행은 같은 걸음이라야 한다. 사랑은 같은 궤도를 공전하는 쌍둥이 행성이라는 것도 알았어야 했다. 쌍둥이 행성은 혼자서는 돌 수 없다는 것도.

은영이 요즘 들어 작품이 더는 나가지 못하고 급브레이크를 밟은 것처럼 꼼짝하지 않고 멈춰 있는 건 현우와 거리의 오차 때문이다. 답답했다. 이러다 영영 붓을 못 잡는 건 아닌가 하는 생각이 들기도 했다. 설마 그런 일이야? 하면서도 생각이 멈춰 있는 이런 상태라면 그리될 수도 있겠다는 걱정이 옆구리를 파고들 때는 움찔하기도 한다. 이미지가 떠오르면 실타래가 풀리듯이 술술 풀어지면서 가을걷이 농부처럼 바쁘게 캔버스를 메웠는데 지금 이게 뭐지? 전에 느끼지 못한 일이었다. 고기떼가 떠난 바다서 손을 놓고 있는 어부 같은 자신이 안타까웠다. '은영아, 너 왜 이러니. 정신 차려야지…?' 자신을 타일러보기도 했다.

그런 답답함의 해결 방법으로 환경을 바꿔 보는 거였다. 명상으로 마음을 치유할 곳이 필요했다. 바다가 보이고, 산이 가까운 그런 곳에서 보내다 보면 마음을 잡을 수 있을 거란 생각이 들었다.

그런 곳이 K 시였다. 결정하고는 서둘렀다. 딸린 가족이 있는 것도 아니니 짐이라야 캐리어 하나면 되었다. 지금 사는 집은 부동산에 전세로 내놓았다. 아빠가 유산으로 준 집이었다. 그림을 그린다며 결혼도 하지 않고 수입도 일정치 않은 딸이 걱정되어 물려준 집이라 팔기는 마음이 내키지 않았다. 또 새로 정착하는 데 돈이 그리 많이 필요하지도 않은 데다 그만한 돈은 있었다. 그림을 그린다고 하지만 '산 입에 거미줄 치랴'는 말처럼 아르바이트도 이것저것 했었다. 그렇게 지내면서 가끔은 이렇게 사는 게 뭐람 하는 생각이 들 때와 어때서 하는 생각의 교차점에서 헷갈리기도 했었다.

K 시에서 아파트 5층에 전세로 들었다. 바다가 한눈에 들어오고, 잠자리에 들어도 파도 소리가 들리는 아파트였다. 이사 온 첫날 밤은 지금도 잊을 수 없는 감동이었다. 짐을 대충 있을 곳에 두고－정리할 것도 없었지만－베란다 창문을 열다 '세상에 이런 일이, 너무 환상적이야….' 놀라움에 움직일 수 없었다.

바다에는 두 개의 달이 은영을 맞아주고 있었다. 파도가 출렁이며 두 개의 달은, 수평선에 닿을 듯한 달은 환하게 웃고 있고, 바다에 내려앉은 달은 작은 추임새로 일렁이며 춤을 추고 있었다. 거기다 파도 소리는 춤에 흥을 돋우는 가락처럼 들려 환상적이었다. '어머나, 세상에….' 감탄을 연발할 수밖에 없었다. 그 외에 달리 할 말이 있었겠는가. 그 밤의 경이로움과 짜릿함은 잊을 수 없는 일이었다.

그 순간 서울에서 있었던 우울했던 일이-가슴을 누르던-씻기는 것 같았다. 여기서 오래 살아보자는 마음이 들었다. '그래 그렇게 맘에 들면 살아야지, 말리는 사람도 없는데….'

새로운 생활을 시작한 지도 1년이 지났다. 친구도 없고 아는 사람 하나 없는 곳에서 그리 살았다니 놀라운 일이었다. 그동안 창작은 생각만큼 쉽게 풀리지는 않았지만, 자신이 하는 미술과 관련된 의미 있는 시간이 있기도 했다.

은영이 거주하는 곳에 새로운 미술관이 개관됐다. 송백 미술관, 중앙의 주요 일간지 문화면에 소개되면서 전국에 알려졌다. 지방에서 이만한 미술관을 갖는다는 건 놀라운 일이라면서 앞으로 미술관 규모에 맞는 운영이 기대된다는 기사로 격려를 보냈다. 개관기념 전시회도 세계적인 작가의 작품으로 선정했다는 보도가 뒤를 이었다. 은영은 자신이 사는 곳에서 이리 대단한 미술관이 생겼다는 게 놀라웠다.

전시회 티켓은 워낙 관람객이 많아 몇 주를 기다려야 했다. 힘들게 얻은 티켓을 들고 미술관을 찾았을 때 그 아름다움에 놀라 걸음을 떼지 못하고 제자리서 미술관을 바라보기만 했었다. 미술관 자체가 작품이었다. 푸른 청솔 숲에 하얗게 자리한 모습은 정말 아름다웠다. 미술관 이름도 푸른 소나무 숲에 있는 백색 미술관이라 '송백'이라 지었다고 한다. 아담한 언덕을 뒤로하는 송백 미술관은 아늑했다. 사색하기 좋은 장소였다. 아름다운 영혼을 마주하는 느낌이었다. 세계적으로 유명하다는 건축가가 설계했다고 하는데 주위 환경과 조화를 이뤘다. 건물이 혼자 우뚝 솟아 뛰지 않았다. 뒤편 언덕에 잠긴 모습이 엄마 품인 듯 포근했다. 대가는 역시 달랐다. 은영은 전시장에 들어섰다. 전시 기간이 좀 지나서인지 서두르지 않고 감상할 수 있었다. 전시 작가와 작품감상에 대해 대학에서 들었던 강의를 되짚으며 여유롭게 작품에 시간을 들였다.

전시실로 십여 명으로 보이는 관람객이 들어왔다. 인솔자로 보이는 남자를 따라 이동했다. 조용조용 이야기를 나누면서. 은영이 보고 있는 작품 앞에서 한참을 머물렀다. 설명이 필요한 모양이었다. 도와줄 도슨트는 보이지 않았다. 전시 기간이 끝 무렵이어서인지, 처음부터 없었는지, 잠시 자리를 비웠는지는 알 수 없지만, 도움을 줄 사람은 없었다.

그들이 은영을 향하는 눈길이 느껴졌다. 은영의 모습에서 뭔가 느낌을 받은 모양이었다. 인솔자로 보이는 남자는 은영을 향해 "혹시 부탁을 드려도 될까요?" 일행들의 시선도 은영을 향했다. 그들은 부탁에 어떤 반응을 보일지 궁금한 것 같았다.

은영 앞에 있는 작품은 대학에서 논문으로 썼던 것이라 도움을 줄 수는 있지만, 모르는 사람들한테 그러는 게 망설여졌다. 은영의 그런 마음을 읽었는지 남자가 자신들은 그림을 좋아하는 동호인이라면서 도움이 필요한데 마땅찮다면서 말끝을 흐렸다. 그들의 부탁을 뿌리치기가 어려웠다. 설명을 듣는 그들은 고개를 끄덕이며 이해가 된다는 표정을 지었다. 예기치 않은 도슨트였다. 알고 있는 지식을 남에게 전해준 게 왠지 모르게 뿌듯했다. 이게 가르치는 이의 즐거움이 아닌가 하는 생각이 들었다. 남자는 고맙다는 인사를 남기고 일행과 같이 자리를 떠났다.

그리고 얼마후부터였다. 작품을 그릴 수 있겠다는 생각이 들었다. 생각도 들지 않던 마음의 변화였다. 자신을 누르고 있던 그림자들이 조금씩 걷히는 것 같았다. 마음이 가벼워졌다. 자신감이 회복되는 것 같은 느낌이 왔다. 작품 활동은 서두를 일은 아니지만 조금씩 마음의 준비를 해야겠다는 생각이 들었다.

그룹전을 마치고 쉬는 시간이 길었다. 새로 붓을 잡으니 바빠졌다. 그림 그리는 일로 와인 프로그램에 한동안 나가지 못했다. 현우를 가끔 만나기는 했지만, 전과 같지 않다는 느낌은 받지 못했다. 일에 집중하면 다른 건 생각을 접어두는 성격 탓에 그런 걸 생각할 여유가 없었다. 그렇게 지내다 어느 날 문득 현우의 프로그램이 생각났다. 너무 오래됐다는 생각이 들었다. 회원들의 얼굴도 볼 겸―사실은 현우를 보려―프로그램에 가기로 마음먹었다. 모처럼이라 와인도 한 병 챙겼다. 'Time of Wind'에 들어서자 낯익은 얼굴들이 보였다. 긴 테이블 위에는 여러 종류의 와인병이 놓여 있었고 각자의 잔에는 고유한 색깔이 빛나고 있었다. 은영은 현우를 찾았지만 보이지 않았다.

"은영 씨 오랜만에요." 유미가 다가와 그녀를 반겼다. 유미는 늘 그렇듯 밝은 미소를 지었다. 지윤이 은영에게 손을 흔들며 다가왔다. 나리와 늘 붙어 다니던 지윤이였지만, 오늘은 떨어져 있었다. 웬일인가 싶었다.

"오늘 콜키치로 어떤 와인을 가져왔어요?" 지윤이 물었다. 은영이 가지고 온 것을 살펴보며 알 수 없는 미소를 지었다.

"현우 오빠가 추천한 거네요?" 지윤의 말에 은영은 말없이 그녀를 쳐다봤다. 지윤의 목소리엔 어딘가 떨떠름한 느낌이 배어 있었다.

"그냥 맛이 괜찮을 거라 여겨 준비했어요." 은영이 편하게 말했다. 프로그램 회원들은 현우와 은영의 관계를 어느 정도 알고 있었다. 그런 건 말하지 않아도 느낌으로 알게 되어있다.

"그래요, 현우 오빠가 추천한 거라 특별하겠네요?" 그러면서 묘한 시선으로 나리 쪽을 향했다. '얘가 왜 이러지? 무슨 말을 하고 싶은가…?' 하다가 얼마 전 현우가 한 말이 생각났다. 어렴풋이 뭔가 느껴지는 것 같았지만, 확실히 떠오르지는 않았다. 그런 중에 나리의 눈길과 마주치자 그녀의 표정이 어색해졌다. '얘는 또 뭐야…?' 알 수 없는 일이었다.

지윤이 나리를 향하는 곱지 않은 눈길에 "지윤아, 너 왜 그러니?" 나리가 감정을 실어 말했다. "뭘 내가 어쨌는데?" 지윤이 아무 일 없다는 듯이 어깨를 으쓱했다. 분위기는 묘하게 변했다. 은영은 가슴이 답답해졌다. 그때 동철이 분위기를 바꾸려는 듯이 큰 소리로 말했다.

"여러분, 오늘은 좀 재미있게 갑시다. 이 와인 제대로 설명할 준비를 해왔어요." 하며 가지고 온 와인을 들어 보였다.

그의 노력에 분위기는 조금 풀리는 듯했지만 어색함이 가신 건 아니었다. 은영은 지윤의 말투나 나리의 반응이 마음에 들지 않았다. '왜 저러지? 죽고 못 살던 애들이?' 의문이 들면서 나리의 반응도 이상하다 느껴졌다. 지윤이 뭔가 신호를 주는 것 같은 느낌이 들었지만 잡히지 않았다. 생각에 잠겨있는데 출입문이 열리고 현우가 들어왔다. 그는 평소처럼 단정한 모습이었지만, 어딘가 예전과 달리 피곤해 보였다.

"늦었네요." 은영의 인사에

"미안, 일이 있어서." 현우는 미소를 지었지만, 전과 같지는 않았다. 오랜만이라는 말도 없었다. 그의 시선은 짧게 은영에게 멈췄다가 이내 나리한테로 옮겨갔다. 모임이 진행되면서 나리와 현우의 시선이 교차할 때마다 지윤의 눈빛은 냉소적으로 변했다.

"현우 오빠 요즘 나리랑 자주 만나던데요?" 지윤이 느닷없이 던진 말에

"그거 왜 궁금하지요?" 현우가 가볍게 웃으며 넘겼지만, 나리는 아무 말도 하지 않았다.

"왜 긴요. 그냥 궁금해서요. 나리도 요즘 많이 달라진 것 같아서." 지윤의 말에 나리의 표정이 굳어지면서 "그만해 지윤." 나리가 차갑게 말했다. 그녀의 목소리에는 떨림이 묻어났다. 은영은 혼란스러웠다. 자신이 작품 때문에 모임에 나오지 않은 동안 무슨 일이 있었던 것 같았다. 저들 사이에 무슨 일이 일었을까? 삼각관계? 아니면 질투…? 복잡한 감정의 파도가 밀려왔다. 현우와 나리, 지윤 사이에 얽힌 보이지 않는 끈들이 점점 더 깊은 혼란 속으로 밀어 넣고 있었다.

현우도 어딘가 달라 보였다. 여전히 그 특유의 차분함을 보였지만 눈빛에는 은영이 알 수 없는 흔들림이 서려 있었다. 나리를 바라보는 현우의 눈빛은 더는 은영과 함

께 공전하는 행성이 아니라는 느낌이 들었다.

 '지윤이 말하려고 한 게 이거였나.' 어렴풋하던 것이 뭔지 감이 잡히는 것 같기도 했다. 그러면서 지윤은 왜 자신한테 이런 신호를 보내는지 모를 일이었다. 현우를 두고 나리와 다투는 것인지 은영 자신을 위한 것인지 알 수 없었다. 다른 회원들은 이상해진 분위기를 외면하려는 듯 다른 이야기를 주고받았다. 자리에 있는 게 불편했다. '이렇게 엉켜 있는 관계에서 나는 어디쯤일까?' 은영은 더는 있을 수 없다는 생각이 들어 잃어버린 자신을 찾으려는 듯 자리에서 일어났다. 밤공기를 맞으며 걸었다. 머릿속은 여전히 뒤엉켜 있었다. 현우와 나리, 그리고 지윤. 그들 사이의 미묘한 긴장감은 식탁 위로 흘러내린 와인처럼 닦아도 자국이 남는다.

 나리와 현우가 교환하던 눈빛과 지윤의 날 선 말투가 귓가에 맴돌았다. 지금 생각하니 그들과의 관계는 웃음이라는 얇은 막으로 가려졌던 게 아닌가 하는 의문이 들었다. 진실은 웃음에 가려 보이지 않았던가? 현우가 했던 '머무는 시간이 길면 즐거움의 순도가 낮아진다'는 말과 'Time of Wind' 상호가 오버랩되었다. 그동안 현우와의 시간은 뭐란 말인가? 바람의 시간이었던가? 꿈을 꿨는지 모른다는 생각이 들었다. 현우에게는 카사노바의 시간이 있었는지도 모른다는 의문이 길게 줄을 이었다.

사람의 관계는 와인처럼 각각의 맛과 향을 지니고 있기에 섞이면 쓴맛을 남기는 모양이었다.

창을 넘어오는 햇살과 파도 소리가 맑게 들렸다. K 시에서 작품 활동을 다시 하면서 기분이 좋아졌다. 뜸하던 미희의 전화다. "요즘 어떻게 지내고 있어…?" 미희도 은영의 사정을 알고 있기에 안부가 성글었다. 이런 경우 위로의 말이라는 게 사실 그리 다양하지 않으니 같은 말을 되풀이할 수도 없어 연락이 뜸할 수밖에 없다. "미희야, 웬일이니?" 오랜만에 듣는 미희의 목소리가 반가웠다. "목소리가 좋다. 좋아졌나 봐…?" 네 목소리 때문이라며 반가움을 나타냈다. 인사말이 끝나자 미희는 느닷없이 송백 미술관 이야기를 꺼냈다. "회사 홍보 일로 미술관을 취재하다 좋은 프로그램을 보고 네가 생각나서 바로 신청했어. 뭔지 맞춰봐…. 호호호." 미희는 기분이 좋았다. 무언가 남에게 선물을 줄 때는 다들 그리된다.

송백 미술관은 개관 전시회에 가보곤 까맣게 잊고 있

었다. 일을 시작하면 다른 생각을 아예 하지 않는 건 몸에 밴 은영의 버릇이었다.

미희가 맞춰보라는 게 뭔지 감이 오지 않았다. 자기를 위한 것이라는데 이렇게 모를 수 있다니 이해가 되지 않는 건 다른 것과 마찬가지였다.

"무슨 일인데 …? 모르겠어, 빨리 말해봐."

"등잔 밑이 어둡다더니 네가 그렇구나"

미희는 거두절미하고 송백 미술관 개관 1주년 기념 특별 프로그램 티켓을 너를 위해 샀다고 했다. 몇 장 남지 않아 아슬아슬했다면서 "내 마음 잊지 마, 알았지…. 이 순진아. 미술관에서 연락이 갈 거야, 즐겁게 보내고. 바빠서 끊는다." 어떤 프로그램인데 저리 호들갑인지 궁금하기도 고맙기도 했다.

미술관 개관 1주년 기념 프로그램은 1, 2부로 진행되었다. 1부는 전시 작품관람. 2부는 와인과 나누는 미술 이야기로 짜여있었다. 사회자는 도움을 줄 큐레이터와 소믈리에를 소개했다. 오늘 중요한 역할을 해줄 사람들이었다. 2부 진행은 미술관 뒤 분수공원에 마련되었다고 했다. 2부 진행을 위해 1부 진행은 함께 움직이도록 하겠다고 했다. 안내가 끝나자 큐레이터가 앞장서 2층 전시실로 향했

바람의 시간 71

다. 작품을 감상하는 데는 두어 시간 남짓 걸렸다. 2부 시간에 맞추려 서두른 감이 있었다.

분수공원으로 향하는 문이 열리자 직사각형 형태의 분수대에서 솟는 오색 물줄기는 밤하늘의 별빛과 조화를 이루며 어둠 속에 아름다움을 만들었다. 환상적이었다. 치솟는 물기는 새로운 것을 찾으려는 희망같아 보였다. 관람객은 티켓에 표시된 자리를 찾아갔다. 라운드 테이블에는 클래식풍의 의자가 4개씩 놓여 있었다. 은영의 테이블에는 한 자리만 비어 있었다. 여자 둘에 남자 한 명이었다. 함께 온 일행일 수도 아닐 수도 있다. 은영은 자리에 앉기 전 고개를 숙여 인사를 건넸다.

자리가 정리되자 소믈리에가 오늘 제공될 와인을 설명하면서 테이블에 놓인 와인을 참고하라 했다. 은영은 테이블에 놓인 와인은 얼핏 봐도 자기가 자주 마셨던 것과는 달랐다. 소믈리에의 설명에 이어 웨이터가 잔에 와인을 따라 주었다. 잔에 와인이 채워지자 테이블의 유일한 남자가 건배를 하자며 잔을 들었다. "오늘 만나게 되어 반갑습니다." 향을 맡은 후 입안에서 맛을 음미했다. 맞은편 남자가 은영을 훔쳐보는 느낌이 들었다. 은영은 모른 척 와인을 즐겼다. 큐레이터가 전시 작품에 관한 설명을 보충 했으나 주의 깊게 듣는 이는 없어 보였다. 와인에 몰입되어서다. 금강산도 식후경이라는 옛말은 지금도 통하는 것 같았다. 진리는 시대의 구애를 받지 않는 모양이다.

모르는 이들과 함께한 자리라 조금 어색하기는 했지만 달리 방법이 없다 여겨 잔에 따르는 웨이터의 서빙을 사양하지 않았다. 이 정도의 대접을 받으려면 티켓값이 상당할 거라는 생각이 들면서 미희한테 새삼 고마운 생각이 들었다. 분위기가 조금 느슨해지자, 자신을 훔쳐보던 남자가

"혹시 화가님이 아니세요…?" 맞을 거란 확신에 찬 표정이었다.

"그림을 그리고 있기는 한데 어떻게 아시죠?" 남자는 손뼉을 쳤다.

"이럴 수가, 개관 전시회에서 설명을 해주신 그분 맞지요?" 은영도 그때 일이 떠올라 남자를 쳐다봤다. 낯이 익어 보였다.

"그러네요, 반갑습니다." 우연호라 자신을 소개했다. 옆의 두 여인도 같은 동호회 '삶에 그린 그림' 회원이라며 반겼다. 그들은 정규적으로 모임을 가지며 그림 이야기를 나눈다고 했다. 이야기만 나누기는 민숭해 와인바에서 한

다고 했다. 가끔 게스트를 모셔 그림에 관한 이야기를 나눈다고도 했다.

그림 이야기가 이어졌다. 은영은 마음이 편해지며 기분이 좋아졌다. 오랜만에 느껴보는 기분이었다. 2부 프로그램이 끝나갈 무렵 우연호와 그녀들은 은영을 게스트로 초대하겠다면서 꼭 참석해 달라고 했다. 의례적인 인사라 여겨 알았다고는 했지만, 말뿐이 아니었다. 한 달 후 정말 초대를 받았다. 그림 작업 중이었지만 그들과 자리를 함께했다.

은영은 이야기 주제로 화가 팡탱-라투루의 〈식탁 모서리〉를 준비했다. 그림에 나오는 미소년 랭보에 관한 이야기는 길어질 것 같았다. 어쩌면 그림보다는 「바람 구두를 신은 사나이」 랭보에 더 흥미를 느낄 것 같았다. 예상은 맞았다. 그들은 랭보와 폴 베를렌과의 관계(동성애)에 관심을 보였다. 그들의 호기심을 채워 준 덕에 은영은 1타 강사가 되면서 그들과 가깝게 되었다. 특히 우연호와는 죽이 맞았다.

그들과 그런 시간이 몇 번 더 있고 나서 우연호 한데서 연락이 왔다. 그들의 모임 '삶에 그린 그림'의 회원들이 아에 함께하길 바란다고 했다. 제안을 받고 망설여졌다.

그림을 좋아하는 이들의 모임이긴 하지만, 서울에서의 일이 떠올랐다.

'너 아직도 거기에 있는 거니?' 은영은 자신한테 물었다. 여기서 새로운 삶을 시작하며 과거의 꼬임을 풀고 있다고 믿었는데 그게 아닌가? 내가 나를 속이며 지냈는가…? 의문이 길게 이어졌다. 고개를 저었다. 그건 아니라는 생각이 들었다. 새로움을 마주하는 건 희망일 수도 있다. 의문이 든 건 와인을 곁들인 자리이기 때문일 거다. 의문은 어쩌면 자신을 다시 확인해 보는 일인지도 모른다. 그들과 이야기를 나누며 와인을 마셔도 아무렇지도 않다면 예전의 자신으로 되돌아온 것일 거다.

은영은 거울 앞에서 립스틱을 발랐다. 웃어 보였다. 어색해지려는 거울 속 여인에게 '괜찮아 이쁜데 뭐….' 용기를 건넸다. 오늘 잘 보여야 할 사람은 없지만—혹시 있을지도 모르지만— 평소와는 다른 모습으로 나가고 싶었다. '그래 1타 강사는 패션도 중요하지….' 조금 과하다 싶을, 진한 화장에 시간을 들였다. 아직은 팽팽하게 느껴져 그리 하지 않아도 자연 발화되는 피부였다. 그런데도 도

색작업을 이어갔다. '너 왜 이러니…? 참 알 수 없는 여자야.' 왜 그러는지 모른다. 마음이 그러라니까 하는 거다.

멈춰 있는 바람은 없다. 빈자리에는 새로운 바람이 불어올 거다. 뭔지는 모르지만, 가슴이 설레었다. 설레임은 희망일 수도 있다. 미소를 짓는 거울 속 여자에 윙크를 보냈다. 오늘 함께 할 그들에게 선물도 가져가야 할 것 같았다.

'어떤 와인을 가져갈까?' 진열장에 있는 와인병을 둘러봤다. 회원전을 끝내고 선물로 받은 게 남아있었다. 보내준 이들의 얼굴이 떠올랐다. 보라가 포스트잇에 남긴 글이 눈에 들어왔다. '이 와인 풀바디야. 뭐든 오래 가라고, 파이팅이다…. 보라가.' 자신을 이해해주는 고마운 친구. 그 병을 집어 들었다. '그래 오래 가야지….'

집을 나서며 은영은 스카프를 목에 둘렀다. 바람이 볼을 스치고 지나갔다. 발걸음이 빨라졌다. 새로운 누군가의 미소를 기대하며…. 그래, 다시 하는 거야. 삶은 계속돼야 하니까.

만루 홈런

아침 햇살이 등허리를 축축이 적셨다. 장마 끝에 햇볕은 반갑지만, 지금은 아닌 것 같다. 'O Sole Mio'라며 반겨지지 않는다. 발걸음이 힘들어지면서 '시작도 전에 이러면 안 되는데….' 초반에 이러면 곤란하다. 아직 시작도 안 했는데….

습관이 되어버린 엄마의 잔소리는 오늘 아침도 어김없었다.

"그 좋은 직장을 그만두고 이게 뭐라니? 무슨 놈의 글을 쓴다며 세월만 축내고 있으니…." 저녁 9시 뉴스처럼 매일 하는 소리라 그냥 넘기려다가도 체기처럼 가슴에 걸리는 때가 많아졌다. 자신의 처지를 이해하려는 것 같지 않아 서운했다. 엄마는 혼잣말이었지만 글쓰기를 포기하라는 의도인 것 같았다. 새 직장을 구하라는 말을 에둘러 하는 셈이다. 걱정도 잦아지면 잔소리가 된다. 엄마 구 여사의 걱정이 잔소리가 된 지는 한참 되었다.

회사에 사직서를 내고 나올 때는 금방 뭔가 될 것 같았다. 자신의 능력을 믿었다. 구 여사가 빼놓지 않고 쌍가락지처럼 끼워서 말하는 좋다는 직장에서 하던 일도 구성작가였으니 어려울 게 없다는 생각이 들었다. 직장을 그만두면 대단한 작품을 쓸 것 같았다. 시간이 문제였는데 그만두면 시간은 충분하다. 작가한테 시간은 전투에서 실탄과 같은 것이다. 실탄이 충분하면 전투는 계속할 수 있다. 그래 이제 시간이라는 보급품이 충분하니 글쓰기 전투에서 승리를 거두는 건 문제없다며 주먹을 불끈 쥐었다. 가슴에서 소설 덩어리가 마그마처럼 분출구를 찾아다니는 게 느껴졌다. 이놈들을 꺼내 놓기만 하면 엄청난 작품이 될 거라는 기대감이 한겨울 빨랫줄처럼 팽팽해졌다.

지난 일이지만 자신이 계획한 프로그램에 나왔던 여류 작가가 떠올랐다. 당시 잘 나가던 인기 작가였다. 그때 그들과의 인터뷰에서 자신과 별반 다르지 않다는 생각이 들었다. 사용하는 말이 평범했다. 저 정도라면 나도 하는 생각이 들었다. 그들이 쓴 작품에 비싼 원고료를 주는 거며,

그런 작가에게 환호하는 시청자들도 이해할 수 없었다. 세상은 알 수 없는 일로 가득 차 있는 것 같았다. 그런 알 수 없는 세상에서 자신이 확실히 알 수 있는 것을 쓸 것이라 다짐했다. 적어도 구 여사가 말한 그 좋은 직장의 정문을 나서기 전까지는 그랬었다.

주희는 J 방송 예능프로그램 구성작가다. 예능프로라는 게 가볍게 웃는 분위기를 만들어야 한다. 그렇다고 내용마저 가벼워서는 곤란하다. 방송 내내 실없는 웃음만 나오면 안 된다. 웃음 속에서 새로운 게 있어야 한다. 시청자의 기호를 맞추기란 정말 어렵고 까다로운 일이다. 연령층에 따라 내용도 달라야 한다. 거기다 생활 정도에 지적 수준까지 염두에 두다 보면 더 복잡해진다. 그런 까탈스러운 프로그램을 구성하는 일이 그녀가 하는 일이다.

남을 웃게 한다는 게 얼마나 어려운 일인지 해보지 않은 사람은 모른다. 머리에 쥐가 나도록 짜내 만든 프로에서 웃음에 가뭄이 들면 맥이 빠진다. 말라비틀어진 호박잎이 된다. 방영된 프로그램의 시청률이 낮으면 죽을 쑤는 건 당연이고 잔소리가 기다린다. 먼저 얄밉게 입을 놀리는 놈은 최 PD다. 신입이라 그렇지만 진짜는 그다음이다. 문 PD 차례가 되면 칼날이 제법 날카로워진다. 예리한 칼이 그녀의 머리칼 가까이서 바람을 일으키면 피해야 한다. 아니면 맞받아치던가. 그와의 게임 승률은 6할 5푼 정도였다. 자신의 승률이 높은 편이었다. 문 PD도 이것저것 생각해 가며 칼질을 해서다. 그녀가 피할 속도를 준 거다. 그리하는 까닭은 프로그램에 대한 책임은 그가 더 크기 때문이다. 프로그램 기획은 PD와 구성작가의 공동작품이다. 기획은 함께하고 세세한 부분은 작가가 하기에 잔소리를 들어주는 거다. 프로그램 주제가 선정되면 거기에 관한 최근 흐름을 조사한다. 요즘 사람들, 특히 MZ 세대들의 관심사 체크는 필수다. 그들이 좋아할 아이디어를 찾는 건 쉽지 않다. 이럴 때 PD가 도움을 줘야 하는데 문 PD는 아니었다. 알아서 하라며 책임을 지지 않으려는 미꾸리 형이었다.

어쨌든 넘어야 하는 잔소리는 PD라는 언덕을 넘으면 국장이라는 태산이 있다. PD의 무기가 칼이라면 국장은 쇠뭉치다. 묵직한 한 방이면 그냥 죽음이다. 날카로운 칼보다 더 겁난다. 그나마 다행인 것은 푹 가라앉은 국장의 회전의자 덕에 쇠뭉치의 속도가 느려진다는 점이었다. 그녀도 어지간히 야전에서 전투력을 키웠기에 지금껏 버텨오기는 했지만, 그놈의 쇠뭉치 앞에서는 피할 방법이 얼른 떠오르지 않았다. 그게 관록이었다. 칼은 피할 길이 보이는데 쇠뭉치 앞에서는 보이지 않았다. 퇴로를 막아놓고 토끼몰이를 하는 식이었다. 방법을 못 찾아 헤매면서도 기분이 개떡 같은 건 국장이란 사람이 쩔쩔매는 자신의 꼴을 즐기는 것 같다는 생각이 들어서다. 실실 웃음을 쪼개며 입 냄새를 풍길 때는 속이 메스꺼워지려는 걸 참아야 한다. '이 꼰대는 언제까지 근무할까?' 아무래도 자신보다는 오래 갈 것 같다는 생각이 들었다.

"우리와 비슷한 다른 방송 프로는 반응이 좋던데…. 방작가도 이제 힘이 빠졌나?"

"아직 그 정도는 아닙니다. 제 성은 '방'이 아니고 '박'인 데 계속 잊으십니다." 볼록하게 솟은 가슴에서 달랑거리는 '박주희' 이름표를 보고도 엉뚱하다.

"그런가? 발음이 비슷해서…. 그건 그렇고 방법을 찾아야 하는데…. 어때 저녁에 술이나 하면서 연구해 볼까?"

지금 수작을 부리는 건가? 참 꿈도 야무지시지. 이럴 때가 난감하다. 어물어물하면 엉뚱한 신호로 받아들여져 나중에 어려워진다. 나혜가 떠올랐다. 이나혜 지금 강남서 텐프로로 뛴다는 소문이 돌기는 하지만, 소문이라는 게 근거가 없는 막연한 것이라 믿을 것은 못 되지만 그게 사람을 다치게 한다. 이쁘고 발랄한 성격이라 붙임성이 좋은 서브 작가였다. 그런 나혜가 1년이 좀 지나 회사를 떠났다. 그만둔 내막은 알려지지 않았지만, 소문으로는 어느 국장과의 관계가 어쨌다는 소리가 떠돌았다. 아마 낚시에 걸려 당한 모양이라고 했다. 세상엔 험담하는 걸 즐기는 부류도 있으니 믿을 건 아니라 치더라도, 지금 바로 자신 앞에서 히죽거리며 낚싯줄을 던지는 국장한테 자칫 잘못했다간 그런 소문이 생길 거란 생각이 들었다. 확실히 오금을 박아야 했다. 나혜 꼴 나서는 절대 안 될 일이었다.

"국장님 지금 저한테 썸 타자는 겁니까?"

"뭐, 그렇게까지나? 어려운 방법을 같이 찾아보자는 얘기지…. 오해는 말고…."

"오해가 가는데요. 그 방법 저 혼자 찾아보겠습니다."

쇠뭉치에 오기를 방패로 맞섰다. 그다음 일은 꼬이는 게 불 보듯 하다. 그때 그녀는 회사를 떠날 때가 됐다는 생각이 들었다.

전에 하던 일과 비슷한데 달랐다. 달라도 너무 달랐다. 프로그램을 구성하는 거와 소설 쓰기는 분명히 차이가 있었다. 작가라 부르는 건 세상에 없는 것을 만들기 때문일 거다. 새로운 것을 만든다는 것이 이리 힘들 줄 예상 못 했다. 거기다 글쓰기에 집중이 어려웠다. 까닭이야 많겠지만 한 가지는 확실하다. 방문을 닫고 있지만, 거실에서 움직이는 소리는 전부 들렸다. 신경을 안 쓰려 해도 쓰게 된다. 구말자 여사가 움직이는 발걸음 소리며 아빠 박달재 씨의 전화 소리가 거침없이 직통으로 그녀의 귀를 파고들었다. 이런 배려 없는 행동을 서슴없이 하는 구 여사와 박달재 씨가 있는 집에서 글쓰기는 어려운 환경이었다. 버지니아 울프의 『자기만의 방』에 나오는 '소설을 쓰려는 여성에게는 돈과 자기만의 방이 필요하다.' 말이 이렇게 가슴에 와닿을 수 없었다.

이런 거침없는 부모지만 고마운 분들임은 틀림없다. 두 분의 이름에 얽힌 이야기는 시대를 반영하듯 재미있기도 하다. 아빠 달재 라는 이름은 무난하다. 발음하기도 좋고 쓰는 한자도 '통달할 달'에 '재상 재'니 그녀의 짧은 한자 실력으로 해석해 봐도 최상급이었다. 그런데 성까지

붙이면 이상해진다. '박달재'는 충청도에 있는 고개 이름인데 '울고 넘는 박달재'라는 노래가 대중들한테 애창되었다.

MZ 세대야 모르겠지만 아빠의 청춘이었던 '젓가락 장단' 세대에서는 대폿잔이 오가는 자리서 이 노래가 나오면 절로 어깨가 들썩이며 젓가락 반주로 장단을 맞추었다. 아빠 친구들은 짓궂게 이 노래를 부르라고 해 아빠의 18번이 됐다고 한다. MZ 세대한테는 18번 이것도 번역이 필요할 것 같다. 30여 년 전 아빠의 세대들이 사용하던 언어 중에는 화석이 됐거나 암호화된 것이 많다. 18번은 자신이 즐겨 부르는 노래를 이르는 말이다. 18번을 정하는 데도 불문율이 있었다고 한다. 다른 사람의 18번은 범하지 않는다는, 젓가락 장단에도 배려하는 문화가 있었다. 아빠도 세월 속에 18번을 떠나보냈는지 들어본 지 오래된 것 같다.

엄마 구말자 여사 이름은 알아챘을 거다. 엄마는 칠 공주집의 여섯 번째 딸이다. 대를 이을 아들이 필요한 어른들은 딸은 이제 끝이라 지은 이름인데 그것도 소용없었던 모양이다. 막내 이모가 있으니 말이다. 그녀는 외삼촌이라 불러볼 기회를 얻지 못했다. 엄마는 이름 부르는 걸 아주 싫어했다. 어쩌다 친구들이 이름을 부르면 "그렇게 부르지 말라고 했지? 너 왜 그러니 나한테 감정 있어?" 하며 화를 냈다. 친구들은 자연스레 구 여사라 부르게 되었다. 스스로 여사가 된 셈이다. 아빠도 성을 붙여 부르는 걸 좋아하지 않기는 마찬가지였지만 요즘은 그나마 그렇게라도 불러주는 친구들이 몇 분밖에 없어 서운해 보였다.

새로 시작하는 프로그램 협의 시간이었다. 여류인사를 초대해 이야기를 나누는 프로다. 이런 프로그램은 자칫 지루해질 수 있다. 그러면 죽을 쑤는 거다. 그래도 다행인 것은 방송이라는 게 한 프로가 죽을 쒀도 다음 프로가 주목받으면 살아난다. 그런 기대로 프로그램 제작 협의 시간은 자유롭다. 긴장하고 딱딱하면 생각도 굳어져 좋은 아이디어가 나올 수 없어서다.

오늘 분위기는 그런 평소 분위기와는 달랐다. 저번 쇠뭉치와의 전투 다음이라 예상은 하고 있던 일이었지만, 문 PD가 전과 달라 보였다. 그가 예능프로 담당으로 처음 왔을 때 최 국장의 힘이 작용했을 거란 뒷말이 소나기처럼 들려왔었다. 그는 '입봉' 한 지 3년이 채 지나지 않았다. 특혜라 할 수 있었다. 그와 최 국장과의 관계를 주목하지 않을 수 없었다. 동향에다 대학동문이라 널뛰기를 한 것 같았다. 남들은 '입봉' 하고도 5년은 지나야 올 수 있는 곳이니 달리 설명할 방법은 없었다. 국장의 말에 어찌해야 할지는 짐작했지만 이렇게 빨리 효과가 나타나다니 놀라운 일이었다. 마약처럼 약발이 금방 나타나는 거로 봐 국장이 엄청나게 센 놈을 쓴 모양이다.

새 프로그램 협의는 협의가 아니라 일방적인 지시로 끝났다. 문 PD는 질문도 받지 않고 자리를 뜨면서 세세한 것은 작가들이 하라고 했다. 작가들이라고 했지만, 그녀 말고는 서브 작가인 보라 외는 없는데 무슨 '작가들'이라 하는 것도 어색했다. 프로그램을 제대로 만들려면 코너 메인 작가를 두자고 얘기했지만, 감감무소식이었다. 보라는 코너 메인 작가가 될 경력이 넘치고 남았다. 보통 서브 작가로 3년 정도 경력을 쌓으면 코너 메인 작가가 되는데 보라는 5년이 넘어서고 있는데도 서브로 있는 게 보기 민망했다. 사람이 모자라니 보라를 한 칸 올리고 서브를 새로 뽑자고 말했지만, 회사는 들은 척을 않았다. 경비 절감 핑계를 댔지만, 자신들의 진을 빼먹으려는 속셈이었다. 그는 프로그램이 신통치 않더라도 국장이라는 든든한 뒷

배가 있으니 걱정할 일은 없을 거다. 문 PD는 지금 다른 데 집중하고 있는 것 같았다. 그녀한테 물 먹이는 방법일 거다. 그것도 큰 바가지로. 국장이 그리 시켰을 거다. 제대로 걸린 것 같다는 생각이 들었다.

그러나 문 PD도 걱정은 있을 거다. 그녀를 제대로 물 먹이지 못하거나 새 프로그램이 재수 없게 인기를 얻을 경우다. 프로그램이 뜨면 그녀를 어찌할 수 없는 난감한 일이 된다. 그래서 철저히 망가뜨릴 각오인 모양이다. 세상에 자신의 프로그램이 죽을 쑤게 되기를 바라는 건 미친 짓이다. 지금 그는 그런 짓을 꿈꾸고 있다.

회의가 끝나고 책상 위에 놓인 계획서 파일을 보면서 쓴웃음이 나왔다.

"참 난감하네, 이거 잘 만들어야 하나, 대충 만들어야 하나 어느 게 정답이야?"

"능력 없어 쫓겨나는 거와 미워서 욕먹는 것 중에 어느 게 자존심을 덜 다치는가 문제잖아요?" 얘 봐라, 생각이 많이 컸네.

보라도 사정을 어느 정도 알고 있는 것 같았다. 자신과 같은 일은 아니겠지만 비슷한 것을 당하지 않았나 하는 생각이 들다가 설마 했다. 아직은 보라가 프로그램에 대해 국장과 마주할 일은 없었다.

보라의 말이 백번 옳다는 생각이 들었다. 무능한 것보다는 미운 놈이라는 게 나은 건 확실하다. 그만두더라도 무능해서 쫓겨났다는 말은 들을 수 없다. 일단은 제대로 만들고 볼 일이다.

그렇게 정했지만, 문제는 이런 뭣 같은 상황에서 계획서를 만들었다 쳐도 국장의 행동이 예상됐기 때문이다.

"이런 것도 계획서라고 할 수 있어…? 다시, 다시…."
거기에 대응하는 묘수를 찾아야 한다. 문 PD와 논의할 것도 아니고 보라와 둘이 해결할 일이었다.

"곽 작가, 좋은 생각 어디 없을까…?"

"있는 곳은 선배가 잘 아시잖아요?" 섭섭함이 묻어나는 투로 들렸다. 그동안 보라 속이 많이 상했을 거란 생각이 들었다. 갑자기 그런 생각이 왜 들었는지 모르지만, 이번 일은 보라한테 기회를 주는 게 어떨지 하는 생각이 들었다.

이번 일이 끝나면 회사를 그만둬야 할 상황이 올 것 같다는 생각이 들었다. 그럴 바엔 보라가 확실히 자리 잡도록 하는 게 좋을 거다. 보라도 기회가 없어 못 하고 있었을 수도 있었으니까, 바통을 넘겨야겠다.

"곽 작가, 하고 싶었던 거 이번에 해봐." 갑자기 무슨 소리냐는 듯 쳐다봤다.

"아, 여기 들어올 때 이 건 꼭 해봐야지 한 거 있었잖아…? 그거 해보라고." 보라의 눈빛이 순간 빛났다.

"선배, 고맙기는 한데 힘만 빠질 것 같은데…. 대책도 없이?" 대책이란 국장의 제작 사인을 말하는 것 같았다.

"연구해 봐야지. 어쩔 수 없게 할 계획서가 우선이지…. 할 수 있겠지?"

"선배가 기회를 주는데 까짓거 산을 넘는 거야 어찌 됐든 해봐야 하겠지." 보라는 힘이 나는 모양이었다.

"선배도 산을 넘을 방법을 연구해 보세요. 나만 힘 빼게 하지 말고, 뭐 같이 물먹자는 건 아니고…. 잘해 보겠습니다."

도서관 주위 화단엔 장미 꽃망울이 처녀 가슴처럼 팽팽하게 부풀어 있다. 곧 망울을 터트릴 모양이다. 그래 너도 세상의 빛을 봐야지, 중얼거리며 의자에 엉덩이를 내려놓았다. 손부채를 저으며 하늘을 쳐다봤다. 파란 하늘이 눈에 들어왔다. 비 온 뒤처럼 맑았다. 어제까지 하늘을 가렸던 황사는 바람에 날아간 모양이다. 마음이 상쾌해졌다. 시야에 들어오는 전망도 먼 곳까지 시원했다. 오늘은 날씨가 덤으로 서비스하는 것 같았다. 글을 쓰는 것도 마음에 여유가 있어야 생각이 술술 연얼레 돌아가듯이 풀린다. 샘에 물이 고이듯 생각이 모일 시간이 필요하다. 하얀 나비 한 마리가 날아 꽃에 앉았다. 자신도 어딘가로 날아가고 싶었다. 그런 마음이 '자유'일 거다. 마음만 먹으면 어디든 갈 수는 있지만 지금 가야 할 곳은 글을 쓰는 도서관 3층이다. 하늘을 다시 쳐다봤다. 여전히 파랗게 빛나고 있었다.

도서관은 글쓰기에 그리 좋은 환경은 아니다. 이용하는 사람들이 많아 조금 어수선하기도 하다. 그래도 집보다는 훨씬 좋았다. 요즘 작가들은 대부분 자신의 창작실에서 글을 쓴다. 자신처럼 공공도서관에서 글을 쓰는 사람은 별로 없다. 지난날 이야기지만 이름깨나 알려진 몇몇 작가는 대단한 창작실을 갖기도 했었다. 과할 정도의 창작실이 이름을 앞서기도 했는데 그 무렵 지방정부서 작가 모시기 경쟁이 벌어진 결과였다. 작가의 창작 활동을 돕는다는 구실이었지만 속내는 작가의 명성에 기대어 관광을 활성화해 보려는 목적이었다. 성과를 거둔 곳도 있지만, 반딧불처럼 반짝하고 사라진 곳도 많았다. 그런 곳에 입주한 작가 중에는 여제자의 인신 공양을 받으며 호사를 누렸다고도 했다. 호랑이 담배 피우던 시절이라 하겠지만 여전한 곳도 있는 모양이다. 뜬구름 같은 소문이 나돌고 있는 거로 봐서.

그녀도 기성작가다. 한국서 신줏단지처럼 여기는 등단이라는 과정은 마쳤으니 작가임은 분명하다. 몇 년 전 단편 몇 편을 그만한 문예지에 발표했었다. '그만하다'라는 건 짐작이 갈 거라 부연은 하지 않겠다. 어쨌든 작품을 발표했으니, 작가라는 호칭이 붙긴 했지만 그뿐이었다. 잘 썼다고 평하는 평론가도 없었고 다른 문예지서 원고 청탁도 없었다. 실망감이 한여름 소나기처럼 쏟아졌지만, 내색은 하지 않았다. 아직 독자들이, 평론가들이 자기 작품을 제대로 보지 못해서 그럴 거라는 셀프 위로를 보내면서 기다리다 보면 달라질 거라 여겼다. 그 기다림은 지금도 진행 중이다. 그때 자신이 일하던 J 방송사에 기대어 작품을 더 발표할 수도 있었지만, 자존심이 허락하지 않았다. 그녀가 얼추 그런 속내를 비치기만 해도 작품을 게재해줄 문예지는 있었지만 그러지 않았다. 그렇게 작품을 발표하는 사람도 있었지만, 그녀는 그런 뻔뻔함에 익숙지 않았다.

 보라가 만들어 온 프로그램 계획서 '그녀들의 숨겨진 이야기'라는 제목은 마치 불륜 이야기 같은 느낌이 들었다. '아, 그건 아니겠지.' 의혹을 가라앉히면서도 의문이 들게 했다. 궁금증이 생기게 하는 데는 일단 성공한 셈이다. 시청자들은 궁금증으로 채널을 고정한다. 궁금하게 해야 한다. 그래야 프로그램이 기회를 얻는다. 일단 채널을 확보했다 쳐도 이어지는 다음도 중요하다. 화면에 나타난 인물이 '어머, 저 사람이…?' 시청자의 엉덩이를 붙잡아야 한다. 그러고 나면 두 번째 성공이다. 일단 엉덩이를 깔고 앉으면 대부분 끝까지 간다. 중간에 일어서는 시청자는 그리 많지 않다. 다음은 시청자의 반응이다. 초대 인물의 역할에 절대적으로 의존해야 한다. 작가가 아무리 좋게 구성했어도 초대 인물이 받쳐주지 않으면 강 건너가는 거다. 초대 인물이 중요하다.
 TV 앞에 앉히는 것 만으론 안심할 수 없다. 화면에 비친 인물이 '뭐야 또 그 말이야?' 이러면 붙박이 엉덩이는 일어나게 마련이다. 그나마 인내심이 강한 시청자 몇이라도 봐준다면 고마운 일이다. 그런 분들이 반응을 보내오기도 한다. 내용은 거의 출연자의 개인적인 것들이다. 예를 들면 출연자가 입었던 옷은 어디 가면 살 수 있느냐, 사용한 화장품 이름이 뭐냐는 등 그런 것이었다. 내용이야 어떻든 프로그램에 반응이 나왔다는 사실이 중요하다. 그런 게 그나마 힘이 되기도 한다.

보라의 계획서에 나오는 초대 인물은 의외의 인물이었다. 이런 인물이 초대에 응해줄지 하는 생각이 들었다. 프로그램 제목을 보고 '뭐야, 이런 거로 날 불러?' 그러면 끝나는 거다. 일단 인물 선정은 시청자의 엉덩이를 주저앉힐 만한 인물인데 출연 여부는 보라의 능력에 달린 문제라 미리 겁먹을 일은 아니었다. 혹시 그들과 보라가 어떤 인연이 있는지도 모르는 일이다. 이곳에 발을 들여놓는 사람은 가로세로 따라가다 보면 줄이 닿게 마련이다. 하다못해 거미줄 같은 거라도 연결된다. 초대 인물은 일단 합격점을 넘었으니, 다음은 숨은 이야기가 관심을 끌 만한가이다. 이혼의 뒷얘기 그런 건 떨어진 목련 같은 거라고 고개를 돌린다. 먹방 프로도 그랬었다. 너무 많다 보니 전국의 모든 음식점이 맛집이 되다시피 했다. 한때 MZ 세대들이 좋아하다가 시선을 돌렸다. 그들의 트랜드가 바뀌었다. 그들은 진득하게 오래가지 않는다. 끝없이 새로운 것을 찾는 세대다. 진취적이다. 그런 동력이 새로운 문화를 만들어가고 있다. 요즘 그들은 복고풍으로 시선을 돌리고 있다. 10여 년이 훨씬 지난 시절 유행하던 헐렁한 옷을 즐겨 입고 올드한 LP판을 찾아다니는 걸 힘들어하지 않는다. 그들 아버지 세대가 봤던 영화를 넷플릭스로 즐긴다. 보라가 계획한 인물은 MZ 세대의 새로운 트랜드에 딱 맞았다. 그 윗세대들이야 변화가 없는 올드 패션이라 찰떡궁합인 건 말할 필요가 없다.

보라의 계획은 이랬다. 은막의 여왕이라는 여류 탤런트 윤미진과 드라마 작가 이경희를 초대해 그들이 출연했던 드라마에 얽힌 뒷이야기를 듣는 것이다. 탤런트 윤미진은 모든 시청자가 궁금해할 인물이다. '마담 파리', '사랑을 선택한 왕녀', '북풍을 헤치고'…. 등 인기 드라마에서 사랑을 받아오다 '제국의 딸'을 끝으로 브라운관에서 볼 수 없어 모두 궁금해하는 인물이다. 드라마 작가인 이경희도 인기는 윤미진에 버금가는 인물이다. 미진이 출연한 작품은 거의 그녀가 쓴 대본이다. 두 사람은 바늘과 실같이 뗄 수 없는 사이였다. 이경희는 작품을 쓸 때 미리 주인공을 미진으로 정해 놓고 그녀의 이미지를 생각하며 작품을 썼다고 한다. 그런 사이니만큼 드라마와 관련되어 알려지지 않은 이야기들이 많을 거다. 출연만 한다면 흥미로운 이야기가 펼쳐질 거다. 시청률은 걱정할 필요가 없었다. 전 국민을 울리고 웃게 했던 배우라 카메라 앞에 서는 몸이 알아서 움직이며 분위기를 이끌어 갈 거다. 사실 교양프로에 어울릴 출연진이지만 논란은 없을 거다. 오히려 이들의 출연으로 프로그램의 벽을 허물 수도 있을 거란 생각이 들었다. '향수'라는 노래가 클래식과 대중가요의 경계를 느슨하게 만든 것처럼. 이들로 인해 프로그램의 칸막이가 걷히는 효과가 있을지도 모른다. 어쨌든 그런 건 나중 일이고 이들을 초대석에 앉히는 게 우선이다. 보라가 계획을 세울 때는 뭔가 믿는 데가 있어서 한 일일 거다. 이경희 작가는 보라가 나온 대학의 교수로 있은 적이 있었다고 생각하며 보라가 하던 말이 떠올랐다.

"선배는 산을 넘을 방법을 생각해보세요." 그래 방법을 찾아봐야지.

"언니 잘 있었어요?" 나혜였다. 어려운 전화였다. 그렇게 뒤숭숭한 소문을 남기고 떠난 후 회사에 연락한다는 건 용기가 없이는 어려운 일이다. 그런 용기를 낸 데는 이유가 있을 거다.

"오랜만이야…. 별일은 없고…?" 나혜는 대답을 건너뛰고 물음을 이어갔다.

"언니, 회사에 무슨 일 있지?" 얘가 험한 곳에서 생활한다더니 이제 돗자리 깔 정도가 됐나 하는 생각이 들었다.

"무슨 일인데…?" 회사 얘기는 하지 않고 대답을 기다렸다. 가만있으면 저쪽에서 말하게 마련이다. 전화했을 때는 궁금증을 풀려고 한 것일 수도 있고 뭔가 알려 주려고 한 것일 거다.

"국장이 입에 당기는 미끼를 던졌는데 언니와 관련이 있는 것 같아 연락했어…." 머리를 스치는 뭔가가 번쩍했다. '늙은 여우가 복선을 깔고 있는 게 아닌가?'

"그래 말해봐, 궁금하네…?" 나혜의 이어진 말은 짐작한 대로였다. 새로 시작하는 프로그램인데 만들어 보라면서 코너 메인 작가 자리를 제안해 왔다고 했다.

"그래 대답은 했어?"

"그리 쉽게 대답할 일이 아니잖아?" 생각해보니 언니와 엮인 것 같아 먼저 연락해 보고 결정하려 했다고 한다. 나혜도 국장의 제안이 미심쩍었던 모양이었다. 돗자리 깔 정도는 아니라도 사람 보는 눈이 밝아진 모양이다. 상대가 그리 나오는 데 숨길 필요가 없었다. 그사이 있었던 일을 털어놓았다.

"언니, 정말 잘했다. 여우 함정에 빠지지 않아서 다행이야." 나혜는 돕고 싶다면서 방법을 알려달라고 했다.

"방법은 간단하잖아…? 조건을 들어주는 척하다 데드 타임서 돌아서는 거지."

"언니 알았어. 내가 알아서 물을 먹일 테니 기다려 봐…." 나혜도 복수라는 비수를 품고 있었던 것 같았다. 억울한 일을 당하면 그런 마음이 생길 거라는 생각이 들었다. 국장이 선심 쓰듯 제안한 것은 나혜를 위한 게 아니라 여차하면 그녀와 맞바꿀 보험이라는 걸 나혜도 안 것 같았다.

프로그램 제작에는 데드 타임이라는 게 있다. 그 시간을 넘기면 프로그램 제작이 물리적으로 어렵다. 그녀는 그 데드 타임을 생각하고 있다. 국장이 계획서를 퇴짜 놓는 기회를 주지 않는 거다. 국장이 '가지고 오기만 해봐라….' 매를 들고 기다리는데 넙죽 엉덩이를 들이대는 건 바보다. 기다리다 지쳐 제풀에 매를 내려놓게 해야 한다. 속을 태우는 주체를 그녀에서 국장으로 바꿔야 한다. 국장은 속 탈 일이 없을 것 같지만 그렇지도 않다. 계획서가 만들어지지 않으면 배당된 프로는 펑크가 나게 된다. 그런 무모한 일은 국장한테도 부담되는 일이다. 국장은 그런 것에 대비해 나혜한테 미끼를 던져 방패를 만들려고 했을 거다. 그는 지금 방패를 믿고 눈앞에 놓인 탁상력 날짜를 짚으면서, 계획서를 집어 던지며 복수할 꿈을 꾸고 있을 거다. 국장이 그런 즐거움을 앞당기려는지 계획서 제출을 재촉했다. 그녀는 마무리 단계라며 시간을 끌었다. 국장이 화를 내면서 당장 가지고 오라 했지만, 그녀는 꿈적하지 않았다. 몇 차례 그런 샅바 싸움의 시간이 흘러갔다.

국장한테는 금쪽같은 시간이었다. 그래도 믿는 데가 있으니, 프로가 펑크 날 일은 없어 든든했다. 데드 타임이 가까워지자, 나혜한테서 준비 완료라는 연락이 올 때라 기다리는 차 휴대폰에 나혜의 이름이 떴다. "나혜양 다 만들었지? 가지고 들어와." 저쪽에서 대답이 얼른 나오지 않았다. "국장님, 이번에는 어려울 것 같습니다. 미안합니다." 나혜의 마지막 펀치가 들어왔다. 믿었던 도끼에 발등을 찍혔다. 치명타였다. 어쩔 수 없는 상황이 되었다. '이것들이 정말…. 이게 뭐야' 계획서를 한 번이라도 날려버릴 기회마저 날아간 것을 알게 되었다.

계획서 설명은 보라가 하라고 했다. 계획한 사람이 설명하는 게 맞는 일이기도 하다. 국장은 승낙은 할 거다. 어쩔 수 없는 상황이 되었으니 달리 방법이 없다. 속앓이 하면서 복수는 다음 기회를 기다리는 수밖에 없을 거다.

국장이 읽어보지도 않고 사인한 프로그램은 시청률이 껑충 뛰었다. 출연한 윤미진과 이경희의 역할 덕이었다. 빛나는 경력은 여전히 빛났다. 국장이나 문 PD는 웃을 수 없는 난감한 일이었다. 보라가 자기 능력을 보여준 것이다. 보라는 드러내놓고 좋아하지 않았다. 그녀에 대한 배려에서다.

"곽 작가, 저녁에 둘이 쫑파티나 하자. 시간 내봐."

"좋아요, 선배의 명에 따르겠습니다."

홍대 부근 분위기는 늘 젊음이었다. 거기에 가면 기를 받는 것 같았다. 새로운 출발에는 그런 기가 필요하다. 그녀, 보라 모두한테 필요했다.

"곽 작가, 내일부터 나 출근하지 않는 거 알지?"

"언니. 짐작은 하고 있었지만 이제 진짜 작가가 되시겠네…? 좋은 작품 기대합니다."

그날 보라에 빚진 마음을 씻을 수 있었다.

작품을 쓰면서 보낸 시간이 그녀를 단련시켰다. 글 쓰는 일이 대장간서 망치질만 열심히 한다고 술술 풀어지는 건 아니지만, 그런 시간이 도움이 된 건 확실했다. 새로 시작한 작품이 쉽게 풀리면서 자신감도 생겼다. 문장의 표현이 부드러워졌고 앞뒤 문맥이 자연스럽게 이어지는 걸 보면 확실히 좋아졌다는 생각이 들었다.

그런 자신감이 문학상에 도전하게 했다. 마음에 두고 있는 문학상은 문예지 '문학 시대'에서 공모하는 문학상이다. 문단에서는 비교적 공정하다는 평에 이의를 제기하는 이는 별로 없었다. 문학상은 잡음이 없는 게 권위를 말해준다. 뒷말이 없는 건 공정하다는 증거다. 권위는 남이 주는 게 아니라 스스로 만들어가는 거다. 권위를 얻는 것은 그만한 노력의 결과다. 그 문학상은 입상자한테 주는 혜택도 많았다. 수상자라는 이름표를 달아 작품집을 출간해 주고, 상금도 상당한 액수다. 덤으로 인세도 기대해 볼 만하다. 당선이 어렵기는 하지만, 힘들여 쓴 작품이 수작이라 여겨져 문학상 공모에 작품을 보냈다.

발표일이 가까워질수록 문학상 소식이 궁금해졌다. 기

다림이 자신도 모르게 큰 모양이었다. 잘하면 이번에 엄마의 잔소리를 날려 보낼 만루 홈런이 될지도 모른다는 기대를 해보기도 한다. 휴대폰을 자주 확인하는 건 그런 기다림 때문이다. 그리만 된다면 작가라는 호칭이 어색하지도 않을 테고, 체면도 설 거다. 특히 구 여사한테 그럴 거다. "그 좋은 직장을 그만두고 이게 뭐 하는 짓이람… 쯧쯧…." 말이 쑥 들어갈 거다. 그리고 잘 나가는 작가들처럼「자기만의 방」을 마련할 수 있을지도 모른다는 부풀어진 기대가 휴대폰에 눈이 가게 했다. 그렇게 눈이 자주 가다 보니 휴대폰 소리에 예민해졌다. 벨이 울리면 깜짝 놀라며 휴대폰을 집어 들었다. "문학 시대입니다."를 기대했지만, 맥이 풀렸었다.

기다림이라는 답답한 마음을 달래려 밖으로 나왔다. 하늘을 쳐다봤다. 파란 하늘이 맞아줬다. '그래, 천천히 기다려 봐…. 서두른다고 될 일이 아니잖아….' 자신에게 타일렀다.

그때 휴대폰 벨이 울렸다. 이번에는 하는 기대로 첫 음의 울림과 거의 동시에 깜짝 놀란 동작으로 발신자를 확인했다. 팽팽하게 당겨진 끈이 가위에 잘린 것처럼 순간 축 처졌다.

"언니, 글 쓰는 데 방해가 되지 않아?" 나혜였다.

"지금 쉬는 중이야…. 잘 지내고 있지?" 물음에 뜸을 들이다 조금 어색한 답이 돌아왔다.

"나, 회사에 다시 나가기로 했어. 언니가 있던 자리에 보라가 올라가고 나는 코너 메인으로 가게 됐어." 일이 참 묘하게 돌아간다는 생각이 들었다. 회사에 뒤숭숭한 소문도 있었는데 물음표가 줄을 이었다.

"잘된 일이네…. 그런데 좀 그런 소문도 있었는데…?"

"어 그거 소문과는 좀 다른데 당사자가 통절한 마음으로 사죄한다고 해서 넘어가려고." 고개가 갸웃거려졌. '나혜가 원래 저랬든가?'

더 알 수 없는 건 국장이었다. 자신을 물 먹인 나혜를 받아주다니 그렇게 너그러운 사람이었던가? 절대 그런 인물은 아니었는데…? 그렇다면 혹시 눈앞에 두고 야금야금 씹으려는 사디즘인가? 그건 알 수 없는 일이었다. 어쨌든 나혜의 결정은 이해가 되지 않았다.

"언니, 살아보니 세상 바람이 너무 험하더라. 나도 정신 차리고 살아보려고…. 응원해 줘…."

"그래 힘내…."

그 험한 바람은 거기서도 분단다…. 그런데 개떡 같은

이 기분은 뭐지? 만루 홈런에 열광하는 관중들이 어른거렸다. 투수는 보이지 않았다. 자신이 날려야 할 홈런을 예상치 못한 곳에서 먼저 날린 것 같았다. 누구지…? 씁쓸해지면서 어디선가 은근한 미소를 지을 인물이 희미하게 떠올랐다.

중편소설

해신당

다녀가라는 연락을 받은 건 며칠 되었다. 이맘때면 늘 얼굴을 보이기에 주최 측에서는 알리는 게 당연한 일이 되었다. 나도 참석하는 걸 의무처럼 당연하다 여겼다. 그러던 마음이 '이제 이쯤이면 어떨까?' 세월을 핑계로 하루를 그냥 보내다, 그래도 이번만은 하며 생각을 바꾸었다. 가기로 마음을 정하고 나니 잘했다는 생각이 들었다. 동해안으로 향하는 기차에 올라 창밖을 보며 해수는 여전히 잘 지낼 거라는 생각을 하며 지난 일들이 바람에 구름 지나듯 스쳐 갔다. 모두 오래전 일이지만 돌에 새겨진 글귀처럼 추억은 그리 쉬 잊히는 건 아니었다. 이제는 고속철이 생겨 옛날처럼 시간이 오래 걸리지 않았다. 시간은 단축되었는데 마음은 그대로여서 고향이라고 찾는 게 옛날 그대로였다. 전에는 시간이 오래 걸려 자주 못 간다고 했지만, 지금은 이유가 마뜩잖기도 하다. 시간은 짧아져도 세월은 더 길어져 그런 것 같다. 두어 시간 만에 도착한 기차에서 내려 택시로 해신당 근처에 도착했을 때는 정오 무렵이 되었다.

마을 어귀에 들어서자 굿당서 들려오는 소리가 바람에 끊겼다 이어지며 어지러웠다. 굿당으로 가는 길 양쪽으로 만선기가 펄럭이고 있었다. 어선마다 기가 달라 울긋불긋 만선을 기원하듯 요란했다. 굿이 오전 마무리에 들어갔는지 장구와 꽹과리 소리가 바닷바람을 가르고 무당의 비나리가 빠르게 바람에 흩날렸다. 푸른 바다서 밀려와 사라지는 파도는 몸조심하는지 조용했다. 굿하는 소리에 취했는지 모래톱에 올라온 파도는 소리도 없이 몸을 감추었다.

바닷가 언덕에 마련된 굿당에 들어서자, 사당에 모신 용왕녀가 양쪽으로 시녀를 거느리고 엷은 미소로 맞아 주었다. 동해안 해신당의 주신은 용왕녀다. 용왕의 딸이니 용한 힘을 가졌으리라 믿어서다. 내가 매년 굿당을 찾는 건 마음에 빚으로 남아있는 일이 있어서다. 오래된 일이긴 하지만 마음에 그림자로 아직 남아있다.

친구인 해수가 보였다. 고향 '어달리'에 있는 유일한 친구다. 사당 옆에서 젊은이들한테 뭔가를 시키고 포장에 싸인 물건을 확인하며 분주하다. 오늘 남은 시간이 넉넉하니 바쁜 그를 부를 일은 아니었다. 굿 마당 귀퉁이에 자리를 잡고 앉았다. 얼굴이 익은 무당이 굿의 주무를 맡고 있었다. 지난해 봤던 무녀였다. 메뚜기도 한 철이라 저들도 때를 놓치지 않고 굿을 해야 생업을 유지할 수 있을 거다. 굿을 따오는 것도 수완이 좋아야 한다. 요즘은 강신무가 아닌 세습무들이 많아 일거리가 줄고 있다.

대학에 연희과가 있다. 무녀를 길러내는 학과다. 그런 학과가 있는 대학이 세 곳이나 되니 무녀가 많아질 수밖에 없다. 많이 알려지지는 않았지만, 그런 대학 중에 한예종도 있다. 예술 분야에 타고난 천재들만 가는 대학이다. 그런 대학에 무녀를 기르는 학과가 있다는 것은 굿이 민속문화로 자리를 잡았다고 해도 될 것 같기도 하다. 한예종을 말하려면 고인이 된 이어령 선생을 말하지 않을 수 없을 거다. 그가 장관 시절 한예종 설립을 추진하자 천재들한테 무슨 특수학교냐며 반대하는 국무위원들이 많았다고 한다. 그러자 "천재를 위한 학교가 아니라 장애인을 위한 학교"라며 예술 이외는 아무것도 할 수 없는 사람은 장애인과 다름없다는 그의 설득에 학교가 설립됐다는 이야기는 후일담으로 남아있다. 한 사람의 선한 의지가 어떤 영향을 끼치고 있는지 보여주는 예라 하겠다.

어찌 됐든 무녀의 수가 늘어난다고 굿도 따라 늘어나는 것은 아닐 것이니 일거리가 줄어들고 있는 건 당연하다. 말하자면 공급과잉인 셈이다. 그런 까닭에 무녀들은 축제 담당자와 맺은 연줄을 놓지 않으려 공을 들인다. 사설을 걸쭉히 풀어놓으며 굿을 이끄는 무당은 해수와 그런 끈을 잘 이어가고 있는 것 같았다. 매년 굿을 도맡는 거로 봐 그럴 거란 생각이 들었다. 사람 사는 데는 어디나 연줄이 필요한 모양이다.

무당의 비나리는 용왕제를 올리는 내용이었다. 매년 듣다 보니 어지간히 알아들을 수 있었다. 사흘 동안 하는 굿이라 이틀째인 오늘은 용왕제를 올리는 순서일 거다. 굿을 몇 번이라도 봤으면 알 수 있다. 첫날은 부정굿으로 신을 맞을 준비를 하고 이튿날이 본 굿이다. 지금은 시간상으로 굿이 중반을 넘어서는 게 맞을 거다. 용왕제에 이어 당산제에다 넋맞이 굿이 남아있다. 그걸 다 할지는 알 수 없지만 매년 그리했다. 굿을 하는 까닭이 무사고와 바다서 숨진 넋을 위로하는 일이니 빼놓지 않고 하려면 부지런을 떨어야 한다. 꼭 해야 할 굿을 대충하고 관객들의 시줏돈에 눈을 팔아 사설이 길어지면 시간이 부족해 건너뛰기도 한다고 한다. 무당이 사람을 속이는 건지 귀신을 속이는 건지는 알 수 없지만, 세상이 변하다 보니 무당도 속이는 짓을 하는 모양이다. 나이 들었지만 곱상한 자태가 아직 남아있는 무당은 시간이야 어찌 됐든 시주하는 이들을 위해 '돈타령'을 풀어놓지 않을 수 없는 모양이었다. '돈타령'은 판소리 춘향전에 기원을 두고 있으니, 굿에는 없는 것을 무당이 흥을 돋우기 위해 풀어놓는 것이다. 능력에 따라 재미뿐만 아니라 신줏대에 매달리는 시줏돈에도 차이가 난다.

"돈 봐라, 돈 봐라 잘난 사람은 더 잘난 돈 못난 사람도 잘난 돈….
사람을 죽고 살리는, 생살 직권을 가진 돈, 돈
부귀공명이 붙은 돈, 이놈의 돈아, 아나 돈아
어디를 갔다가 이제야 오느냐, 돈 돈 돈 돈 돈 봐라…."

춘향전에서 남원부 사령들이 뇌물로 받은 돈을 들고 부

르는 타령 한 소절로 답하고 굿을 이어갔다. 지금 굿을 하는 무당은 구렁이 담 넘듯 슬그머니 넘기는 짓은 하지 않을 것 같았다. 그랬다면 매번 올 수는 없었을 거다. 요란스러운 꽹과리 소리가 절정을 이룬 뒤를 이어 모든 소리를 빨아들이는 징 소리가 파장을 길게 남기며 오전 굿을 끝냈다. 격렬한 사랑의 교합이 끝난 후처럼 주위가 잠잠해지자 해수가 굿당의 객석을 살피며 누군가를 찾는 모습이다. 아마 내가 왔는지 궁금해하는 것 같았다. 나를 보자 벌쯤 미소를 지으며 손을 들어 반가움을 전했다. '그래 자네가 안 올 수는 없지.' 하는 것 같았다.

"언제 왔는가? 이번엔 안 오는 줄 알고 웬일인가 했지?"

"좀 됐어. 바빠 보이길래 그냥 구경하고 있었지."

"와주니 반갑네…. 자네를 보려고 온 귀신들도 이제 편히 돌아가겠지?" 농담과 진담이 섞인 인사를 건넨다.

"그랬으면 좋으련만…. 늘 바라고 있는 일이지…."

굿 마당 뒤에는 둥근 몽골 천막 여러 동이 쳐져 있었다. 해수는 천막 안으로 팔을 끌었다. 주방인 듯한 천막 안에서는 치마를 허리에 질끈 묶고 머리를 틀어 올린 여인네들이 음식을 준비하느라 분주했다. 마을 주민인지 굿당 패인지 구분이 되지 않았다. 들어선 천막에는 사람들이 들어차 빈자리가 없었다. 잠시 그들을 살폈다. 만수가 있나 해서다. 눈에 띄지 않았다. 그를 만난 건 몇 해 전이었다. 해수가 저 친구를 모르겠냐고 했을 때 기억이 어사무사했지만, 이야기를 나누다 보니 자신이 살던 집에서 그리 멀지 않은 곳에 살았었다. 초등학교를 나오고는 뱃일하는 바람에 만날 기회가 없어 기억이 나지 않았던 거다. 그래도 만수는 "순풍호 선주집 아들 아니여…?" 하며 반겨주었다. 이름은 기억하지 못하는 것 같았지만 고향에 아직 자신을 알아보는 사람이 있다는 게 반가웠다. 그가 오늘은 보이지 않는다.

"만수는…?" 해수는 얼른 대답을 하지 않았다. 한참 뜸을 들인 다음에 "그리됐어…. 불쌍한 인생이지. 그래도 말년엔 자식들 덕에 조금 편하게 지내긴 했지…." 벌써 그런 나이가 됐나 싶어 허망한 생각이 들었다. 죽는 거야 정해진 나이가 없으니 어쩔 수 없는 일이긴 하다. 점심으로 나온 소머리국밥을 안주 삼아 술을 마시는 게 여기저기 눈에 들어왔다. 낮부터 무슨 술이람 하다가 지금 어촌에 와 있다는 걸 잊고 있었다. 어촌이라고 낮술을 당연시하는 건 아니지만 이런 굿판이 있는 날에는 그럴 수 있었다. 어렸을 적 많이 보아왔던 모습이기도 했다. 해수가 자리를 옮겨 다른 천막으로 들어갔다. 방금 굿을 마친 무녀들이 쉬다가 자리를 권했다. 굿을 배우는 학습무로 보이는 젊은 무녀도 있었다. 악기를 다루던 악사들은 밖에서 담배를 피우며 이야기를 나누고 있다. 그들도 오전 굿에 나른해진 피로를 담배로 푸는 모양이다. 해수가 굿의 계약자라 서로 친밀해 보였다. 더구나 마을 기금을 관리하는 책임자이니 굿 값을 제대로 받으려면 가깝게 지내는 게 좋을 거란 생각인진 모르지만 살가웠다. 무당의 처지에서도 이런 굿을 계속하려면 해수 같은 사람과 가깝게 지내야 했다. 그래야 다음 해에도 연결될 수 있다. 괜히 뜨악하게 대했다가는 좋을 게 없다. 그래서인지 무당 식구들은 해수한테 식탁 가운데 자리를 권하며 점심을 같이하자고 했다. 소머리국밥은 금방 나왔다. 주방 안의 일솜씨가 매워 보였다. 반찬으로 나온 김치도 시지 않고 상큼해 입에 맞았다. 말없이 밥만 먹기는 서먹한 것 같아 앞에 앉은 학습무한테 말을 건넸다.

"예쁜 신령님은 학생인가요?"

"저 말씀인가요?" 고개를 끄덕이자

"졸업한 지 3년이 됐습니다."

"그럼 어지간한 굿은 하겠네…?"

"선생님께 배우는 중이라 아직은 어렵습니다."

세상에 쉬운 일이 어디 있을까마는 여기도 마찬가지인 모양이다. 주무당을 선생님이라 부르며 어려워하는 모습이 그 세계의 분위기가 어떤지 짐작이 가게 했다. 점심을 마치자 자리를 옮겨 해수와 그동안의 소식을 나눴다. 안부를 겸한 일상의 이야기들이었지만 바다 냄새가 묻어나는 그리운 소식과 만수 같은 안타까운 이야기도 나눴다. 해수는 지난해 그대로 건강해 보였다. 지금도 배를 타는 현역 어부의 길을 내려놓지 않고 있다.

정년을 코앞에 두고 있는 자신과 달리 정년 같은 걸 걱정하지 않고 계속하는 일 할 수 있는 그가 부럽기도 했다. 해수는 쉬지 못하고 일하는 게 힘들다고 했지만 일을 대하는 모습은 즐거워 보이기만 했다. 그냥 겉으로 하는 말인 것 같았다.

해수와는 어렸을 적 같은 마을에 살았다. 지금까지 살아온 시간과 비교하면 함께한 시간은 그리 길지 않았지만 그럼에도 지금껏 교분은 이어오고 있다. 함께한 기간이 짧은 건 내가 중학교 졸업 후 서울로 진학했기 때문이었다. 서울서 사업을 하는 삼촌이 공부를 제대로 시키려면 올려보내라는 권유가 있었기 때문이다. 당시 고향에는 진학할 마땅한 학교가 없기도 했었다. 실업학교 위주라 대학 진학과는 거리가 멀었다. 당시 어머니는 나를 대학에 보내는 게 꿈이었다. 선주 집이라 가정형편도 그만한 데다 마을엔 대학생이 없어 당신의 아들을 마을 1호 대학생으로 만드는 게 소망이었다. 그렇게 서울 생활이 시작되면서 해수와는 방학 때 집에 내려오면 어울릴 수밖에 없었다. 만나면 이야기는 대부분 서울 생활이 궁금한 해수가 물었고 나는 간단히 대답하는 식이었다.

"상철아, 서울 생활이 뭐 그리 재미없어. 여기만 못하네…."

"매일 학교생활인데 재미있을 시간이 어딨어? 재미있는 거라면 너랑 지내는 이런 시간이지." 사실 서울에서의 생활은 학교와 삼촌 집을 오가는 단순 반복이었다. 삼촌은 사업 관계로 바빠서 마주하는 시간이 가물에 콩 나듯 했다. 숙모는 친절했지만, 함께 나눌 얘깃거리가 많지 않았다. 기껏해야 학교생활에 관한 정도였다. 그마저 숙모는 학부모의 관점에서 물어보는 것이라 묻는 말에 답을 하고 나면 더 할 말은 없었다.

숙모도 바쁘기는 매한가지였다. 아이 돌봄과 집안일에 매달리느라 나와 길게 이야기를 나눌 형편은 못 되었다.

사촌 동생인 상민이는 어려서 말동무는 어려웠다. 학교에서도 친할 만한 친구가 별로 없었다. 촌놈이라 얕보는 것 같은 그들과는 가까워지고 싶은 마음이 별로였다. 자연히 혼자의 시간이 많아 휴일이면 도서관을 찾았다. 그런 까닭에 학교 성적이 올라갔다. 나의 성장을 보며 좋아한 건 고향의 부모님보다 숙모였다. 좋아지는 성적을 가까이서 보는 즐거움 때문이었다. 멀리 있는 부모님이 이번에 성적이 좋아졌다는 연락을 받는 것과는 느끼는 강도에 차이가 있었다. 시골에서는 학교 성적이 좋아졌다는 의미의 크기를 그리 느끼지 못하는 것 같았다. 경쟁이 얼마나 치열한지, 성적을 올리기 위해 들이는 노력이 어떤지 알 리 없다. 거기다 나이가 드신 부모님이라 감정표현이 예민할 수도 없었다. "그래 잘했구나. 애썼다." 자주 듣는 말의 반복이었다. 그러나 숙모는 달랐다. 성적표를 펼치는 순간부터 눈빛이 달라졌다.

"와…. 상철 도련님, 축하해, 정말 대단하다. 누굴 닮아 이렇게 공부를 잘하지. 우리 상민이도 형을 닮아 공부를 잘하겠지…? 같은 핏줄인데." 숙모는 나를 통해 아들인 상민의 예비 교육 훈련을 하는 것 같았다. 칭찬을 받으니 기분은 좋았다. 내가 대학에 가고 나서야 숙모의 마음이 이해되었다. 경쟁 위주의 교육환경에서 자녀를 키우는 일이 얼마나 힘든 일인지를 어렴풋이나마 알게 되었다.

해수와 보내는 시간은 즐거웠다. 방학이라지만 고향인 어달리서 보낼 수 있는 기간은 길지 않았다. 자율학습이 이어지기 때문이다. 그래도 해수와 지내는 기간만은 마음껏 바다에서 즐겼다. 수영하고, 갯바위에 붙은 섭조개로 국을 끓여 먹기도 했다. 섭조개국은 짙은 바닷냄새를 풍겼다. 짜고 시원함이 버무려져 내는 맛이 일품이라 바닷사람들이 즐겨 찾는다. 그걸 만드는 일은 해수가 다 했다.

수산고등학교에 다니는 그는 바다에서는 한없이 자유로웠다. 바다에 관해 아는 것도 많아 전문가처럼 보였다. TV 프로에 나오는 '바다의 왕자'가 저런 모습이 아닐지 하는 생각이 들 정도였다. "서울 촌놈이라 형편없군." 섭조개 따는 일이 서툰 나를 놀리며 서울 사람 취급했다. 나는 여전히 '어달리' 사람이라는 생각인데 해수는 그리 생각하지 않는 것 같았다.

'어달항'은 묵호항에서 북쪽으로 조금 떨어진 작은 어항이다. 묵호항이라는 큰집 옆에 막내처럼 고기 잡는 배가 올망졸망 모여있는 어항이다. 어달항을 아는 사람은 그리 많지 않다. 고기만 잡는 작은 어촌이 그리 알려질 일은 없기도 했다. 그러나 큰집인 묵호항은 달랐다. 해방 이후 동해안에 있는 항구 중에는 큰 축에 들었다. 산업화 이전인 60년대 동해안의 항구는 '항구'라는 이름을 붙이기 부끄러울 정도였다. 울산항은 포구였고 속초항은 작은 어촌이었다. 항구라 불릴 만한 곳은 포항, 묵호 정도였다. 그 당시 묵호항은 어항이라기보다는 무역항이라 해도 될 정도였다. 당시 얼마 되지 않는 수출품 중 하나였던 무연탄 수출항이었다. 거기다 동해안으로 들여오는 주요 원자재를 하역할 수 있는 항구는 묵호항 외는 없었다. 일자리 구하기가 하늘의 별 따기보다 어려웠던 시절 어지간만 하면 밥은 굶지 않는 곳이었다.

전국에서 일자리를 찾아 사람들이 문전성시를 이뤘다. 항구 부근의 산자락에는 무허가 판자촌이 생겨나며 그들의 보금자리를 제공해 줬다. 그렇게 몰려드는 사람 중에는 파시처럼 계절에 따라 종류가 달랐다. 지금은 거의 잡히지 않는 오징어 철이 되면 배를 타려는 사람들이 몰려왔다. 특별한 기술이 없어도 할 수 있는 데다 현금을 바로 손에 쥘 수 있어 사람들이 줄을 이었다. 그들의 전직은 다양했다. 갖가지 일을 하던 사람들이었다. 사업가, 회사원, 할부 판매원, 대학생까지…. 대부분 생활을 위해 왔지만,

대학생은 등록금을 마련하기 위해 찾는다고 했다. 어획량이 좋을 때는 웬만큼 수익을 올릴 수 있었다. 오후 서너 시쯤 채낚기 어선을 타고 바다로 나가 새벽까지 고기를 잡는다. 같은 배를 탔지만 고기 잡은 수량에 따라 돌아오는 수입이 달랐다. 오징어를 끌어 올리는 채낚기는 어부마다 칸막이가 되어있어 잡은 고기는 다른 어부한테로 가지 않게 되어있다. 부지런히 채낚기를 돌리며 많이 잡은 어부는 그만큼 돈이 많이 차례 간다. 게으름을 피우거나 몸 상태가 안 좋아 어획량이 신통찮은 어부는 그만큼 돈이 적게 손에 쥐어질 수밖에 없었다. 그 때문에 같은 배에서 고기를 잡지만 손에 쥐는 돈은 각각 달랐다. 철저히 개인의 능력에 따라 주어졌다. 자본주의가 작은 배에서 실행되었다.

고기를 잡는데도 경력은 필요했다. 오징어가 많이 날 때는 채낚기에 무더기로 매달려 낚싯줄이 무거워진다. 노련한 어부들은 그 무게감을 느끼며 낚싯줄이 감당할 만큼의 고기를 낚아 올린다. 많다 싶으면 채낚기를 풀어 매달린 오징어를 떨궈 무게를 조종한다. 경력이 짧은 어부들은 그걸 몰라 낚싯줄에 가득 매달린 오징어를 '이게 웬 떡이야….' 하며 끌어 올린다. 낚싯줄이 무게를 감당 못 해

끊어진다. 그날은 허탕을 치게 된다. 낚싯줄이 없는 채낚기를 돌려봐야 소용없는 일이다. 바닷속으로 가라앉는 낚싯줄을 바라볼 수밖에 없다. 옆에 어부는 부지런히 고기를 낚아 올릴 때 구경만 할 수밖에 달리 도리가 없다. 여분의 낚싯줄을 준비했더라도 채낚기에 걸어 다시 준비를 마치고 나면 오징어 떼가 사라졌을 수도 있다. 있다 해도 시간이 흘러 어획량에 차이가 날 수밖에 없다. 아무리 쉬운 일이라도 경험은 스승이 된다는 건 고기 잡는 배에서도 진리였다.

고기를 많이 잡고 못 잡 고는 운이 따라야 한다. 그 운이라는 게 선장에 달렸다. 고기가 많은 바다에 닻을 내리면 만선이고 빈 바다에 닻을 내리면 빈 배로 돌아와야 한다. 어군탐지기가 없던 시절이라 선장의 경험에 의존할 수밖에 없었다. 허탕을 친 날은 허망하다. 아침에 항구에 들어오는 배들의 모습은 제각각이다. 만선의 선왕기를 펄럭이며 물살을 호기롭게 가르며 헛기침으로 부두에 쿵 소리를 내며 접안 하는 어선이 있는가 하면 조용히 부두서 떨어진 곳에 숨듯이 붙이는 어선도 있다. 어떤 상황인지는 물어볼 필요가 없다.

허탕을 친 배의 선원들은 다음날 다른 배를 탄다. 그런 선원 중에는 만선을 피해 다니는 사람도 있었다. 늘 만선이던 배가 그가 타면 허탕을 치는 경우다. 그런 사람을 뱃사람들은 '재수 옴 붙은' 사람이라며 피했다. 선장은 그런 사람의 승선을 거부했다. 뱃일이라는 게 위험한 일이라 선장한테 모든 권한이 주어져 있다. 선장이 거부하면 달리 방법이 없다. 그래도 일손이 모자라는 배는 그런 사람이라도 태웠다. 그러다 운이 좋아 만선이라도 하게 되면 '재수 옴 붙은' 꼬리표는 떨어지게 된다. 그에게 만선의 기쁨과 함께 운수 좋은 날이 되기도 한다.

만선을 알리는 선왕기가 많이 펄럭이는 날의 부두는 생선 비린내가 아침 공기를 채웠다. 잡은 고기를 가득 채운 배를 기다리는 부두 사람들도 그런 비린내가 오히려 반갑다. 비린내가 넘쳐날수록 부두는 활기가 넘쳐난다. 어부들은 자신이 잡아 온 고기가 경매에 부쳐져 팔리고 나면 돈을 손에 쥔다. 다른 데처럼 어중간하게 어음을 준다거나 하지 않는다. 새파란 현금을 그 자리서 손에 쥔다. 노력한 보상이 이리 빨리 돌아오는 직업은 별로 없을 거다. 오징어잡이 배를 타려 몰려드는 이유 중에 제일 큰 것일 거다. 현찰을 손에 쥔 어부들은 어깨를 펴고 집으로 가거나 각자 볼일을 본다. 개중에는 술집으로 발길을 향하는 어부도 있다.

  오징어가 많이 나는 철은 묵호항뿐만 아니라 어달항 인근까지 들썩거리며 흥청거린다. 먹고 마시는 게 넉넉해진다. 오늘 손에 쥔 돈을 모두 써도 내일 다시 들어오기에 아끼지 않았다. 살만하다는 소리가 여기저기서 들린다. 여자들은 누런 금목걸이에다 금팔찌까지 몸에 값비싼 패물로 치장하느라 정신이 없다. 금방도 대목이고, 선술집도 단단히 한몫 챙긴다. 한 철 벌어 일 년을 산다는 말이 나오는 좋은 경기다. 그런 들뜬 분위기에 아랑곳하지 않는 삶이 있다. 경호 형이었다.

  "경호 선상은 알뜰하기도 하지 남들매냥 헤프게 쓰지도 않고 모으는 모양이야…. 보통 괴기잡는 사람과는 다르재…. 별나기도 하재." 어머니가 들려주는 말에 경호 형의 상황을 알게 되면서 다시 학교에 가려고 하는 것 같다는 생각이 그때는 들었다.

※

  경호 형을 만나건 중학생 때였다. 그와 처음 마주했을 때 아저씨라고 불렀더니 내가 그렇게 나이가 들어 보이냐며 형이라 부르라 했다. 처음에는 형이란 말이 어색했었다. 시간이 지나 가까워지면서 형이라 부르는 게 친근했고 편한 느낌이 들었다. 처음 그를 만났을 때는 파시 때처럼 오징어잡이 철을 맞아 전국에서 배를 타러 몰려들던 시절이었다. 그도 그런 사람 중에 섞여 들어 묵호를 찾았다. 정확히는 어달리를 찾았다. 묵호에서 배를 타지 못해서인지 어떤지는 알 수 없었지만, 어달항에도 오징어잡이 배는 많았으니 굳이 까닭을 따질 일은 아니었다. 그 시절 우리 집은 꽤 괜찮은 집이었다. 어선 두 척을 가진 선주집이었다. 통통배라 불리는 어선이었지만 값이 상당히 나가 배가 없는 어부가 많던 시절이었다. 할아버지 때부터 내려오는 가업이라 윗대서 살림을 아껴 마련한 배 한 척이 두 척이 되는 데는 그리 오래 걸리지 않았다고 했다. 그 과정을 어머니는 늘 입에 달고 지냈다. "세끼 먹을 걸 두 끼 먹꼬, 장에는 아예 걸음을 하지 않았지. 먹꼬 싶은 거 다 먹꼬, 하고 싶은 거 다 하믄 돈 벌 수 없재. 에미 얘길 잘 들어 둬라. 알것재."

그렇게 알뜰히 산 덕에 생활에는 어려움이 없었다. 오징어 철에는 일손이 달렸다. 오징어를 한철잡아 일 년을 먹고 산다는 말처럼 많이 잡아야 하는데 일손이 모자라지 않게 하려 어부들을 온 사방서 구한다. 그런 과정서 경호 형을 만나게 된 거다. 우리 배를 타려는데 지낼 곳이 없다고 하자 집에 남아도는 방에 있게 했다. 그와의 인연은 그렇게 시작되었다.

"여보게, 굿당에 가 보세."

지난 이야기를 나누다 보니 시간이 많이 흘렀다. 행사의 책임을 맡은 해수는 굿당을 오래 비울 수 없는 처지다. 하는 일이야 별로 없지만 그래도 얼굴을 비추며 마을 기금으로 하는 굿의 진행을 살펴봐야 한다. 거기에 들어가는 돈이 만만치 않은 금액이라 헤프게 쓴다는 말은 듣지 않아야 한다. 무슨 일이든 트집을 잡는 사람은 있게 마련이다. 그게 사람이 사는 곳의 모습이다. 모두 똑같은 소리만 내는 건 건강하지 못하기도 하다. 생각이 다르니 목소리도 다를 수밖에 없을 거다. 단일 사상을 강요하는 사회에서도 작지만 다른 소리가 나오는데 자유로운 이곳에서야 거기에 토를 달 일은 아니다.

어달리 용왕굿도 마을굿이라 저마다 한마디씩 하는 터라 의견이 분분해 만만치 않다. 굿당을 자주 비우다 보면 나중에 엉뚱한 소리를 들을 수 있기에 미리 방지하려는 것 같았다. 해수와 굿당을 향해 가면서 사람 살아가는 일은 어디나 비슷하다는 생각이 들었다. 아주 작은 일에도 갈등, 시기, 모함, 의심, 투정…. 사람이 사는 곳에는 있기 마련이다. 거기다 아무 일에나 시비를 걸고넘어지는 걸 즐기는 사람도 있다. 소위 삐딱이 들이다. 그런 사람은 옳고 그름을 떠나 우선 반대부터 한다. 그 결과야 어찌 되든 알려 하지 않는다. 논리적으로 이해가 되지 않는다. 막무가내라 소통이 어려운 경우는 그냥 내버려 두면서 제풀에 사그라들 때를 기다려야 한다. 그런 부류는 시간이 지나면 조용해진다. 어달리에는 그 정도의 사람은 없는 것 같았다.

악사가 요란스럽게 꽹과리를 치며 오후 굿이 시작되었다. 신내림이 몸에 전해지는 모양이다. 악기를 다루는 악사들도 남자 무당인 박수들이라 신이 몸에 내릴 때는 저리 야단을 떨기도 한다. 동해안에서 이뤄지는 별신굿의 진행은 비슷해 흐름으로 봐선 이틀째 오후인 지금은 용왕제에 이어 당산제가 이어지고 있다.

굿의 첫날은 부정굿으로 부정한 것을 물러나게 해 신을 맞을 준비를 한다. 청배라고도 한다. 이어서 대내림굿으로 신을 대나무에 모시는 도당풀이 굿이 된다. 말하자면 주위를 깨끗이 소제하고 신을 맞는 굿이 첫날에 이뤄지고 둘째 날은 용왕제가 중심이 되는 굿이다. 풍어와 무사고를 기원하는 굿이다. 해신당에서 굿을 하는 목적이다. 험난한 바다에서 아무 탈 없이 고기를 잡을 수 있게 해달라고 용왕한테 비는 굿이다. 거기에 풍어를 덧붙여 기원하는 거다. 풍어가 없으면 아무리 무사고라 한들 의미가 없다. 입에 풀칠하고 살려면 고기가 잡혀야 한다. 풍어를 비는 일이 무사고에 덧붙였다고는 하지만 순서가 바뀌었다는 생각이 들기도 한다. 굿당 위에 커다랗게 붙여놓은 '풍어 기원 굿 마당'이라는 행사 명칭에서도 알 수 있는 일이다.

자리를 잡고 굿을 이끄는 무당의 춤사위에 빠져들었다. 애달파 보이는 은근한 몸짓이 폭 삭힌 술맛처럼 몸에 우러나는 춤사위가 부드러웠다. 허공을 가르며 내려오는 소매의 흔들림과 빙그르르 돌아서는 허리의 선이 매끄러웠다.

매년 빠지지 않고 굿당에 나타나는 김 교수가 보였다. 그는 이 지역 대학에서 민속학을 연구하는 학자다. 자신의 전공이라 빠질 수 없는 자리다. 의자를 옆에 끌어다 놓고 "올해엔 늦었습니다." 인사를 건넸다. "네…. 사정이 좀 있어서 늦었습니다. 일 년 만에 또 뵙습니다." 매년 굿당을 찾을 때면 그를 만났다. 김 교수가 굿을 보면서 설명을 거들었다. 수년을 걸쳐 보았기에 그의 설명이 없어도 어지간히 짐작이 갔지만, 그는 설명을 멈추지 않았다.

토요일이었다. 오전 학교를 마치고 대문에 들어서자 이웃 아줌마들이 어머니를 중심으로 이야기를 나누고 있었다. 모인 곳의 안주인이기도 하지만 선주집이라는 보이지 않는 힘이 동네 아주머니들을 어머니 주위에 모이게 했다. 간단히 인사를 건네자 "선주집 귀한 아드님이 오시네, 공부는 잘했겠지…?" 하며 반겨주었다. 그들의 그런 수다는 늘 있는 일이기에 대수롭잖게 여기며 방으로 걸음을 옮기는데 들려오는 소리가 귀를 쫑긋하게 했다.

"상철이 어무이, 집에 들인 그 젊은 사람이 대학상이라면요?"

"웨메, 그게 징말인기요? 시상에나 그 귀한 학상이 어쩌다 여까지 왔대유?" 이웃 아주머니들의 궁금증을 풀어줘야 할 사람은 어머니였다. 나도 처음 듣는 말이라 궁금하기도 했다. 그들의 뒷이야기에 귀를 기울였다. "학비를 마련하러 왔다는데, 등록금인가 뭔가가 돈이 그리 많이 들어간다는 구먼." 아줌마들의 혀차는 소리가 이어졌다.

"않됐서라, 집이 어려운가베…. 쯧쯧쯧."

"세상 고르지도 못하지, 저런 학상한테 돈이 있어야제." 안쓰러움이 이어졌다. 그들의 일상이라는 게 바다와 관련된 것이다 보니 나누는 이야기들이 매일 같은 것이라 단순했다. 어제 한 이야기를 오늘하고 내일 또 할 거다. 그런 지루한 일상에 장경호라는 젊은이의 출현은 새로운 이야깃거리가 되고도 남았다. 그에 대한 궁금증은 새로운 이야기 소재가 되었다. 거기다 안쓰러움을 얹어 풀어놓는 중이었다. 아마 며칠은 사골 우려먹듯이 이어갈 거다.

그가 대학생이라니 의외의 일이었다. 작은 어촌이라 동네에는 대학을 나온 사람이 없었다. 그 시절 대학생은 우리와는 다른 신분으로 여겨졌다. 공부도 잘하고, 집도 부자에다. 부모는 한다고 하는 상당한 직위에 있는 그런 집안의 사람이라 여겼다. 그의 출현은 그런 고정 틀을 깨는 일이기도 했다.

처음 그를 만났을 때 어딘가 분위기가 다르다는 느낌이 들기는 했었다. 큼직한 가방을 메고 대문을 들어서는 모습이 고기만 잡는 뱃사람으로는 보이지 않았다. 얼굴도 검게 타지 않은 데다 뱃사람의 우락부락한 거친 모습이 아니었다. 자신과 마주친 눈동자가 따뜻하게 느껴졌었다. 저런 사람이 고기를 잡을 수 있을까? 하는 생각이 들었다. 단순히 고기 잡는 어부는 아닌 것 같다고 여겨졌다. 처음의 예감이 얼추 맞기는 했지만, 대학생일 거라는 생각은 하지 못했었다. 어쨌든 나도 사람 보는 눈은 있다는 생각이 들면서 언제 시간이 될 때 그와 이야기를 나눠보기로 마음먹었다. 그에 대해 궁금함과 큰 도시의 새로운 소식을 듣고 싶기도 했다.

바다 일도 농사일처럼 철 따라 하는 일이 다르다. 농사가 계절 따라 씨 뿌리고 거두는 일이 다르듯이 바다에서도 철 따라 잡히는 고기가 다르다. 여름 한 철은 오징어가, 가을에는 전어가 잡힌다. 잡히는 바다도 달랐다. 농사도 지역에 따라 생산물이 다르듯이 바다도 마찬가지다. 철에 따라 어부들이 몰려왔다 사라지는 일이 철 따라 농사짓듯이 거듭되었다. 몰려든 그들은 하루라도 쉬지 않고 일하려 했다. 그래야 조금이라도 더 많이 돈을 손에 쥘 수 있기 때문이었다. 하지만 바다 일이라는 게 마음대로 되는 것은 아니다.

날씨가 나쁘면 바다에 나갈 수 없어 쉬게 된다. 어부들은 그런 날이 공일이다. 쉬는 날은 보통 그들끼리 모여 술을 마시며 만선으로 행운을 잡았던 일이나 떠나온 고향 이야기를 나누며 외로움을 달랬다. 그런 어부들과는 달리 경호 형은 쉬는 날이면 거의 방에 머물렀다. 처음엔 피곤해 쉬는가보다 여겼지만 그런 일이 거듭되자 무슨 딴 일을 하는 게 아닌가 하는 생각이 들었다. 새벽에 바닷일을 나가면서 반쯤 열어둔 문으로 방안이 보이기도 했다. 책상 위에는 큼직한 제목이 영어로 쓰인 책 서너 권과 두툼한 대학노트가 보였다. 당시 그게 원서라는 걸 몰랐었다. 대학생이라 어려운 책을 보는가 보다 했었다. 굳이 방문을 잠글 일도 없어 그런지 그렇게 열려 있는 경우가 많았다.

일요일인 그날도 날씨가 좋지 않다는 일기예보였다. 남쪽에서 올라오는 태풍의 영향으로 바람이 거세다며 조업 금지가 내려졌다. 이럴 때는 지시를 따라야 한다. 괜한 욕심으로 무리하다가는 사고를 당하게 될 수도 있다. 전에도 그런 일이 있었다. 조업 금지로 아무도 나가지 않은 어장을 혼자 차지해 만선을 하려는 욕심으로 몰래 나가는 경우가 있었다. 그런 욕심이 영영 돌아오지 못하는 황천길이 된다. 그래도 간혹 그렇게 몰래 나가서 만선으로 돌아오는 경우가 있기는 했다. 어부들이 욕심을 내는 건 간혹 있는 로또 같은 그런 만선을 꿈꾸며 몰래 도둑고양이처럼 바다로 나가는 경우다. 그렇게 사고를 당해 죽은 귀신은 한이 맺혀 저승으로 가지 못하고 황천을 떠돈다고 한다. 용왕굿은 그런 귀신의 넋을 바다에서 건져 올려 그들이 가야 할 저승길을 안내해 주는 굿이다. 죽음이 억울하다며 한이 맺힌 귀신을 위로해주는 넋맞이 굿이기도 하다. 그렇게 몰래 나갔다 죽은 귀신이야 덜 억울하겠지만 멀쩡한 날에 생각도 못 한 사고를 당해 죽은 영혼은 억울해 귀신이 되어 황천을 떠돌고도 남을 일일 거다. 하나밖에 없는 목숨을 그리 허무하게 잃었으니 억울한 심정은 어디 비할 데가 없을 거다. 황천길을 떠도는 귀신이 대부분이 그리 억울한 심정일 거다. 그 억울함을 풀기 전에는 저승으로 갈 수 없어 떠돌고 있다. 그런 귀신을 달래주는 게 넋맞이 굿이다.

어찌 보면 굿은 인간이 바라는 속내를 뒤집어 밖으로 내보이는 것 같았다. 그냥은 부끄럽고 창피해 말을 못 하는 것을 굿이라는 행위를 통해 속내를 시원히 풀어 놓는 다는 생각이 들었다. 평소 멀쩡한 정신으로는 속내를 꺼 내 놓는 이는 드물 거다. 어떤 계기가 있어야 그리할 텐데 그 계기가 굿이라는 생각이 들었다.

그날 경호 형과 이야기를 나눌 기회가 되었다. 오전 내내 방에서 꼼짝하지 않던 그가 점심때가 되어서야 방문을 나왔다. 밥상에 둘러앉아 점심을 같이하게 되었다. 어머니는 답답한지 경호 형을 보며 물었다.

"경호 학상은 노는 날이면 꼼짝 않고 뭐해? 잠만 자는 것 같지는 않은데. 남들처럼 묵호 장터에 놀러도 가고 하지…." 궁금증을 풀어놓았다. 옆에서 밥을 먹던 아버지가 어머니한테 한마디를 했다.

"이 사람, 경호는 대학상이여, 고기만 잡는 어부는 아니지." 아버지는 대학생 어부를 두고 일하는 걸 자랑스러워하는 것 같았다. 귀하다는 대학생을 자신 아래서 일하게 하는 게 어쩌면 자신의 성공을 말해주는 것 같은 생각을 가졌을지도 모른다.

"제가 할 일이 있어서 그럽니다." 경호 형의 간단한 대답이 궁금함을 풀어주지는 못했지만, 어머니는 더는 묻지 않았다. 정말 궁금해서라기보다는 방에만 있는 그가 안

됐다는 생각에 해본 말이었을 거다. 식사를 마치고 둘만 남자 그에게 물었다.

"형은 쉬는 날 뭐해?" 그런 나를 보며 입가에 빙긋 미소를 지으며

"상철이도 어머니처럼 궁금한 모양이네?" 그를 쳐다보며 고개를 끄덕이자 그가 자신의 방으로 오라고 손짓했다. 그의 방과 내방은 옆에 붙어있었지만, 그가 들어오고 나서 아직 들어가 보지 못했다. 중요한 게 없는지 늘 반쯤 열려 있는 방이지만 주인의 허락 없이 들어가는 건 아니라 여겨서였다. 방에서 흘러나오는 어지간한 소리는 거의 알아들을 정도였지만 늘 조용하기만 했다. 쉬는 날에는 뭘 하며 지내는지도 궁금했다.

무당에는 굿을 이끄는 주무와 그를 도와주는 보조무가 있다. 점심을 먹을 때 학습무라 부른 젊은 무당들이 보조무다. 그들은 주무당이 굿을 하는 동안 옆에 가지런히 앉아 주무당이 행하는 굿을 배우면서 주무가 시키는 일을 한다. 그들도 주무당의 눈 밖에 나면 안 되기에 굿이 끝날 때까지 행동을 조심했다. 대학에서 조교와 같은 역할이라

하겠다. 시간이 지나 그 자리를 이어받으려면 입안의 혀처럼 굴어야 한다. 치욕스럽고 화날 때도 있을 거다. 어떤 대학의 조교는 시장 심부름까지 시키는 바람에 도저히 아니라 여겨 교수를 고발한 일도 있었다. 여기 굿판도 그와 비슷하겠지만 시장 심부름까지는 아닐 거다. 굿에는 필요한 제수를 대어주는 업체가 있으니 그런 수고는 하지 않아도 될 거다. 세상 살다 보면 별난 험하고 궂은일을 겪을 때도 있는데 그런 시절을 잘 이겨내야 뜻을 이룰 수 있다. 주무당이 덩실덩실 어깨춤을 추며 살풀이 굿을 이어가는 옆에서 지켜보는 학습무들은 자기 뜻을 이룰 거라 보였다. 자신이 원해 학습무가 되었고 성취욕도 강하니 그리 될 거다. 자신이 좋아하는 일을 하면 힘든 줄 모르고 행복감이 들 거다. 지금 학습무 그녀들의 표정이 그렇게 말해주고 있다. '나는 행복합니다.'

대나무 신대에 매단 종이 꽃가마가 바람에 이리저리 흔들렸다. 신을 모신 꽃가마다. 그러기에 오방색을 사용해 이쁘게 잘 만들었다. 귀신도 이쁜 걸 좋아하는 모양이다. 그 아래에 한지로 만들어 매단 종이 가닥 여러 개가 바람에 꽃가마를 따라 흔들거렸다. 오전 때보다 종이 가닥에 달린 지폐가 더 많아졌다. 퍼런 만 원권 지폐가 많았지만 누런 사임당 할머니도 있었다. 치성을 드리는 성의를 보이는 방법은 매다는 지폐의 크기라 하겠다. 그 외에 달리 방법이 있는 건 아니다.

옛날에는 정화수를 장독대에 떠 놓고 새벽에 치성을 드리기도 했지만 모든 게 시대에 따라 변하듯이 비나리도 마찬가지다. 풍어와 무사고를 비는 굿도 산 자들이 만든 것이기에 형태와 절차가 살아있는 자들의 생각이라 하겠다. 돈을 좋아하고 좋은 집에 살기를 원하는 건 귀신이 아니라 살아있는 자들의 소망이다. 귀신이 돈을 어디에 쓸 거며 좋은 집은 필요 없을 거다. 귀신이 지내는 곳은 저승인데 이승의 대궐 같은 집은 소용없을 거다. 모두 살아있는 자들의 욕망일 것이다. 그런 자신들의 소망을 귀신에 덧씌워서 하는 행위일 거다. 누구의 소망이든 간에-귀신이든 산 자이든-바람에 날리는 대나무 신대는 귀신이 춤을 추는지 신이 들려 보였다. 굿판도 끝이 가까워진 것 같았다. 용왕제에 이어 당산제가 이어지며 무당의 사설이 빠르게 흘러나왔다.

불쌍하고 미련한 것들이/ 뿌리 없는 낭구에 다가 실낱 같은 몸을 실코/ 무연 바다 나갈 적에 소설광풍 불어와

해신당 135

도/ 명지바람, 실바람, 잠재워서 팔뚝같은 조기테 실코/ 만선에 기를 꽂고 들어오게 하여 주옵소서….

사설을 빠르게 섬겨대는 무당의 입을 보며 '저리할 수 있는 건 타고난 재주다'라는 생각이 들었다. 꽹과리는 더 요란을 떨었다. 김 교수가 옆구리를 꾹 찌르며 거들었다.

"요즘은 보기 드문데 전에는 '동이 타기'도 했지요. 물을 가득 담은 동이에 무당이 올라가 밟는 거지요. 동이는 용궁을 상징하고 둘레를 밟는 건 용왕을 달래는 거지요."

"사람이 올라서면 동이가 깨지지 않나요?" 지금까지 보지 못했기에 이해가 어려웠다.

"아직 그런 일은 없었어요. 참 이해가 어려운 일이지요. 비슷하게 '작두타기'도 있잖아요. 새파랗게 날이 선 작두 위에 올라 사뿐사뿐 춤을 추는 건 정말 귀신이나 할 일이지요."

그의 설명을 듣다 보면 굿에 대한 생각이 조금씩 달라지는 것 같았다. 어쩌면 자신도 알지 못하던 내면의 어떤 것이 김 교수의 말에 의해 어렴풋이 깨닫게 되었는지도 모른다. 수년을 빠지지 않고 여길 찾은 건 단순히 고향이라서만은 아닐 것이다. 그때 사고로 숨진 이들의 영혼을 위로하겠다는 마음으로 지금껏 왔다. 그렇다면 어떤 믿음이 있었기에 그리했을 거다. 마음 어딘가에 자신도 모르게 숨어있는 것이 있어 이리로 발길을 하게 했던 것 같다는 생각이 들었다.

그때의 그런 사고가 없었어도 이런 발길을 했을까 하는 생각이 들 때도 있었다. '순풍호'가 돌풍으로 전복되는 사고로 돌아오지 못한 십여 명의 어부는 시체를 찾지 못해 행방불명이라 사망으로 처리돼 위령제를 지냈었다. 경호 형도 거기에 포함되었다. 그때의 기억이 가슴에 남아있다. 아직도 생생하다. 그들의 영혼 특히 경호 형의 영혼을 잊을 수 없어 오는지도 모른다. 빚진 마음이 가시지 않았다. 마음 깊숙한 곳에는 그 영혼을 위로하려는 마음이 이곳 굿당을 찾게 하는지도 모른다. 단순히 고향이라 '어달리'를 찾는 건 아닐 거다.

김 교수의 이어지는 말이 요란한 꽹과리 소리에 섞여들며 오락가락했다. 무당의 사설은 이어졌다.

넋이로다. 넋이로다/ 이 넋이 뉘넋이냐, 황금실러 바다나간 수중망자 넋이로다/ 나오시오, 나오시오/ 질베잡고 손길잡고 시왕세계 어서가자 나오시오?

물들었네 물들었네 칠산바다 물들었네/ 나오시오 나오시오/조기떼 건지러 어서가자, 나오시오….

"지금 넋 굿을 하고 있어요. 원래는 '동이 타기'를 하면서 하는 건데 요즘은 약식이지요. 저승을 가지 못하고 황천을 떠도는 넋을 달래 영혼이 편히 쉴 수 있는 저승으로 안내하려는 것이지요." 김 교수의 설명을 듣고 나니 '순풍호'의 영혼들도 쉴 곳으로 갔을 거라는 생각이 들었다. '경호 형, 제가 매년 빌었으니 편안하시겠지요?' 대나무 신대의 꽃가마는 흔들흔들 물음에 "그래, 그래 네 소원을 들어주지…." 답하는 것 같았다.

3

경호 형의 방 책상에는 펼쳐진 두툼한 대학노트가 보였다. 볼펜으로 쓴 글씨가 빼곡히 노트를 채우고 있었다.
"뭘 쓰고 계서요?"
"바다에 관한 거야, 여기 이야기라 해도 되고."
이야기 내용이 궁금했다. 바닷가 사람들이 살아가는 이야기라 했다. 소금기 절은 뱃사람들의 생활을 쓰고 있다고 했다. 먼바다서 불어오는 바람의 소리도 쓰고 있다고 했다. 앞의 이야기는 이해가 되는데 뒤의 바람 이야기는 알 수 없는 말이기도 했다. 이해는 어려웠지만 『노인과 바다』 같은 소설을 쓰고 있느냐고 물었다.

"그런 훌륭한 작품을 쓸 수 있으면 얼마나 좋게…. 너 그 소설은 읽어 보고 물어보는 거니?" 워낙 유명한 소설이라 읽지 않고도 읽은 양 말하는 이들도 있었다. 그렇게 묻는 건 정말 읽었는지 확인하려는 것보다는 책을 많이 읽는지 알아보려는 것 같았다. 그 시절 책을 빌려볼 수 있는 곳은 학교 도서관이었다. 시골 학교치고는 꽤 많은 장서를 갖추고 있어 찾는 책은 거의 볼 수 있었다. 달리 시간을 보낼 곳이 없던 때라 책 읽는 재미로 시간을 보내던 때였다. 그런 사정을 알고 경호 형은 책을 읽고 나면 느낌을 물었다. 독후감이라기보다는 내가 대답하는 수준에 맞춰 이야기를 나눌 생각인 것 같았다. 이해가 가지 않는 말을 해 서로 곤란하게 할 일은 아니라는 생각에서였을 거다. 그 물음에 뱃사람들의 삶을 통해 희망과 허무를 말하려 한 것 같다는 소감을 말한 것 같았다. 그는 고개를 끄덕이며 책에 관심이 있다는 걸 확인했는지 질문을 이어갔다. "『모비 딕』도 읽어봤겠지?" 처음 듣는다고 하자 '백경'이라 번역되었을 거라 했다. 다음날 도서관서 찾아 읽었다.

독서를 인연으로 가까워지면서 그는 읽을만한 책을 추천해주었고 읽은 후 느낌을 물었다. 『모비 딕』을 읽은 후에도 "어땠어?" 했다. 자신의 복수를 위해 선원의 목숨은 생각하지 않는 에이허브 선장이 무서웠다고 했다. 한참 나를 바라보던 그는 '의지'라는 말을 했다. 살아가는 일은 의지와 힘겨루기라면서 선장은 자신과 싸움에서 이기려 했다고 했다. 희생을 치르며 이긴 승리가 무슨 의미가 있는지 의문이 들었지만 더는 물어보지 않았었다. 독서에 관해 그렇게 이야기를 이어갔던 건 나에게 사고력을 키워 주려는 생각이었을 거다. 경호 형은 나의 멘토였고 가정교사 역할을 한 셈이었다. 그런 경호 형한테 언젠가 바람에 관해 물어봤다.

"전에 바람의 소리를 쓴다고 했잖아요…?" 지난 이야기를 잊지 않고 꺼내는 내가 이상한지 바라보다.

"그랬지…. 어떤 소리가 들리는지 궁금해졌어…?" 내가 고개를 끄덕이자 그는 작은 한숨을 지으며 마치 네가 알겠냐는 듯이 고개를 갸웃거렸다.

"바람이 전해주는 소리는 그리움이라는 거야. 그리움은 사랑이기도 하고…. 지금은 모를 거야. 시간이 많이 지나 어른이 되면 알 수 있을지 모르겠네. 어쩌면 모를 수도 있고….” 정말 알 수 없는 말을 했다. 그때 나는 그런 가슴에 깊이 새겨놓은 마음을 읽을 수 있는 나이는 아니었었다. 이해하지 못하는 것을 물어볼 수는 없다. 질문하는 것도 거기에 조금은 알고 있어야 할 수 있다. 붙잡을 지팡이라도 있어야 힘든 걸 지고 일어날 수 있는 거다. 모르는 것에는 입을 닫을 수밖에 없었다.

엄마는 그런 그를 더 살갑게 대하며 호칭도 달라졌다. 경호 학상에서 경호 선상으로 격상되었다. 그렇다고 해서 바닷일을 빠지게 하는 일은 없었다. 그도 그런 것은 바라지 않았을 거다. 만약 그리했었다면 거절했을 거란 생각이 들었다. 힘들이지 않고 얻어지는 건 그의 성격에 맞지 않았을 거다.

첫해 그는 오징어 철이 끝나자 곧바로 떠났다. 어머니는 아쉬워하며 다음에 또 오라는 말을 잊지 않았다. 아들이 그와 함께 지내는 동안 공부에 도움이 됐다는 생각에서다. 조그만 어촌에서 아들을 위해 독선생을 두기에는 마땅치 않았다. 가정교사를 구하기도 어려웠지만 어렵게 사는 이웃을 생각해서다. 초등학교만 나와 뱃일하는 아이들도 있는데 가정교사까지 둔다면 '얼마나 잘 될라꼬 저리 야단을 떨꼬?' 하는 눈총을 의식했을 거다. 경제적으로야 배가 두 척이나 있으니 가정교사 정도는 둘 수 있었겠지만, 이웃과 함께 살아가는 일이 그리 단순치 않다는 것을 엄마는 알고 있었다.

"대학상이라면서 괴기는 잘 잡아. 어딤서 잡아보지도 않았을텐디. 고기 잘 잡는 어부들 하고 똑 같이 잡더라니까…. 별일이야." 경호 형에 대한 칭찬을 고기잡는 어획량으로 바꾸어 아쉬움을 달랬다.

그런 어머니의 기대를 저버리지 않고 해가 바뀌고 오징어 철이 되자 경호 형은 약속을 지키듯이 찾아왔다. 그가 대문을 들어서자 어머니는 기다렸다는 듯이 반겼다. 사실 기다리기도 했었다. "오징어가 나기 시작했는데, 경호가 올나나 모르겠네…." 연신 대문 쪽을 바라보기를 하던 참이었다. 뱃일에 손이 모자라서만은 아니었다. 일손이야 어떻게 해서든 구하겠지만 경호 형을 기다리는 건 다른 이유가 있기 때문이다. 아들인 내가 배울 게 많을 거란 생각에서였다. 첫해처럼 내 옆방에 짐을 풀었고 하는 일도 달라진 게 없었다. 고기를 잡지 않는 날은 글을 쓰고 그러다 짬이 나면 나와 이야기를 나누는 그런 시간이었다.

오징어 철은 기간이 빨리 끝나는 해도 있고 길게 이어

지는 해도 있다. 바다의 수온에 따라 고기떼가 머무는 기간이 달라진다. 수온이 적당한 온도가 유지되면 고기떼는 그대로 있고 수온이 변하면 변심한 여인처럼 미련 없이 떠나버린다. 어제까지 바다를 채웠던 고기떼가 텅 빈 바다가 된다. 누우떼가 먹이를 찾아 초원을 이동하는 거와 같다. 그 해는 오징어 철이 길기도 했지만, 철이 끝났는데도 경호 형은 떠나지 않고 머물렀다.

그물 손질을 돕거나 명태잡이 배를 타기도 했다. 휴학했다며 학교에 가지 않는 그가 걱정되었다. 고기 잡는 돈으로는 공부를 계속하기 어려운 모양이라는 생각이 들었다. 그러면서도 그와 함께 보내는 시간이 많아져 좋기는 했었다. 그와의 이야기서 '문사철'을 알게 되었다. 문학, 역사, 철학과 관련된 이야기를 들려주었다. 그가 들려준 이야기는 책을 찾아 읽었다. 고등학교 진학을 서울로 결정한 것도 그의 영향이 컸다.

서울 삼촌은 사업을 하면서 어려울 때 형인 아버지한테 손을 내밀었다. 아버지는 그럴 때 군말 없이 도와주었다. 여러 번이었다. 삼촌은 사업 형편이 나아지자 형한테 진 신세를 갚으려 조카를 불러올리려 했다. 우애가 좋았던 형제라 형의 고마움에 답을 하려는 마음에서였다. 아들과 떨어져 살기가 망설여지는 엄마의 마음을 굳히게 한 건 경호 형이었다. 엄마는 답답한 마음에 "경호 선상, 아를 서울서 공부를 시키라는데 어쩌면 좋소?" 답은 정해져 있는데 묻는 격이었다. 자신의 마음에 확신을 주려는 물음이기도 했다.

"공부가 보통이라면 갈 일이 아니지만, 상철이 성적이라면 서울로 보내는 게 맞을 것 같습니다."

"우리 상철이가 공부를 그리 잘 하는가요?" 그렇다는 대답을 듣고 서울 유학이 결정되었다.

서울서 공부를 하면서 방학 때 내려와 만남은 이어졌다. 그가 배를 타지 않는 날은 해수와의 만남도 미루며 학교생활과 이해가 어려웠던 책에 관한 이야기를 늦게까지 주고받았다. 그도 한층 성숙한 지적 수준에 이른 나와 이야기를 나누는 걸 좋아하는 것 같았다. 어쩌면 그도 외로웠을 거다. 그에 걸맞은 이야기를 나눌 상대가 어달리에는 없었기에 나와의 대화가 그리웠는지도 모른다. 그는 여름과 겨울방학을 그리 지내고도 복학을 미루며 한동안 그렇게 어달리 집에 머물렀다. 까닭은 알 수 없었지만, 경제적인 것만은 아니라는 생각이 들기도 했다. 그러면서 그가 쓴다는 바닷가 사람들 이야기는 어찌 되고 있는지 궁금해지기도 했다.

 당산제를 끝으로 둘째 날 굿이 마무리되었다. 무당의 사설이 끝나고 장구, 징 소리가 멈추자 굿판은 썰물이 빠지듯 조용해졌다. 무녀들과 악사들이 자리를 털고 일어났다. 그들 뒤를 해수가 따랐다. 시간도 저녁 무렵이 되어 요기라도 해야 할 형편이었다. 낮에 점심을 먹었던 천막으로 들어섰다. 해수가 바로 굿당을 떠나지 못하는 까닭은 알고 있다. 무녀들과 악사들한테 수고했다는 인사와 굿의 마지막 날인 내일 일정도 협의하는 일이 남아있기 때문이다. 그 일이 끝나고 나면 자리를 옮겨 지난 이야기를 나눌 참이다. 늘 그래왔기에 시간의 흐름은 그가 말하지 않아도 알 수 있었다. 천막에 들어서자 무녀들과 악사들이 몸을 내려놓고 피로를 풀고 있었다. 오늘 할 일을 마쳤다는 홀가분한 표정이었다. 무당 복 차림으로 있는 무녀도, 옷을 갈아입는 무녀도 보였다. 겉옷만 갈아입는 것이니 옆에 남정네가 있어도 무방한 일이기는 했다.
 때가 저녁 무렵인 데다 식당서 일하는 사람들의 손놀림이 매워 식사가 금방 나왔다. 자연스레 무녀들과 함께 저녁을 먹게 되었다. 앞자리에는 낮에 본 무녀가 앉았다. 낯이 익어 그런 모양이다. 해수는 탁자 위에 놓인 소주병을 몇 번 흔든 후 따서 수고했다면서 한잔 씩 권했다. 무녀들은 주저 없이 잔을 받았다. 굿 계약자가 줘서가 아니라 술이 생각났던 모양이다. 할 일을 마쳤으니 피로도 풀 겸 술 생각이 났던 모양이다. 나도 무녀들과 잔을 부딪치며 수고했다는 인사를 건넸다. 젊은 무녀들은 단숨에 잔을 비웠다. 술을 권하던 해수가 "참, 아라 씨는 이게 아니지" 하며 맥주컵에 소맥을 제조해 '아라'라는 무녀한테로 밀어 놓았다. 갈증을 느꼈는지 잔을 들어 반쯤 비웠다. 일반 젊은이와 다를 건 없었다.

"이름이 예쁘네…. 본명인가요?"

"아녜요. 요즘은 예명을 사용하는데, 이 친구는 '소이'구요. 소원을 이룬다는 뜻이에요." 옆에 있는 무녀를 가리켰다. '아라'는 다 안다는 의미라면서 우리말 '알아'를 소리 나는 대로 풀어쓴 거라 했다. 그러면서 '아라'는 옛적에는 바다를 의미하는 말로 쓰이기도 했다며, 서울 인천 간 운하가 아라뱃길이라 한 것도 그런 까닭이라며 예를 들어주며 술잔을 비웠다. 예명을 쓰는 이유는 달리 있다고 했다. 굿을 배우기 전의 자신과 후의 자신은 다른 사람이기에 이름도 달라야 한다고 했다. 세례명이나, 법명을 쓰는 거와 같다며 단지 요즘 들어서 연예인들 마냥 예쁘고 세련된 예명이 인기라고 했다. 공연을 해야 하기에 잘 팔리는 이름이 필요하다고 했다.

"강신무도 아닌 것 같은데 굿을 공부하게 된 까닭이 뭐지요…?" 이유야 사람마다 다르겠지만 자신은 운명이라 여긴다고 했다. 운명이라는 말에 의아한 표정을 짓자

"한예종에서 민요를 배우려 했는데 몸에 역마살이 느껴져 무속을 공부하고 졸업했어요." 지금 즐겁다고 했다. 그녀들의 표정은 정말 밝게 보였다. 몸이 시키는 대로 따르는 그녀들이 즐겁게 삶을 살아간다는 생각이 들었다. 세상은 굿을 민속예술이라기보다는 미신으로 치부하는 시선을 아랑곳하지 않고 자신이 하고 싶은 것을 하는 그녀들의 자신감이 돋보였다.

4

경호 형을 다시 만난 건 대학에 들어가서였다. 서울이라면서 만나자고 했다. 반가우면서도 웬일인가 궁금해졌다. 다시 공부를 시작하려는가 하다가 늦지 않았나 하는

생각도 들었다. 대학이라는 곳이 나이를 따지지 않는 곳이긴 해도 공부는 때가 있다. 나이 들어 소일 삼아 하는 게 아닌 다음에야 늦은 건 사실이었다. 지금 경호 형이 그렇게 소일 삼아 공부할 나이는 아니고 복학하기는 늦은 나이임은 틀림없다.

궁금함을 발걸음에 옮기며 약속한 무교동으로 향했다. 그 무렵 무교동 뒷골목은 젊은이들의 해방구였다. 얇은 지갑 걱정 없이 어지간히 즐길 수 있는 곳이었다. 약속 장소를 이곳으로 정한 건 전에 와본 곳이었던가, 아는 곳이라고는 여기뿐인지도 모를 일이지만, 약속 시각보다 먼저 도착하려 걸음을 재촉했다. 어쨌든 그를 만난다는 게 반가웠다. 그것도 대학생이 되어 만나는 게 더 반가웠다. 어쩌면 가볍게 술도 주고받으며 이야기를 나눌 수 있지 않을까 하는 기대도 되었다. 그가 술을 마시는 걸 본 적은 없지만, 약속을 이곳으로 정한 거로 봐선 많든 적든 간에 술을 한다는 뜻인지도 모른다. 더구나 글을 쓰고 있었으니 문학 하는 사람은 술을 못 하는 사람이 없다고 하니 그런 생각이 들 수밖에 없었다. 술 생각을 하는 건 분위기를 부드럽게 하는 데 술이 도움이 된다는 걸 알기 때문이다.

대학생이 되어 배운 것 중에서 성과 좋은 것에 술 실

력도 포함된다. 동아리 모임은 술 실력을 겨루는 자리 같았다. 다들 정신을 못 차릴 정도로 마셨다. 그러는 까닭이 이해가 가기도 했다. 대학 입시를 위해 모든 걸 억누르며 참아 온 생활이 어느 날 해제되면서 주어진 자유를 사용할 줄 몰라 술을 대상으로 삼는 것 같았다. 거기다 선배들의 심술궂은 강요도 한몫하면서 대학의 술 문화는 그렇게 내려왔다. 의미가 상실된 카오스의 시대라 할지 아무튼 그런 시기였다. 그래도 자신은 경호 형과 나눈 이야기 덕에 다른 친구들보다는 대학 생활을 제대로 하고 있다는 생각이 들 때가 많았다.

약속 장소인 '낙지 1번지'를 찾으려 주위를 두리번거렸다. 비슷한 이름이 많아 그 집이 그 집 같았다. 낙지 0번지, 낙지 첫손가락. 엄지 낙지…. 골목에 가득 늘어선 낙지집들이 고만고만했다. 그래도 용케 찾아 문을 열고 들어섰다. 밖에서 보던 것과 달리 테이블이 꽤 많이 놓여있었다. 입구 쪽이 잘 보이는 곳을 골라 자리를 잡았다. 그가 오기를 기다리며 출입문에 눈길을 두었다. 그러면서 벽에 붙어있는 메뉴판도 살폈다. 종류가 단순해 선택하는 데 고민할 필요는 없어 보였다. 주재료인 낙지를 어떻게 먹느냐의 문제였다. 매운 정도만 고르면 되었다. 밖이 어두워지는 속도와 비슷하게 손님이 많아지면서 주위가 어수선해졌다. 다들 할 얘기가 어찌 그리 많은지 여기저기서 나온 말들이 충돌하며 사방으로 흩어졌다. 답답한 가슴을 전부 꺼내 놓은 것 같았다. 이렇게라도 속을 비울 수 있는 것도 좋은 거란 생각이 들었다. 그런 어수선함을 헤치고 안으로 들어오는 경호 형이 보였다. 손에는 좀 크다 싶은 검정 가방을 들고서. 손을 들어 흔들자 자리로 바로 왔다. 바닷일로 햇볕에 그은 피부는 검게 탔지만, 표정은 밝아 보였다.

"형, 어쩐 일이에요?" 물어보며 검은색 가방에 눈이 갔다.

"왜, 형은 여기 오면 안 되니…? 볼 일이 있어서지." 눈빛이 밝고 빛났다. 그냥 놀러 오지는 않은 사람이 분명했다.

"좋은 볼일이면 좋겠는데요." 감이 가지 않아 바라보는 나를 향해 학교생활은 어떠냐며 물었다. 잘하고 있다고 했다. 이야기를 나누는 사이 경호 형은 주문을 받는 아주머니가 들고 온 주문 판을 받아 물어보지도 않고 시킬 것을 표시하면서 "대학생이니 술도 배웠겠지?" 빙긋 웃었다. 물어보나 마나 식성을 알고 있다는 뜻이다. 하기는 함께 지낸 지가 얼만데 알고도 남을 기간이었다. 거기다 바닷가 출신이니 더는 물을 필요가 없었을 거다.

"형, 내가 대접하고 싶은데…?" 혹시 기분 나빠할까 염려되었다. '이 녀석 봐라. 여기서도 선주 아들티를 내려고 하네.' 건방지다고 할까 걱정되었다.

"상철이 대접해 주겠다니 고맙긴 한데…. 오늘은 아니야." 그러면서 가방에서 두툼한 책을 꺼내 내 앞으로 밀어놓았다. 겉표지에 '문학사상'이라는 큼직한 글자가 책의 무게감을 더했다. 그 시절 지식인이라 자처하는 이들이 읽는 문예지였다. 대학생도 많이 보는 문예지이기도 했다. 어달리서 쓰고 있다던 소설이 떠올랐다.

"형, 된 거야…?" 자리서 벌떡 일어나며 거의 소리를 지르듯이 말했다. 『문학사상』은 매년 문학상 공모를 한다는 걸 알고 있었다. 신문사의 신춘문예와 견줄만한 권위 있는 문학상이니 놀랄 만했다.

"대상이 아니니 그리 놀랄 일은 아니야." 말은 덤덤히 했지만 기쁜 건 확연히 보였다. 대상이 아니라 조금 아쉽기는 하겠지만 문학상에 당선되는 자체가 실력이 인정되는 거다. 문학상은 시와 소설에서 각각 두 편을 뽑아 대상과 장원을 정하는데 그 차이라는 게 사실 없다고 할 수도 있다. 심사자의 기준에 따라 좌우될 수 있기 때문이다. 문학이라는 작품성은 절대기준 치가 없기에 해석이 다를 수 있었다. 경호 형은 소설 부분의 장원 상을 받으러 왔다. 이런 기쁨을 다른 사람과 나눌 수도 있었을 텐데 나와 나누려는 그의 마음이 고마웠다.

"상철아, 오늘 상금 좀 쓸 테니 먹어보자. 어때, 오케이…?" 그날 그와 무교동을 누비며 늦게까지 함께 했다. 어달리서 술을 입에 대지 않은 건 작품 때문이라고 했다. 글을 쓸 때는 맥이 끊어지면 안 되기에 조심한다면서 그날은 마음을 놓아서인지 꽤 많이 마셨다. "형 괜찮겠어…?" 그가 술 마시는 걸 처음 보는 거라 걱정되어 물었다. "아직은 끄떡없어…. 너나 조심해…." 그도 전에는 상당히 마신 모양이었다. 그날 마신 술과 나눈 이야기가 엇비슷했다. 어달리 바다 사람들의 이야기, 문학 이야기, 자신이 살아온 이야기도 얼핏 들려줬다. 그의 소설이 궁금했지만, 한마디도 하지 않고 야간열차로 고향도 아닌 어달리로 내려갔다. 지금 또 다른 작품을 준비하고 있다는 이야기만 남기고.

그가 준 『문학사상』을 펼쳐 수상 작품을 찾았다. 「해당화」라는 작품에 장경호라는 이름이 있었다. '해당화…?'라니 하는 생각이 들었다. 바닷가 모래밭에 피는 해당화는 이미지가 외롭고 슬픈 꽃이다. 꽃말이 '연인의 숨결'로 불리는 꽃이기도 하다. 제목에서 소설의 주제가 느껴졌다.

소설은 이렇게 시작되었다.

그녀는 떠났다. 그녀가 탄 비행기가 태평양 바다를 위를 날고 있는 걸 알게 된 것은 그녀 친구의 연락을 받고서다. "연희가 떠났어요. 마음은 떠나지 않았으니, 너무 아파하지 말라고 했어요. 경호 씨 힘내세요…." 그녀가 떠나리라는 것은 짐작했지만 말도 없이 이렇게 떠나리라고는 생각 못 했다. 전하는 말을 들으니 짐작이 가기는 한다. 말없이 떠나는 까닭을 알 것 같기도 하다. 이렇게 하지 않으면 떠나지 못할 것 같은 마음이어서 그랬을 거다. '그래, 연희야 네가 두고 간 마음을 내가 데리고 갈테니 기다려야 해…. 알았지?' 마음에 다짐했지만 정말 그리할 수 있을지는 민우도 모르는 일이었다. 연희와 걸었던 바닷가로 달려갔다. 모래 언덕에 핀 해당화가 바람에 흔들렸다. 연인이 손을 흔드는 것처럼 보였다. 가슴이 저렸다. 바람결에 연희의 숨결이 느껴지는 것 같기도 했다.

소설은 바닷가에 사는 두 젊음의 피할 수 없는 운명적 사랑 이야기이면서 살아가는 이야기이기도 했다. 사랑의 결실을 이루지 못한 그들은 여자는 이민을 가게 되고 남자는 외항 선원이 되어 우여곡절 끝에 아르헨티나의 남쪽 파타고니아서-아르헨티나와 칠레에 걸쳐 있는 지역-만나지만 그녀는 혼자가 아니었다. 현지인과 결혼한 그녀는 자녀가 있었다. 빙하 트레킹 안내를 하는 남편은 크레파스에 빠지는 사고를 당해 숨졌다. 그런지 2년이 되었다. 혼자 아이를 양육하고 있는 그녀는 힘들어 보였다. 불행한 사람은 어디를 가도 불행이 찾아온다는 말이 맞을지도 모른다는 생각이 들며 책장을 덮었다. 어쩌면 경호 형의 자서전적인 이야기가 아닌가 하는 생각이 들었다. 아직 혼자인 것도 그렇고 누군가를 그리워하는 것 같은 모습이 그래 보였다. 소설가의 첫 작품은 대개 자신의 이야기가 많다는 말을 들어선 지 그렇게 느껴졌다. 상상인지는 모르지만 그런 생각이 들었다. '바람결에 연희의 숨결이 느껴진다'라는 대목에서는 아주 오래전 알 수 없었던 말 '바람의 소리'가 떠올랐다. 바람에 실려 오는 소리는 그리움이고 사랑이라고 했던 그 대상이 이 소설에 나오는 연희라는 여인이 아닐까 하는 생각이 들기도 했다. 그러나 이건 어디까지나 소설이라며 생각을 접고 대상을 받은 작품까지 읽었다. 차이를 느끼지 못했다. 문학에 대한 이해가 부족한 탓도 있지만, 심사자의 생각에 따라 달라질 수 있는 게 문학상이라는 생각에 경호 형의 소설이 대상이 될 수도 있었을 거라 여기며 아쉬움을 달랬었다.

저녁 요기를 어지간히 마치자 해수는 자리서 일어나자며 팔을 끌었다. 속이 더부룩했지만, 정담을 나누려 그의 팔에 이끌렸다. 굿에 관한 것은 저녁을 먹으며 거의 나누었기에 자리를 비워도 되었다. 그날 해야 할 일은 다 한 모양이었다.

바다가 시원하게 눈에 들어오는 횟집들이 줄지어 늘어선 상가를 향했다. 모두 바다 생선을 취급하는 상가들이라 고만고만해 보였다. 어느 집이 잘하고 못하고의 구분이 어려워 보였다. 그럼에도 뿌리를 박고 사는 토박이들은 어느 집이 어떻다는 걸 알고 있을 거다. 해수는 입소문이 좋은 그런 집을 찾아가는 것 같았다.

출입문을 열고 들어선 횟집은 손님 몇이 자리를 차지하고 있었다. 시간이 일러 그런지 손님이 많지 않아 조용한 편이었다. 해수와 친분이 있는 주인이 반기며 안내를 했다. 하기는 이 부근서 장사하는 사람치고 해수를 모르는 사람은 없을 거다. 방에 자리하고 앉자 무엇을 먹겠냐고 물었다. 횟집에 왔으면 정해진 게 아니냐고 하자 해수도 웃었다. 횟집서 고기 먹자고 할 수는 없을 터이니 그도 웃었을 거다. 이맘때 고향을 찾으면 먹는 게 정해져 있었다. 고향을 맛보고 가라며 데리고 가는 곳이 횟집이었다. 지난 시절 해수가 잡아 온 고기로 회를 만들어 먹던 추억을 되살리려는 것 같았다. 해수의 그런 마음 씀이 고맙기도 했다. 주문한 음식이 식탁에 차려지고 나자 해수가 입을 열었다.

"그래 인제 그만 오려고…? 하긴 그만큼 했으면 어지간하지…." 자신의 마음을 훤히 꿰고 있는 것 같았다.

"그럴까도 하는데, 경수 형이랑 그분들은 좋은 곳으로 가셨을 것 같기도 하고…?" 매년 굿당을 찾은 건 '순풍호' 사고로 숨진 그들의 넋을 위로하기 위한 것이었다. 그 참에 고향을 찾는 길이 되기도 했다. 고향이라고는 하지만 많이 변하기도 했고 아는 사람도 없어 서먹한 고향이 되었다. 그나마 해수가 있어 발길을 끊지 않고 있지만 이제 세월도 많이 흘렀고 나이도 들어 이제는 하는 생각이 들었다.

"자네 서울서 공부할 때 그 일이 생겼잖아…?"

그 일이라는 게 무얼 이르는지는 알고 있다. 경호 형과 서울서 만난 후의 일이었다. 다음 작품을 준비하고 있다며 열정을 보이던 경호 형과는 집에 내려가면 다시 만나 이야기를 할 수 있을 거란 기대로 방학을 기다리고 있었다. 그런 중에 사고가 났다는 것을 알게 된 건 대학 친구의 연락을 받고서다. "상철이 너희 집이 동해안 어디 선주 집이라 했지?" 걱정스럽게 물었다. 그렇다고 하자 TV 뉴스를 보라며 너희 집이 아닌가, 걱정되어 전화했다며 전화를 끊었다. TV를 켜자 해난사고에 관한 임시 뉴스가 나오고 있었다. 동해안 먼바다에서 고기잡이하던 어선이 실종됐다고 했다. 어선은 '순풍호'며 선원 십여 명이 타고 있는데 생사는 아직 알 수 없다고 했다. 가슴이 철렁 내려앉으며 앞이 캄캄해졌다. 머리를 세게 부딪친 것처럼 멍해지며 생각을 바로잡을 수 없었다. 함께 뉴스를 보던 숙모도 "어머나·어머나, 도련님 어떻게 해…. 어쩌면 좋아?"하며 놀랐다. 시아주버니의 도움으로 남편의 사업이 자리를 잡아가고 있는데 큰 집에서 사고가 났다니 걱정하지 않을 수 없었을 거다. 사고도 작은 게 아니고 어부가 십여 명이나 타고 있었다니 큰 사고였다.

그들이 무사히 돌아온다면 그보다 더 좋은 일은 없겠지만 해난사고는 그럴 가능성이 낮은 편이다. 거기다 실종지역에는 강풍 경보가 내려 수색작업도 못 하고 있다는 뉴스가 뒤를 이었다. "도련님, 어서 집에 전화를 넣어봐요…." 숙모의 말에 수화기를 들면서 어부명단부터 물어볼 참이었다. 경호 형이 탔는지가 답답했다. 다른 사람도 걱정이었지만 우선은 그가 염려되었다. 전화기에서는 신호음만 길게 이어지며 받는 사람은 없었다. "이런 상황에 전화는 어렵겠지…?" 숙모 말에 수화기를 내려놓았다. 집에 있을 리 없었다. 수협사무실로 달려가 사고상황을 알아보며 배에 탄 어부 가족들한테 기다려 보자며 달래고 있을 거다. 어려서 바다 사고를 여러 번 봐온 터라 상황에 짐작이 갔다. 삼촌도 뉴스를 봤는지 집으로 전화를 걸어 "조카, 큰일이긴 한데 무사히 돌아올 수도 있으니 좀 기다려 보자, 그나저나 형님과 형수님이 매우 놀랐을 텐데 걱정이다." 삼촌도 걱정이 컸다. 자신의 든든한 배경이 되어준 형이 곤란에 처하니 걱정되고도 남을 일이었을 거다.

어쨌거나 지금은 기다려 보는 수밖에 달리 방법이 없어 답답함을 더했다. 우선 경호 형의 소식이라도 알고 싶었다. 해수한테 연락해 볼까 하는 마음에 전화기를 몇 번 들었다가 내려놓았다. 배에 탄 사람이 십여 명인데 경호 형만 물어보는 건 도리에 맞지 않기도 하고 오해의 소지가 충분했다.

당장 집으로 달려가 보고 싶었지만 그런다고 자신이 할 수 있는 일이 별로 없을 것 같았다. 격양되어있을 어부 가족들한테 뭐라 위로할 말도 생각나지 않을뿐더러 이런 상황에 위로가 될 리도 없을 거다. 자칫 그들의 심기를 건드려 방해될지도 모른다. '호의호식하며 지내던 놈이 여긴 왜 왔대? 죽은 사람 구경이라도 하려고 왔남?' 억하심정에 불을 지필지도 모를 일이다. 자신이 할 수 있는 일이란 기껏 부모님을 위로하는 일 외는 없어 보였다. 그런 위로가 부모님 마음을 안정시킬 상황도 아니었다. 어쭙잖게 집에 내려갔다가 위로는커녕 난처해질 수도 있다는 생각에 이러지도 저러지도 못하고 어중간한 처지가 되었다. 가장 마음에 걸리는 건 경호 형이 그 배에 탔을 거란 예감이 들면서 집에 갔을 때 그 난감함을 어찌할지 모를 일이었다. 부모님께 위로가 아니라 걱정을 끼치는 격이 될 수도 있었다.

  심리적으로 경호 형의 소식을 확인하기 싫은 마음도 있었다. 그에 대한 나쁜 소식이 확인되는 게 두려웠다. 생존해 있다는 가능성을 남겨두고 싶었다. 삼촌도 집에서 좀 더 기다리다 가라며 당장 내려가는 걸 말렸다. 사고지역의 강풍은 이틀이 지난 뒤 해제되어 실종 어선을 찾고 있다는 뉴스가 나왔다. TV에선 해난사고 소식은 시간이 지날수록 드문드문 전했다. 수색작업에 진전이 없어 그런지 뉴스의 속성이 새로운 소식을 전하는 것이니 한 가지 소식만 계속할 수 없어 그런지는 알 수 없지만 궁금함은 어쩔 수 없었다. 사고가 나고 이레가 되는 날 전화가 연결되었다. "상철이냐? 걱정 많았재…? 아직도 소식이 없다." 어머니였다. 목소리에 힘이 하나도 없어 겨우 알아들었다. 유가족들의 성난 모습이 떠오르며 어머니의 모습이 짐작이 갔다. 뭐라 말을 못 하고 있자 겨우 들리게 "경호 선상도 탔다…. 니 놀랠까 봐 이제 전한다…. 아이고…. 쯧쯧…. 연락할 때까진 오지 마라." 딸각 전화기를 내려놓는 소리가 들렸다. 예상은 한 일이었지만 확인되고 나니 가슴이 다시 철렁했다. '사망했다는 소식은 아니잖아? 아직은 몰라…. 확인될 때까진 살아있는 거야.' 위로를 마구 쏟아냈지만 슬픔은 어쩔 수 없었다.

"그때 너희 부모님 마음고생 엄청나게 했어! 내가 도와드리지는 못했지만…."

그때의 안타까움을 말하며 술잔을 비웠다. 전에도 몇 번 들은 말이기도 하다. 당시 마을 사람도 사고를 당한 상황이어서 마을 전체가 험한 분위기인데 앞장서 친구 부모 편을 들 형편이 되지 못한 미안함을 이렇게 전하는 거다.

집에 내려간 건 사고 수습이 끝난 다음이었다. 해난사고는 바다에서 실종되고 시신을 찾지 못하면 사망으로 처리해 뒷수습을 할 수 있게 했다. 시신은 찾지 못했지만, 법적으로 사망이 인정된 것이다.

대문을 밀고 집에 들어서니 핼쑥해진 부모님이 맥을 놓고 있었다. 그간 얼마나 마음고생을 했는지 모습에서 알 것 같았다. 집에는 왔지만, 경호 형의 방에는 들어가지 않았다. 왠지 아직 살아있는 것 같은 느낌이 들었다. 닫혀 있는 방문을 열기가 멈칫거려졌다. 무서워서가 아니라 남의 방을 함부로 들어가는 것 같아서였다. 어머니도 방문을 닫아놓고는 열어보지 않았다고 했다. 배에 탔다 실종된 어부들은 보상처리가 다 되었는데 경호 형의 유가족은 아직 소식이 없다고 했다. 경찰 말로는 부모는 없고 먼 친

척 몇이 있다고 했다. 연락을 하자 자신들은 그런 동생은 모르겠다는 말만 들었다고 했다. 기억도 못 하는 동생의 보상금을 받으려니 불편해서인지 아니면 그쪽 집안의 사정이 있어서인지는 모르지만, 아직 그러고 있다고 했다. 경호 형의 방에 짐이라고는 별로 없지만 그래도 그들 중 누군가 확인해야 처리할 수 있어 그냥 두고 있다고 했다.
"당최 말도 안 듣더만…. 그날 다른 일을 하라고 했는데도 기어이 배를 타더라…. 뭔 팔자인지 알 수 없다니께…."
어머니는 안타까움을 지나는 말로 흘렸다. 내가 묻지는 않았지만 제일 궁금해 할 것 같다는 생각에서였을 거다. 해수와 만나도 전에처럼 즐겁지 않았다. 사고 후라 동네 분위기도 가라앉아있는 데다 둘의 마음도 그럴 기분이 아니었다.

　방학이 거의 끝날 무렵 경호 형의 누님이라는 서너 명이 보상금을 타러 왔다. 8촌이라는 인척이었다. 보상금 처리가 끝난 후 짐 처리 문제로 경호 형이 쓰던 방을 확인하라고 했다. 있는 물품의 종류를 물어본 후 혼자 지낸 사람이 무슨 귀중한 물건이 있겠냐며 짐은 모두 버리라 하고는 훌쩍 떠났다. 8촌이면 남이라는 말처럼 그들이 경호 형을 알 리는 없었다. 동생이라지만 얼굴도 모르는 사람이 살던 집을 찾을 리는 없었다. 돈 될만한 물건도 없는데 발품을 팔 일은 더구나 아니라는 생각이었을 거다. 그래도 피붙이였을 사람이 살다 간 흔적이라도 보며 아쉬운 척이라도 해야 하지 않나 하는 생각에 그들의 뒷모습이 눈에 자꾸 걸렸다. 경호 형이 불쌍하다는 생각이 다시 들었다. 외롭게 살면서 꿈을 버리지 않았던 그의 삶이 얼마나 외로웠겠나 하는 생각이 들었다.

어머니는 그런 모습을 보며 혀를 찼다. "어이그…. 사람 구실을 못 하는구먼…. 이제 니가 어여 방 치워라…." 그들의 행동에 실망하면서 뒷말을 이었다. "시상에 무서운 게 사람이여, 호랭이 보다 무섭다니께…. 인간이 제일루 무섭지…." 사고를 처리하면서 겪은 일이 되살아 나는 모양이었다. 나중에 들은 말이었지만 실종자 가족 중에는 우리 집 마당서 어머니와 이야기를 나누던 이들도 있었다. "이렇게 원통할 수가 있나…. 우리 냄편 살려내시오." 입에 담을 수 없는 악다구니를 하며 대든 사람 중에 그들이 앞에 있었다고 했다. 어머니는 놀라 그들을 바라보면 할 말을 잃었다고 했다. 심정이야 이해가 간다 쳐도 그사이 지낸 사이를 봐선 도저히 이해가 가지 않는 일이었다. 사람에 대한 신뢰가 깨지는 순간이었다. 그런 행동의 밑

바탕에는 보상금이 관련돼 있다는 건 드러내 말은 하지 않지만, 어지간히 알고 있는 사실이다. 그러던 사람은 보상금을 받은 후 마을을 떠났다고 했다. 벼룩도 낯짝이 있다고 서로 보기가 민망해서인지 아니면 보상금으로 달리 살아보려는 건지는 알 수 없지만 떠났다고 했다. 해수한테 들어 그때의 상황을 알고 있었지만, 어머니는 말하지 않았다. 그런 사람과 가까이 지낸 자신이 어쩌면 부끄러워서 그런지도 모른다.

'순풍호' 사고의 처리는 그렇게 마무리되면서 끝이 났다. "늘 마음에 걸렸는데 어찌 됐든 이제 발 뻗고 자도 되겠다." 말을 아끼던 어머니도 속이 시원한지 지나는 말을 남겼다.

5

해수와 이야기를 나누다 보니 시간이 상당히 흘렀다. 창밖에는 잔잔히 밀려드는 하얀 파도 위로 달빛이 실려 밀려왔다. "자네를 서울로 불러올린 삼촌은 어찌 되셨는가?" 자신과 함께 지내는 시간을 뺏어간 사람이 궁금한 모양이었다. 삼촌은 사고 수습이 끝나자 "형님 이참에 정리하고 서울로 올라와 같이 삽시다. 상철이도 졸업하면 고향으로 내려갈 일이 없을 텐데…?" 부모님은 그런 삼촌의 제안을 거절했다. 조상이 있는 곳을 떠날 수 없다는 이유를 댔지만, 평생을 바다와 같이 살아온 곳을 바꾼다는 건 어려웠을 거다. 새로운 곳이 낯설기도 하고 두려웠을지도 모른다.

나이가 들면 새로운 모험은 피하려는 게 사람의 일반적인 마음일 거다. 부모님도 그런 마음에서인지 끝내 어달리를 떠나지 않고 계시다 삶을 마감하셨다. 지금 생각해 보면 그런 낯섦에 앞서 고향이라는 그리움 때문인지도 모른다는 생각이 들었다. 당신들 삶의 모든 게 새겨져 있는 곳을 떠나기는 어려웠을 거다. 눈만 뜨면 지나간 시간과 마주하는데 그 아릿함을 마음에서 털어내기는 어려웠을 거다. 나이가 들면 과거를 먹고 산다는 말처럼 회상의 시간이 길어진다. 새로운 곳에는 그런 마음이 기댈 곳이 없으니 가고 싶은 마음이 생기지 않았을 거다. 조상을 핑계 댄 건 떠나지 않으려는 마음을 그렇게 말했을 거라는 생각이 들었다. 두 분이 영면하는 곳을 올 때마다 찾지만 언제까지 이리할지는 알 수 없는 일이라 걱정이 되기도 한다. 세월이 흐른 후에도 찾을 사람이 있을지는 알 수 없는 일이었다.

지금 자신이, 사고로 숨진 이들, 특히 경호 형의 넋을 위로하려 해신당 굿판을 찾는 저변에는 부모님이 버리지 못했던 향수 같은 그런 심정도 있는 게 아닌가 하는 생각이 들 때도 있었다.

"돌아가신 지 한참 되었네…. 왜 자네와 떨어지게 한 분이라 속상했던가…?"

"그때는 철이 없을 때니 그랬었지. 좋은 친구를 뺏어간다는…. 그래도 그분 덕에 자네가 대학교수까지 하고 있잖아." 사실이었을지도 모른다. 여기서 공부했더라면 선생의 길은 아니었을 것 같았다. 사촌 동생인 상민이한테 형을 모델로 삼으라던 숙모도 돌아가셨고 상민이는 미국 공부를 마치고 눌러앉아 영주권을 얻었다. 미국 사람이 되었다. 모든 게 시간 속에 흐르는 삶의 강을 건너는 것일 거다.

"사람 사는데 답이 있겠는가…. 마음 편한 대로 하게나…." 이제 더는 찾지 않아도 할 만큼 했다는 의미일 거다. 해수가 권하는 술잔을 받았다. 안주로 입에 넣은 생선회에서 바다 냄새가 났다. 입안이 파랗게 물이 드는 것 같았다. 방학 때 해수와 먹었던 그 맛이었다. 새삼스레 청량

감을 느끼며 입안이 화사해졌다. 해수는 그런 나를 물끄러미 바라보며 어때? 하는 눈길을 보냈다. 단지 맛을 묻는 건 아닐 거다.

"내년에도 굿은 이어지겠지…?" 대답은 하지 않고 빈 잔에 술을 따랐다. 둥그러진 달이 밤바다에 빠진 듯 달빛이 젖어 보였다.

오늘은 마무리하는 굿이라 오전만 보고 떠나야 한다. 어제 마신 술기가 조금 남아있는 것 같았지만 견딜 만하다. 서두른다고 했지만, 굿당에 도착하니 굿은 이미 시작되어있었다. 해수는 굿당 옆 천막에서 동네 사람들과 굿 마무리에 관해 이야기하는지 바빠 보였다. 어제 늦게까지 회포를 풀었으니 자신과 이야기를 더 나눌 게 없을 것도 같다.

무당이 슬렁슬렁 어깨춤을 추며 부채를 흔들었다. 신을 떠나보낼 준비를 하는 거다. 송신굿이라 해도 중요한 것 몇 개를 제외하면 굿의 내용은 크게 다르지 않았다. 무사고를 빌고 구천을 헤매는 귀신이 좋은 곳으로 갈 수 있게 해달라는 것이니 크게 달라질 게 없었다. 굿은 시작됐다. 대나무 신대에 모셔두었던 용왕 여신한테 돌아갈 채비를 알리는 거다. 그러면서 다시 무사고와 풍어를 빈다. 잊지 않게 비는 거다. 용왕 여신이 잊을 리는 없지만 거듭 그리 비는 건 정성이다. 사람이든 귀신이든 정성을 들여야 바라는 걸 얻을 수 있다. 그저 건성으로 하는 건 알게 되어있다. 사람도 알아차리는데 귀신이야 정말 귀신처럼 알 것이니 정성을 다하는 거다. 뒤를 이어 축원굿으로 넘어가며 무당이 바뀌었다. 주무당이 보조 무당한테 굿의 진행을 맡겼다. 그러는 까닭은 주무당이 힘들기도 하지만 보조 무당한테 기회를 주려는 거다. 자주 해봐야 익힐 수 있는 건 어디나 마찬가지다.

축원굿이 초반을 지나자 악사들이 힘을 내 악기를 연주한다. 소리가 요란해지며 커졌다. 장구채를 잡은 화쟁이는 무당의 축원에 "얼쑤 좋다, 그렇구 말구, 이를 말이 없지…." 추임새를 넣으며 흥을 돋웠다. 주위 분위기가 올라가며 구경하던 객석에서 한둘이 주섬주섬 지갑에서 지전을 꺼내 들고 무당한테 다가가 옷고름에 꿰어주었다. 무당은 신바람 춤을 추며 "당신의 소원을 말해 봐, 말해 봐." 말만 하면 이뤄진다며 유행가 소절을 신나게 불렀다. 젊은 무당이라 답례하는 방법도 달랐다.

세상에 고정된 건 없는 모양이다. 가장 보수적이라 할 민속신앙인 굿에서도 이런 변화가 있는 건 놀라운 일이었다. 옆자리에 있던 김 교수가 거들었다. "변한 것 같지만 속을 들여다보면 그렇지도 않아요. 원줄기는 그대로 내려오고 있어요." 그럴 거다. 변화와 창조는 다른 문제다. 굿 가장자리의 몸짓이 변한다 해도 굿이 달라지진 않는다. 원줄기는 그대로 유지되는 거다. 전통도 시대에 따른 변화를 통해 적응해 가는 것일 거다. 다윈이 말한 진화도 이런 변화를 통한 적응을 이르는 것일 거다. 굿판이 한참 무르익어가자 대나무 신대에 소원을 비는 이들이 늘어났다.

악사들이 악기를 신나게 두들기는 까닭이 저런걸 바라고 한 건지 박수들이라 신기가 도졌는지는 알 수 없었다. 어쩌면 용왕 여신이 자신을 위해 애쓰는 무녀를 위해 관객들의 지갑을 열게 했는지도 모를 일이긴 하다. 이어지는 뱃노래 굿에서 무당은 다시 바뀌었다. 축구 경기서 골차가 안전권에 들면 선수교체를 통해 실전경험을 쌓게 하는 것과 같았다. 바뀐 젊은 무녀가 이번에는 어떤 유행가를 부르며 분위기를 띄울지 궁금했지만, 자리서 일어나야 했다. 기차 시간이 가까이 되어서다. 내가 일어나는 걸 보고 해수도 하던 일을 멈추고 굿당 밖으로 나왔다. "그래 갈려고…? 시간이 그렇게 되긴 했네." 언제 불렀는지 기다리는 택시에 타라고 했다. 떠나는 나를 보고 내년에도 오겠느냐고는 묻지 않았다. 기차역에서 내려 택시비를 계산하려니 이미 받았다고 했다. 해수의 마음이 보이는 것 같았다. 고향을 지키며 옛 친구를 반기는 그의 마음이 고향이라 여겨졌다. 고향이라는 게 나이 들수록 어떤 지역이 아니라 거기 사는 사람의 마음이라는 생각이 들었다. 가슴이 따뜻해져 왔다.

차창 밖으로 들어오는 모습이 아름다웠다. 바다서 출렁이는 파도 소리가 귓가에 들리는 것 같았다. 열차 바퀴의 덜컹거림이 잦아질수록 풍경도 빠르게 바뀌었다. 창에 비치는 모습이 바뀌어도 저 산과 바다는 그대로 있을 거다. 마음도 제 자리에 그렇게 있는 게 고향이라는 생각을 하면서 경호 형이 쓰다만 소설이 떠올랐다. 그는 바다를 좋아하는 것 같았다. 그의 마음의 고향은 어달리가 아닐까 하는 생각이 들었다.

이제 발 뻗고 자도 되겠다는 어머니의 말을 뒤로하고 경호 형의 방문을 열자 갇혔던 후덥하고 무거운 공기가 한꺼번에 몰려나왔다. 끈끈한 느낌이 몸에 착 달라붙는 것 같았다. '경호 형이 아직 여기 있었는가…?' 느낌이 들었다.

방에는 그가 가지고 온 커다란 가방 옆에 쌓아놓은 책과 앉은뱅이책상 위의 대학노트가 눈에 띄었다. 그가 쓰고 있다고 한 소설 원고가 생각났다. 쓰다가 그냥 두었는지 펼쳐진 채였다. 노트에는 까만 글씨가 빼곡히 채워져 있었다. 다음 이야기가 주인을 기다리고 있는 것처럼 느껴졌다. 서울서 만났을 때 말하던 신작 소설 원고인 게 틀림없었다. 이어지는 이야기가 곧 쓰여질 것 같은 느낌이 들었다. 방 정리를 마치자마자 원고 첫 장을 펼쳤다. '무역풍'이라는 제목이 눈에 들어왔다. 제목에 뜻을 내포하고 있다. 「해당화」도 연희라는 여주인공의 삶의 행로와 꽃의 이미지가 오버랩 되었듯이 「무역풍」도 작품구성을 그렇게 하려는 것인가 하는 생각이 들었다.

작가는 자신만의 작품 형태가 있으니 그럴 수도 있을 거다. 무역풍이라 이름은 무역과는 관계가 없고 규칙적으로 부는 바람이라 길 안내 역할에 이용되기도 했다고 한다. 콜럼버스가 카리브 제도를 발견할 때 이용한 바람이 대서양 무역풍이라는 건 알고 있지만, 그런 '무역풍'을 소설 제목으로 사용한 까닭은 무엇일까? 무역풍이 부는 길을 따라 어디로 인가 갈려고 했는지도 모른다. 읽다 보면 감이 오리라는 생각이 들었다.

소설「무역풍」이렇게 시작되었다.

내가 머무는 어촌의 밤은 조용하기만 하다. 파도 소리도 조심스럽고, 달빛마저 수줍어한다. 이런 바다가 더 외롭다. 거센 바람이 불고 성난 파도가 으르렁거리면 차라리 낫다. 답답한 마음을 잊을 수 있을 테니까. 잠시 마음에 곁눈질이 있을지 모르니까. 그러나 이 고요가 끝나면 올 거다. 바다를 건너는 해풍의 냄새가 나는듯 느껴졌다. 그러나 아직은 기다려야 한다. 지금 무역풍은 지구 남쪽 끝에서 적도를 향해 올라오고 있다. 여기에 닿으려면 시간이 필요하다. 한마음이 다른 마음에 닿는 데는 시간이 필요하다. 그런 기다림은 사랑하는 마음이다.

무역풍을 기다리는 건 그런 마음이다. 남쪽 끝머리서 기다리는 소식을 가지고 오는 바람이다. 그녀의 마음을 품고 오는 바람이다. 무역풍은 늘 그렇게 그녀의 마음을 전해 왔고 내 마음도 배달해 줬었다. 기다려라, 오지 않는 건 아니다. 약속처럼 올 거다. 온다는 사실이 중요하다. 지금은 너무 멀리 있어서 내딛는 발걸음 소리는 들리지 않는다. 그래도 느낌은 오고 있다는 걸 알고 있다.

무역풍은 늘 같은 길로만 다니기에 그녀가 있는 곳도 알고 있다. 다시 그 길로 오고 갈 거다. 답답한 마음을 잡고 기다려야 한다. 모든 일에는 때가 있는 법. 지구를 한 바퀴 돌아오려면 시간이 필요하다. 그사이 전할 마음은 그물코를 손질하듯 단단히 꿰며 기다려야 한다.

바람이 나에게 전할 말을 달라고 할 때까지 기다려야 한다. 어쩌면 전할 말을 달라고 하기 전에 그녀의 소식부터 전해줄지도 모른다. 많이 보고 싶다고, 어떻게 지내는지 궁금하다고, 얼른 올 수 없느냐고 전할지도 모른다. 그래 무역풍은 늘 그렇게 왔다. 바다가 이리 조용한 다음에 오는 바람이다. 지금 이렇게 잠자듯이 조용하니 올 때가 머지않았다. 태풍 전야라 두려워하는 그런 바람이 아니다. 지구 남쪽 끝에 있는 그녀의 향기를 전해오는 바람이다. 그 바람에 그리워하는 마음과 안타까움을 전하려 한다. 보고 싶다고, 아주 많이 보고 싶다고 그렇게 전하려 한다. 무역풍은 곧 올 거다. 헐거워 그녀 마음이 빠지지 않도록 그물코를 다시 손질해야겠다.

소설은 멀리 있는 연인한테 그리워하는 마음을 무역풍

에 실어 전하려 했다. 호수 수면서 윤슬로 반짝이는 그리움이 가슴에서 잔잔히 스며들고 있다. 지난 작품인 '해당화'와 이어지는 게 아닌가 하는 생각이 들었다. 분위기가 그랬다. 작중 화자가 가지 못하는 사연은 아직 나오지 않는다. 작품의 어느 부분에서 나오겠지만, 소설의 구조를 단순화시켜 심리 변화를 잔잔하게 표현하려 한 것 같았다. 작중 화자의 마음을 전해 받을 연인의 이름은 없었다. 전해줄 화자도 '나'라는 일인칭이다. 작품서 화자의 이름이 없는 까닭이 있을까? 삼인칭으로 '그녀, 그 사람' 등으로 쓰는 작가도 있기는 하지만 그리하는 건 까닭이 있다. '순풍호' 사고를 마무리한 후 어머니의 전화가 떠올랐다.

경호 형의 친척들이 보상금을 챙겨 가고 나서 한참이 지난 후의 일이었다. 알 수 없는 일이 생겼다는 어머니의 전화였다.

"야야, 살다 보니 시상에 별일도 다 있다. 은행에서 연락이 왔지 뭐냐. 경호가 웬 돈을 은행에 예금 핸 모양이더라." 은행원의 말투를 봐 상당한 액수인 것 같았다고 했다. 거기다 묘한 건 받는 사람은 경호가 아니라 어떤 여자라고 했다.

"예금을 지급하려고 보니 받는 사람은 국내에 없지 뭡

니까?" 그래서 경호 씨한테 연락했더니 사망으로 나오고 거래자의 주소가 그리로 되어있어 연락했다고 했다.

"글쎄 그 돈을 누구한테 줄라꼬 했재? 그것도 첨 들어보는 나라에 있는 여자한테, 증말로 알 수 없는 일이데이…?" 어머니의 의문에 나도 답을 할 수 없었었다. 모르기는 매한가지였다. 굳이 연결을 짓는다면 소설 속의 '나'가 마음을 전하려는 이름 없는 여자와 연관 지어 볼 수는 있지만 그건 어디까지나 소설이니까 연관 짓기는 무리라는 생각이 들기도 했었다.

그러나 첫 발표작인 「해당화」를 생각해보면 무언가 연결 끈이 어렴풋하기도 했다. 계절풍에 마음을 실어 보내려 한 대상이 혹시 해당화에 나오는 '연희'가 아닐까? 은행에 맡겨둔 돈을 받을 사람이 그녀가 아닐까? 어떤 말 못할 사연이 있기에 그녀한테 돈을 보내려고 했을까? 작품에서 등장인물의 이름이 없는 건 그런 까닭에서인가? 의문이 꼬리를 물었다. 그러나 소설과 현실을 구분하지 못하는 사고의 비약이라는 생각에 고개를 저었다. 그러면서도 돈을 받을 그 여인에 대한 궁금증은 가시지 않았다. 무역풍의 무명 여인인지 해당화의 연희인지는 알 수 없다. 그들이 같은 인물인지도 모르는 일이었다. 그러나 현실에 존재하는 인물인 것은 확실하다. 존재하지도 않는 인물에 돈을 보내려고는 하지 않았을 테니 말이다. 어머니의 전화는 그 후의 이야기는 없었다. 은행에서 알아서 처리했을 거라 여겼을 거다.

  창에 비친 햇살이 따듯했다. 기차 바퀴 소리가 빨라지며 바깥의 풍경도 빠르게 바뀌었다. 몸이 나른해지면서 눈꺼풀이 내려앉았다. 잠이 올 때면 세상에서 가장 무거운 게 눈꺼풀이라 말처럼 치켜세우기 힘들었다. 감는 게 편할 수도 있다. 졸리는 잠을 참으려 해야 소용이 없다. 그렇게 눈을 감고 얼마나 지났는지 모른다. "소원을 말해봐"를 능청스럽게 부르는 무녀의 부채 위서 경호 형이 얼쑤 절쑤 어깨춤을 추고 있다. 손에는 무언가 들고 있었다. 자세히 보이지는 않았지만, 소설 원고 같기도 했다. "경호 형 그거 끝마쳐야지 어쩌려고 그래…?" 형은 빙긋이 웃으며 "그 일은 네가 해…. 지금 무역풍이 불고 있어 나는 떠나야 해." 경호 형이 부채 위서 내려오려는 것 같았다. "형 잠깐만…. 어디로 가려고…? 그리고 물어볼 게 있는데 그 돈 말이야 받는 사람이 연희 씨 맞아…?" 부채 위의 형은 대답이 없었다. 무녀는 몸을 빙그르르 돌리며 부채를 접었다. 부채는 철– 얼 –썩 소리를 내며 무녀의 손에서 모습을 감췄다. 경호 형도 사라져 보이지 않았다. "경호 형 어디 있어…. 어디로 간 거야?" 부채 접는 소리가 파도 소리 같다는 생각이 들었다. 모습을 감춘 경호 형을 오라고 손을 흔들었다. 손이 어딘가에 부딪히는 바람에 놀라 눈을 떴다. 햇살은 창에 여전히 비치고 풍경은 바람이 지나듯 흘러가고 있다. 덜컹거리는 기차 바퀴 소리도 귓가를 느리게 지나고.

왠지 이제는 경호 형 생각을 하지 않아도 될 것 같은 느낌이 들었다. 「무역풍」 소설의 쓰이지 않은 이야기가 궁금해졌다. 경호 형은 어떻게 마무리하려 했을까? 「해당화」와 「무역풍」의 주인공은 아무 관계가 없는 걸까? 경호 형의 마음이 담긴 그 돈을 받을 여인은 누구일까? 「무역풍」의 무명의 여인과 「해당화」의 연희 말고 제3의 여인이 또 있는 걸까? 꼬리를 잇는 의문이 창밖을 스치는 풍경과 함께 길게 남겨졌다.

기억의 실루엣

1

 아라리 아라리요. 아라리 고개를 넘으라네, 날 보고 넘으라네. 나는 싫네, 저 고개를 넘기 싫네…. 〈사자를 맞는 영신제는 펼쳐졌다.〉

 따라오지 말라며 돌아서는 미희 모습이 얼음장처럼 차가웠다. 얼굴은 핏기가 없어 하얗게 보였다. 냉동실 문을 열었을 때 몸을 덮치는 차가움 그런 느낌이었다. 왜 저러지? 함께 가자고 하는 걸 싫다고 했더니 심통을 부리는 모양이다. 그래도 그렇지 저리 차갑게 돌아설 일은 아니라 여겨졌다. 순영이 싫다고 하자 혼자 가고 싶은 곳을 마음대로 다녀놓고는 이제 와 심통을 부리는 까닭을 알 수 없었다. 그러나 단지 그래서만은 아닐 거라는 생각이 들면서 미희가 평소와는 좀 다르다는 느낌이 들었다. 알 수 없는 의문이 가슴을 스쳐 갔다. 전에도 그런 적이 있긴 했지만, 그때와는 다르다는 생각이 들었다. 그전에는 이렇게까지 차갑지는 않았었다. 오히려 얼굴 가득 번지는 기쁨을 숨기느라 애쓰는 모습이기도 했었다. 먼저 자리서 일어나는 게 미안해 그런지는 모르지만, 숨겨진 미소는 보였다. 이런 분위기는 아니었다. 애잔하고 슬픔이 얼굴 가득해 보였다. 숨겨둔 미소는 보이지 않았다. 힘이 없어 보이는 게 좋은 곳으로 가는 것 같지는 않다는 생각이 들었다. 전과는 영 딴판이었다. 어디로 가는데 저런 표정일까? 가고 싶은 곳이 아닌 것 같았다. 그럼 싫다고 하지 왜 따라갈까? 평소 미희답지 않다는 생각이 들었다. 의사 표현을 분명히 하는 성격이었다. 싫은 걸 참으며 적당히 넘어가지는 않았다. 그런 성격 탓에 때로는 오해를 사기도 했다. "뭐 저리 당돌한 애가 있어…? 아주 싸가지가 없구먼." 미희가 가끔 듣는 말이었다. 타고난 성격이라 어쩔 수 없는 모양이었다. 주위에서 그런 싫은 소리를 들어도 고쳐지지 않았다. 때로는 분명한 게 흠이 되는 수도 있었다. 그런데 지금 저 건 뭐지? 그렇게 딱 부러지는 성격은 어디 가고 저리 싫은 표정으로 이끌려가는 까닭을 알 수 없었다. 사람 속은 알 수 없다더니 하룻밤 새 성격이 변할 수도 있는가 하는 생각에 고개를 갸웃거리면서 멀어지는 미희의 뒷모습을 바라볼 수밖에 없었다. 가지 말라고 말할 수도, 같이 가자는 말도, 붙잡을 생각도 나지 않았다. 얼마를 그리 있었는지 차가운 한기가 느껴졌다. 왠지 미희를 다시는 볼 수 없을 것 같다는 생각이 들었다.

그런 생각이 왜 갑자기 들었는지는 모르지만, 본능적인 느낌일 거다. 슬픔이 울컥 밀려왔다. 순간 가슴이 저려왔다. 눈 주위도 뜨거워지는 게 느껴졌다. 손등으로 눈을 훔쳤으나 눈물은 없었다. 무슨 일이래? 분명 울컥했는데 이리 손등이 뽀송하다니? 눈 주위를 다시 만져봐도 마찬가지였다. 멀어지는 미희의 뒷모습을 보며 순간 마음이 아팠던 건 확실한데 왜 눈물이 나지 않았는지 까닭은 알 수 없었다. 미희가 나간 문은 다시 닫혔다. 문이 다시 열리면 죽을상을 짓는 누군가를 또 데리고 갈 거라는 생각이 들었다.

미희와 지내던 지난 일들이 떠올랐다. 둘이 만나면 소

소하고 고만고만한 일상의 이야기를 나누었다. 대단한 이야기를 나눌만한 입장은 서로 아니었다. 둘 다 그럴만한 처지가 아니었다. 이제 막 사회를 배워가는 중이라 현실에 대한 인식은 아직 부족하다. 사회비판보다는 살아가는 일상이 그들의 이야기였다. 보이지도 않은 무슨 이상을 논하며 열정을 낭비하는 그런 젊은이는 아니었다. 그저 평범하기 이를 데 없는 보통 젊음이었다. 미희가 대학생이라지만 보통의 범주를 벗어나지는 않았다. 그런 두 젊음이 만나 일상을 나누다 불쑥 급한 일이 생겼다면서 미희가 먼저 자리서 일어나는 일이 있었다. 그럴 때면 들뜬 모습이 보였다. 얼굴이 복숭아처럼 발그레해지며 활짝 피어났다. 봄꽃이 느닷없이 활짝 피어난 모습을 연출했다.

웃는 모습도 귀여웠다. 하얀 손은 허공서 춤을 추며 설명을 거들었다. 남자라면 마음 주는 걸 망설이지 않을 것 같았다. 그런 날은 보통 미희 휴대폰에서 소프라노 음으로 알림음이 들린 후였다. 미리 약속이 있었는지 갑자기 이뤄진 일인지는 알 수 없었지만 어쨌든 미희가 좋아하는 곳에서 연락이 온 모양이었다. 무슨 미팅이라도 있는 모양이라는 느낌이 들기도 했다. 남자와 만나는 게 그리 좋은가? 아직 경험해 보지 못한 자신은 궁금하기는 했다. 아무리 그렇더라도 양해는 구해야지 '이게 뭐야?' 하는 생각이 들었다. 전화한 상대한테 이쪽 사정을 말하고 거절하는 게 당연한 일일 거다. 그런 것도 없이 자리를 비우는 건 기본이 없는 이를테면 싸가지 없는 짓이다. 아무리 친구 사이라지만 기분이 나쁠 수밖에 없었다. 벗어놓은 외투를 챙기는 미희를 향해 나쁜 년 하는 말이 입 밖으로 나오는 걸 겨우 참았다. 황당한 얼굴로 쳐다보는 순영을 향해 어쩔 수 없다는 표정으로 "미안, 미안해…. 다음에 보자." 자리서 일어나는 모습은 전혀 미안해 보이지 않았다. 그런 적이 자주는 아니었지만 몇 번 있었다. ―몇 번이면 많을 수도 있지만― 순영은 그럴 때 기분이 무지 상했다. 완전 똥 밟은 기분이 되어 혼자 쓰디쓴 에스프레소를 찔끔거렸지만, 마음은 커피보다 더 썼다.

순영은 자신이 대학에 가지 않은 걸 후회하지는 않았는데 이럴 때는 생각이 달라졌다. 나도 갈려고만 했으면 갈 수 있지 않았을까? 어린 게 집 걱정을 지나치게 한 게 아닌가? 어쩌면 오빠, 오빠 하는 엄마의 말에 세뇌되어 일찌감치 진학할 마음을 접은 자신이 어리석지는 않았나 하는 생각이 불쑥 뛰어나올 때는 몸에 힘이 빠지기도 했다. 후회해 봐도 돌이킬 수 없는 일이 되어버렸다. 그나마 지금 진학하려고 다시 공부를 시작한 게 위로가 되었다. 회사에서 공부할 수 있는 시간을 준다고 해 시작했다. 어찌 됐든 미영의 이런 돌출 행동은 대학생이라 자기를 얕보는 것 같다는 생각이 들었다. '아주 제대로 꼴값을 떨어요. 만날 때마다 그래도 내가 돈을 번다고 밥값을 냈는데 재수 없는 너 같은 년은 친구도 아니지 이제 다시 볼 일 없으니 그래, 맘대로 갈 테면 가라.' 속으로 욕을 한 바가지 안겨줬지만, 전달될 리는 없고, 속상한 마음은 풀리지 않았다. 그런 일이 있는 날은 앞으로 다시는 보지 않겠다고 마음먹었지만, 얼마가 지나면 또 만나고 했으니 고향 친구라는 게 그런 모양이었다. 외로움이 미움을 앞서 있었다. 미워하다가도 다시 만나는 일이 고향이었으면 그리했을까 하는 의문이 들 때도 있었다. 어려울 거란 생각이 들었다. 고향은 외로움을 타지 않는 곳이니 그렇게 재회하는 일은 없을 거라 여겨졌다.

미희와 가끔 만남이 이어져 오고 있지만, 지금처럼 이리 오래 함께 보낸 적은 없었다. 만나면 휴일 하루 정도를 함께 보내는 게 고작이었다. 맛있는 걸 사 먹고, 극장엘 함께 가는 정도였다. 때로는 신이나 노래방에 갈 때도 있었지만 그런 날은 아주 특별한 날이라 하겠다. 그런 특별한 날은 그리 많지 않았다. 더구나 함께 밤을 보낸 적은 한 번도 없었다. 그런 형편인데 이번 만남은 정말 알 수 없는 일이었다. 왜 이리 오래 함께 있어야 하는지 까닭을 순영도 미희도 알 수 없었다. 보통 만나면 오래 있지 못했다. 서로 해야 할 일과 공부가 있기 때문이다. 그런데 이번에는 달랐다. 며칠씩 같이 보내고 있었다. 그뿐이 아니었다. 함께 있는 동안 나란히 옆에 누워있는 것도 그렇다. 각자 사는 집이 다른데 이렇게 같이 누워있다는 것이, 거기다 모르는 사람들도 함께 누워있다는 게 낯설기만 했다. 낯선 일은 그것만이 아니었다. 미희와 둘이 알 수 없는 곳을 이리저리 돌아다니며 살펴보고 있는 것도 이상하다는 생각이 들었다. 순영이 자신은 그렇게 쏘다니는 성격이 아니었다. 한곳에서 조용히 있는 편이었다. 겉으로 드러내지 않는 조신한 성격이라 그런 것 같기도 했지만, 돌아다니는 걸 꺼린 건 움직이는 게 불편해 그런 것 같기도 했다. 그렇다고 살이 쪄서, 비만해 그런 것도 아니었다. 운동 부족이라는 생각이 들었다. 회사에서 종일 앉아서 일하다 집에 와서는 공부한다고 책상 앞에 앉아있었으니, 몸이 둔해질 수밖에 없었을 거다. 그런데 지금은 그렇지 않다. 몸이 가벼워져서 걷는 데 전혀 불편하지 않았다.

전에는 걷는 게 조금 부담이 됐는데 지금은 그런 생각이 들지 않았다.

  이리 많이 돌아다니는 건 평소 자신과 달랐다. 미희와 함께 다니긴 하지만 알 수 없는 일이었다. 거기다 갑자기 몸에 변화가 왔는지 허공으로 걸을 수 있었고 닫혀있는 문을 열지 않고 지나갈 수도 있었다. 이상했지만 재미가 있기도 했다. 호기심이 많은 미희가 그런 게 더 흥미로운지 여기저기 가보자며 팔을 잡아당겨 따라다녔다. 어디를 가나 가만히 있지 못하는 미희의 성격은 여기서도 그대로였다. 좋게 말해 탐구심이 많아 그냥 있지 못했다. 그런 성격이 어쩌면 좋은 면이 많을 것 같기도 했다.

  미희가 팔을 끌고 가는 곳마다 보이는 모습은 비슷했다. 방 안 가득 침대에 누워있는 사람들이 있었다. 꼼짝하지 않고 있어 숨을 쉬고 있는지는 알 수 없었다. 얼굴은 핏기가 없어 창백해 보였다. 그런 그들 사이를 헤집고 자신들처럼 돌아다니는 무리 중에는 거리에서 본 호박 가면을 쓴 그들도 있었다. 여전히 바빠 보였다. 자신들처럼 누워있는 사람들을 들여다보며 웅성거렸다. 흔들어도 보고 말을 걸기도 했다. 반응이 없자 그들도 알 수 없다는 듯이 다시 다른 곳으로 우르르 몰려가 같은 행동을 거듭했다.

기억의 실루엣 187

몸이 가볍기는 그들도 마찬가지였다. 걸어 다니는 게 아니라 공중에 붕 떠서 날아다니다시피 했다. 그런 그들 중 몇은 너희들은 누구고 어디서 왔느냐며 물어보는 이도 있었다. 낯선 사람이라 겁이 나기도 했다. 그런 그들의 행동을 말리거나 제지하는 사람은 없었다. 별난 사람들이라는 생각이 들어 호박 가면 그들 곁을 떠나 다른 곳으로 갔다.

어딜 가나 누워있는 사람들 주위로 바쁘게 움직이는 사람들이 보였다. 그들은 모두 흰 가운을 입었고 목에 청진기를 걸치고 있었다. 확실치는 않지만, 여기가 병원이고 저들은 의사라는 생각이 들었다. 그들은 누워있는 사람과는 달라 보였다. 자신들과도 달랐다. 몸에 피가 흐르는 게 느껴졌다. 자기 몸으로 직접 느낀 게 아니라 그렇게 보였다. 얼굴에 윤이 났고 움직임이 빨랐다. 바쁜 그들 곁을 지나 미희가 안쪽으로 가보자며 팔을 다시 끌었다. 조금 더 조용하다 느껴지는 곳이었다. 순영은 자신이 누워있는 침대서 멀리 가는 게 걱정되었지만, 싫다는 말이 나오지 않아 따라나섰다. 흰 가운의 재바른 걸음 소리가 멀어질수록 음습한 기운이 느껴지며 으스스해졌다. 축축한 습기가 전신을 휘감고 조여드는 것 같은 느낌에 오싹했다. 불빛도 어둑한 곳이라 물체가 겨우 보일까 말까 했다. 마치

밤중에 공동묘지에 온 것처럼 무서운 생각에 온몸에 소름이 돋은 것 같았다. 팔을 만지니 반질반질했다. 소름은 돋지 않았다. 평소 이 정도 겁이 났다면 온몸에 땀띠 나듯 소름이 돋았을 텐데 말짱하다니 갑자기 심장이 강해졌나? 자기 몸이 이상하다는 생각이 들었지만, 미희가 손을 잡아끄는 대로 계속 이곳저곳을 기웃거리며 앞으로 갔다. 희미하긴 했지만, 방마다 누워있는 사람들이 가득했다. 호박 가면들은 따라오지 않았다. 몇 곳을 더 지나자 더 어두운 곳에서 물에 흠뻑 젖은 아이들이 우르르 몰려나와 자신들 앞을 막아섰다. 앳돼 보이는 게 자신들보다 어려 보였다. 저 애들은 어쩌다 여길 왔지? 왜 자신들을 막아서는지 알 수 없었다. 모두 물에서 방금 나온 듯 몸에 물이 줄줄 흐르는 모습이었다. 옷은 물에 젖었을 뿐만 아니라 여기저기 찢겨 있었다.

"언니들 지금 뭘 하고 있어? 여기서 빨리 나가 더 있으면 안 돼. 큰일난다. 우리가 있어 봐 아는데 어서 돌아서 나가…. 정말 큰일 난다니까."

"너희들은 어떻게 여기 왔어?"

"우리가 탄 배가 가라앉으면서 이리 왔어요."

"나는 학교 가는 길에 다리가 무너져 한강에 빠져서 오게 됐는데 그런지 오래됐어요." 언니들은 어쩌다 여길 왔느냐며 물었다.

"호박 축제에 왔다가 검은 파도, 인간 파도를 만났어. 정신을 차려 보니 여기더라."

"언니들도 우리처럼 검은 파도에 휩쓸린 모양이네…. 종류는 다르긴 한데 아무튼 여기서 빨리 나가야 해."

"너희들은 왜 안 나가고 우리 보고만 나가라고 그러니? 그럼 같이 나가든가?"

"그러고 싶은데, 우린 시간이 지났어. 여기서는 나가는 시간이 정해져 있어서 안 돼, 언니들은 아직 시간이 있는데 어서 나가." 그녀들은 할 수만 있다면 정말 나가고 싶어서 하는 것 같았다.

재촉하는 그들과 이야기를 나누고 있는데 뒤쪽의 어두침침한 곳에서 희미한 모습으로 다가오는 게 보였다. 나이가 조금 들어 보이는 여자들이 나타났다. 그녀들 뒤로 들릴까 말까 한 신음도 들렸다. 앓는 소리를 내는 저들은 움직일 수 없다고 했다. 무너지는 백화점과 아파트에 깔려 꼼짝할 수 없다고 했다. 그리 말하는 여인의 옷은 물에 젖은 여자아이들과는 달랐다. 불에 타다 만 것처럼 보였다. 헤지고 찢긴 모습이 여간 아닌 데다 얼굴은 온통 숯검

정투성이였다. 몸 전체에 검정 숯이 묻어있었지만, 본 모습은 그래도 예뻤던 것 같았다. 그녀들도 가까이 오면서 여자아이들 말을 거들었다. 심각한 표정을 한 그들이 말을 건넸다.

"얘들 말이 맞아, 서둘러 어서 나가라."

"언니들은 어떻게 왔어요?"

"너희들이 온 거기 호텔에 불이 났었어, 깨어보니 여기더라. 어서 빨리 나가. 여긴 있을 곳이 못 돼."

"그럼, 언니들도 못 나가나요?"

"그럴 수 있다면 얼마나 좋겠니, 우린 여기 온 지 너무 오래됐어, 너희는 빨리 나가야 하겠다." 그렇게 말하는 언니 중에 이상하게 생긴 언니가 미희를 가리키며 너는 더 빨리 서둘러야 할 것 같다고 했다. 신이 들린 무당들은 앞일이 보인다는데 그 언니도 무당인가 의문이 들다가 고개를 흔들었다. 그녀들의 생김이 무당과는 전혀 닮지를 않았다. 요즘 무당들은 젊고 예뻐서 구별되지 않기는 하지만 그래도 자세히 보면 어느 정도 알 수는 있다. 그런데 이 언니들은 나이가 있어 보이는데도 몸매에서 풍기는 맵시가 무당이라 할 수 없었다. 거기다 산중의 암자나 절에서 온 게 아니라 도시에서 왔다고 했으니 더구나 아니라는 생각이 들었다. -무당이 도시에 많기는 하지만- 여기 오래 있으면 앞일이 보이는 모양이라는 생각이 들었다. 순영이 구경하던 곳의 호텔에서 왔다면 언니들은 무슨 일을 했어? 물어보려다 참았다. 주방에서 평범한 일을 하던 언니들은 아닐 거란 생각이 들어서였다. 그들이 입을 모아 어서 나가라는 재촉에 더는 가지 않고 돌아섰다. 그들 말을 듣지 않고 더 깊이 가면 무슨 일이 일어날지 두려웠다.

이런 음습한 곳에서 자신들을 도와주려는 이들이 있다는 게 고마워 그들 말을 따라야 했다. 자기 자리로 돌아온 순영은 그 후 멀리 가지 않고 침대 주변만 있었다. 같이 다니자는 걸 싫다고 하자 미희는 보이다 말다 하는 거로 봐 혼자서 가고 싶은 곳을 다니는 모양이었다. 가만있지를 못한 성격이라 자리에 붙어있지 않았다. 순영은 며칠을 혼자 지내다 보니 지루하다는 생각이 들었다. 누워있는 자신을 바라봤다. 처음 모습 그대로 꼼짝하지 않고 누워있는 자신이 이상했다. 평소와 다르게 왜 이리 누워만 있는지 알 수 없었다. 회사에도 나가야 하고 공부 준비도 해야 하는데 딱하기만 했다. 그렇게 안타깝다 느껴질 무렵 어딜 갔다 왔는지 미희가 숨을 헐떡이며 자기를 따라오지 말라고 했다. 급하게 가야 하는 것 같았다. 순영과 차근차근 이야기를 나눌 시간이 없는 모양이었다. 마치 이별하는 것같이 눈빛이 애잔해 보였다. 처음 보는 사람이 미희의 손을 잡고 문 쪽으로 걸어갔다. 미희가 아는 사람인지는 알 수 없었다. 순영이 처음 보는 사람이면 미희도 모르는 사람일 거다. 모르는 사람한테 저리 따라갈 리는 없는데 하는 생각이 들었다. 옆 침대에는 미희가 누워 있는데 또 다른 미희가 나가고 있었다. "미희야, 어디 가니?" "따라오지 마. 나만 가야 돼서…." 미희 표정이 얼음장같이 차게 느껴졌다. 좋은 곳이 있나 보지…. 저리 혼자 갈 때는 늘 그랬으니까 하는 생각이 들다가 아닌 것 같기도 했다.

※

오후 9시를 넘어선 경찰청 상황실은 평온했다. 평일과 다른 상황은 없었다. 특별한 상황 없이 지나는 날이 많다 보니 조용하다는 느낌마저 들었다. 소소한 일이야 늘 있지만, 그것까지 상황실서 관리하지는 않았다. 일선 경찰서에서 자체적으로 해결하고 보고하는 것으로 끝났다. 본청 상황실은 그런 자잘한 것을 제외한 상황을 관리한다. 본청 상황실이 바쁘다는 건 큰 사건이 발생했다는 말이기도 하다. 그러니 상황실이 조용할수록 좋은 일이다. 그러나 조용히 오래 지내다 보면 긴장이 흐트러져 상황이 발생했을 때 대응이 늦어질 수도 있었다. 때에 따라서는 우왕좌왕 갈피를 잡지 못하는 경우도 생긴다. 그런 일을 방지하기 위해 자체 훈련을 하는데 지난번 훈련 이후 지금껏 하지 않고 있다. 그런 까닭은 정권이 바뀌어 지휘부가 바뀔 참이니 발 벗고 훈련에 신경을 쓰는 사람이 없었다. 엄밀히 말해 직무 유기라 할 수도 있지만 지금 앉아있는 자리가 내일 어떻게 될지도 모르는데 일을 벌여놓을 사람은 없을 거다. 좋은 일도 아니고 귀찮고 성과도 눈에 띄지 않는 훈련 같은 건 후임자가 해도 될 일이었다. 뒤로 미뤘다고 당장 무슨 징계가 내리는 것도 아니다.

정권이 바뀌지 않았어도 인사철에는 그렇게 흘러갔었다. 마음이 안정돼야 무슨 일이든 할 수 있다. 계급이 낮은 일선 경찰이야 인사와 관계없는 일이지만 어깨에 무거운 계급장을 달고 본청에 근무하는 고위직은 다르다. 자리에 따라 앞길이 어찌 될지 결정되기에 신경이 쓰일 수밖에 없었다. 그런 상황에서 일이 손에 잡힐 리는 없을 거다.

폭풍전야 같은 고요가 상황실에 흐르고 있다. 벽면을 꽉 채운 전광판이 도시의 곳곳을 혼자서 지키고 있었다. 박 경감은 늦은 저녁으로 졸음이 어렴풋이 오는 걸 쫓으며 기지개를 켰다. 평소와 다름없이 특이 상황은 없어 마음이 놓였다. 특별한 사건은 매일 있는 게 아니다 보니 별일 없이 조용하게 지나가는 날이 많았다. 그런 날이 이어질수록 긴장감이 풀어지면서 평범해졌다. 오늘도 그런 평온이 유지되고 있다. 이런 평온으로 근무시간이 끝나길 바랐다. 그건 누구나 바라는 일이기도 했다. 그런 바람이 뜻대로 돼야 나라도 평화롭고 시민들도 편안하게 지낼 수 있다. 그런 평화를 지키기 위해 나른해지는 몸을, 기지개를 켜며 달랬다. 그런 바람과는 달리 상황실의 조용한 평화를 깨는 전화벨이 울렸다. 잔잔한 수면에 파문이 일 듯 상황실 안의 공기가 차가운 진동으로 퍼졌다. 고요한 밤에 울리는 전화벨 소리는 진폭을 키우며 상황실을 장악했다. 박 경감은 나른해져 가물가물하는 정신을 차려 상황판을 살피는 당직자들을 바라봤다. 상황실 전화는 양치기 소년과 닮았다. 오늘도 몇 번 이상한 전화가 온 터라 또 그런 전화가 아닌가 여겨졌다. 특이 상황은 없어 보이는 것 같았다. 가끔 엉뚱한 전화가 걸려 오는 일이 있어 긴장감을 자연히 느슨하게 만들기도 했다. 오늘 전화 담당은 김 경사다. 상황판 담당 경찰 셋은 계급은 같았지만, 김 경사보다 모두 선임이었다. 이대수, 유재필 경사는 선임이라고는 하지만 마음에 들지는 않았다. 이 어두침침한 상황실에서 뭘 바라고 계속 머물러있는지 알 수 없었다. 경찰학교 수료할 때 성적이 좋았으면 야망을 품을 만한데 그렇게 보이지 않았다. 조직의 흐름을 보고 자신과 맞지 않는다고 여겨 욕심을 버린 건지, 순진한 건지 분간이 되지 않았다. 전화기를 든 김 경사의 목소리가 카랑카랑했다.

"경찰청 상황실입니다."

119라고 했다. 지금 상황이 위험한데 통제가 이뤄지지 않고 있어 경찰 출동이 필요하다고 했다. 김 경사는 기분이 나빠졌다. '뭐야, 119가 언제부터 경찰을 출동하라 말라 했지?' 참 별일도 있다 싶었다. 그렇지 않아도 상황실 근무가 매력이 없는데 이런 전화는 기분을 더 상하게 했다. 수사 파트인 자신이 일선 경찰에서 본청으로 발령을 받았을 때는 기분이 날듯이 좋았다. 수사팀에서 미제 사건을 해결하면서 능력을 발휘하리라 자신한테 다짐했다. 그리고 가장 빨리 승진 또 승진해 어깨에 무궁화 묶음 계급장을 달려고 했는데, 지금 그런 웅대한 야망과는 거리가 멀어 보이는 상황실에서 무료하게 CCTV 화면을 살펴야 하는 일에 은근히 짜증이 났다. 이렇게 시간을 보내다가는 묶음 무궁화는커녕 그냥 무궁화도 언제 달지 모를 일이었다. 빨리 여길 벗어나 수사팀으로 복귀해야겠다는 마음이다 보니 저절로 마음이 까칠해졌다.

"경찰이 언제부터 119 지시를 받고 출동했습니까? 그런 일은 경찰이 알아서 합니다. 그런데 무슨 일인지 요약해 말해봐요."

사람들이 무더기로 넘어지고 있다면서 압사 위험이 있다고 했다. 단지 위험이 있다는 예상만으로는 출동이 어렵다는 답을 하자 전화기 저쪽에서는 "잠깐만요, 저기요." 하는 다급한 목소리가 이어졌지만, 수화기를 내려놓았다.

"김 경사 무슨 일이야?" 박 경감이 물었다. 별거 아닐 거라는 예감이 묻어있는 물음이었다. 달콤해지는 졸음을 깨운 게 서운함이 담겨있었다. 별것이 아닌 것 같다는 김 경장의 답이 돌아왔다. 119인데 사람이 많이 몰려 위험하다면서 경찰이 필요하다는 신고라 했다. 박 경감도 별것이 아니라는 생각이 들었다. 그래도 확인이 필요했다. 상황 팀장의 역할은 앞에서 모니터를 살피는 저들과는 달랐다. 전화가 온 곳의 모니터를 확인해 보라고 했다. 이리

저리 화면을 옮겨가며 모니터를 살피던 김 경사가 전화가 온 쪽은 보이지 않는 사각지대라고 했다. 시내에 수도 없이 많은 CCTV가 하필 그곳에만 없는지, 아니면 고장이 났는지는 알 수 없지만 어떤 상황인지는 알아야 했다. 책임이 주먹만 한 사람과 손가락만 한 사람의 긴장감은 다르다.

사람은 앉아있는 자리에 따라 책임의 무게에 차이가 난다. 뒤쪽에 널찍한 회전의자에서 아래를 여유롭게 내려다보는 자리는 CCTV 화면 바로 앞서 눈이 빠지게 살피는 그들과는 책임의 무게가 다른 건 분명하다. 그때 다시 전화벨이 울렸다. 소리에 팽팽한 긴장감이 느껴졌다. 그냥 보통 일상적인 상황이 아니라는 예감이 들었다. 이럴 때는 아무리 양치기 소년이라는 생각이 들어도 확인이 필요했다. 전화를 받는 김 경사한테 상황을 자세히 알아보라 지시하며 옆에 있는 이 경사한테도 전화가 온 곳의 화면을 띄우라 손짓으로 신호를 했다. 안 뜨면 거기서 가장 가까운 곳이라도 찾아보라는 신호를 연달아 보냈다. 이 경사가 찾아낸 화면에 어렴풋이 나타난 상황은 뭔가 뒤엉켜있어 알 수 없었다. 커다랗게 엉켜있는 물체는 꿈틀거리며 파도처럼 너울거렸다. 파도가 도심 가운데까지 밀려올 리는 없었다. 뭐가 뭔지 분간이 되지 않았다. 자세히 살피기 전에는 확신할 수 없었지만, 직감적으로 가슴이 철렁 내려앉았다. 잠시 후 선명해진 화면에 나타난 건 사람들이 무더기로 엉켜있었다. 이게 무슨 일이지? 다리가 후들후들 떨렸다. 김 경사와 이 경사도 놀라 꼼짝 못 하고 몸이 정지상태가 됐다. 생각도 못 한 일이 일어나면 놀라게 된다. 그럴 땐 해야 할 일이 얼른 떠오르지 않기도 한다. 화면에는 수많은 인파가 파도를 일으키면서면서 뒤 파도가 앞 파도를 덮치는 모습이 보였다. 파도는 멈추지 않고 계속 일어났다. 태풍 해일이 일어났을 때처럼 거친 파도였다. 집채만 한 파도가 검은 입을 벌리고 앞에 있는 모든 걸 삼키고 있었다.

 비상 상황이었다. 급히 조치해야 할 일이었다. 상황 관리관한테 보고하라고 지시했다. 보고를 담당한 유 경사가 당황했다. 보고가 되지 않는다고 했다. 저녁을 함께 먹고 들어온 관리관인 최 경무관이 어디 갈 리는 없고 전화가 안 된다니 큰일이었다. 팀장인 자신은 지시를 내릴 권한이 없었다. 그렇다고 관리관을 뛰어넘고 윗선에 보고할 수도 없는 일이었다. 유 경사는 문을 박차고 나가 위층으로 뛰었다. 관리관 사무실로 가는 모양이었다. 조금 있다 두 사람이 나타났다. 옷매무새가 흐트러진 최일수 경무관은 당황한 빛이 역력했다. 곧 있을 정기 인사에서 승진해 좋은 보직으로 옮긴다는 입소문이 청 내에 돌고 있어 요즘 기분이 한껏 좋아 있는데 작은 사건이라도 일어나면 안 되는 처지였다. 그런데 맑은 하늘에 날벼락이라고 무슨 일인지 판단이 얼른 되지 않는 표정이었다. 곧 있을 인사를 생각하며 행복감에 젖어 느긋하게 쉬고 있다 급히 옷을 챙겨 입은 모양이었다. 평소 같았으면 상상이 되지 않는 모습이었다. 옷매무새가 흐트러져 있었다. 급하긴 했던 것 같았다.

정기 인사를 앞두고 청 내 분위기가 어수선한 건 늘 있었던 일이기도 했다. 진위를 떠나 떠도는 인사 정보가 그런 분위기를 부추겼다. 승진자와 탈락자의 명단이 떠돌았고, 핵심 부서에 누가 물망에 오르내린다는 증권가의 찌라시 정보지처럼 떠도는 소문은 무성했다. 그런 것을 다 믿는 건 아니지만 헛소문이라는 그 소문이 맞을 때가 많으니 못 들은 척 넘어가기도 어려운 일이었다. 소문이 꼬리를 물면서 어수선함을 키우고 있는 건 사실이었다. 그런 분위기는 인사가 끝나야 가라앉는데 지금은 진행 중이라 업무 집중이 어려운 상황이었다. 자리를 옮겨야 할지 모르는데, 일에 집중할 사람은 그리 많지 않을 거다. 그렇지 않은 사람도 있지만, 대개는 어수선한 분위기에 휩싸이기 마련이다. 최 경무관도 그런 상황이었다. CCTV 화면을 본 그는 하얗게 질렸다. 탄탄대로처럼 훤히 트인 그의 앞길이 이 일로 꽉 막혀버릴지도 모른다는 느낌이 든 모양이었다. 여기까지 오느라 얼마나 힘들었는데, 가시밭길을 걸으며 죽을힘을 다했는데, 앞으로 더 나가는 일이 물거품이 된다면 정말 억울한 일이었다. 조금 전까지 무궁화 묶음 하나를 더 어깨에 올려놓는 달콤함에 젖어있었는데 이게 무슨 날벼락인지 모를 일이었다. 여기 최종 책임자는 자신이다. 책임의 무게로 따진다면 박 경감은 주먹만 한 무게고 자신은 머리통의 무게일 거다. 잘못하면 무궁화 묶음을 더 달기는커녕 옷을 벗을 수도 있다는 생각이 번개처럼 스쳤다. 이 상황을 빨리 해결하는 게 급선무였다. 급히 청장한테 연결하라고 지시했다. 연결이 쉽게 될 리 없었다. 몇 번을 거듭하고 몇 사람을 거쳐 연락되었다. 보고를 마치고 그 위 단계 보고도 마찬가지로 연결이 어려웠다.

그날의 상황 보고는 그렇게 위로, 위로 올라가며 최종 결정권자에게 도달하기까지는 3시간이나 걸렸다. 경찰이 출동했을 때는 급한 상황은 이미 벌어진 후였다. 뒤에 오는 파도가 앞의 파도를 쫓아가듯이 뒤에 있는 사람이 앞에 있는 사람과 뒤엉켜 넘어지는 사람이 부서지는 파도처럼 사방에서 넘어지면서 아우성을 질렀다. 아래쪽에 깔린 이는 소리도 지르지 못했다. 그들을 뒤덮은 파도는 거세고 높았다. 멀리 있다고 생각한 연옥이 우리 가까이서 모습을 드러냈다. 인간 너희들 봐라. 연옥이 이런 거라며 보여주는 것 같았다. 아비규환, 인간이 낼 수 있는 모든 소음이 한꺼번에 용광로서 녹아내려 커다란 소용돌이로 휘몰아쳐 지나갔다. 그 뒤에 남겨진 것은 태풍이 쓸고 간 자리처럼 처참했다. 죽음이 밟고 지나간 자국이 깊이 파였고 그 파인 웅덩이에 슬픔의 빗물이 고여 넘쳤다.

※

순영과 미희는 고향 친구다. 지방의 N 시에 있는 중학교를 같이 다녔다. 작은 도시라 사는 형편은 고만고만했지만 그래도 미희네가 조금은 나았다. 미희 아빠는 공무원이었고 엄마는 미용실을 하기에 순영과는 사는 형편이 달랐다. 가정 형편에 차이가 나면 보통 어울리지 않는데 그런데도 둘은 가정 형편과는 관계없이 잘 어울려 다녔다. 미희 집과 달리 순영의 집은 자유로운 공간이었다. 부모님이 맞벌이라 엄마가 늦은 밤에 들어오고 아빠는 지방에서 일하기 때문에 순영이 혼자 지내는 시간이 많았다. 미희는 그런 순영의 집을 좋아했다. '너희 집에 가서 공부하자'라며 같이 가자고 할 때가 많았다. 그런 미희가 싫지 않았다. 어차피 집에서 혼자 보내야 할 시간인데 미희와 같이 보내는 것도 괜찮다 싶어서였다. 자신이 먼저 가자고 한 일이 아니라 미희한테 미안한 생각이 들지도 않았다. 공부라는 핑계를 댔지만, 집에 오면 가방을 벗어놓고 우선 라면을 끓여 출출한 배부터 채웠다. 후룩후룩 소리를 내며 먹으면 맛이 더 좋았다. 둘은 그렇게 맛에 음향 효과를 곁들여 먹으며 이야기를 나누다 보면 시간은 훌쩍 지나갔다. 학교에서는 시간이 마디였는데 집에서 둘이 있는 시간은 헤프기만 했다. 그런 날은 책을 펼쳐보지도 못하고 헤어지기도 했었다. 그런 시간이 너무 재미있었고 즐거웠다. 그렇다고 매번 그러지는 않았다. 수학책을 펴 놓고 어려운 문제를 의논하며 풀기도 했었다. 엄밀히 말해 떠들며 노는 시간과 공부하는 시간이 얼추 반반은 되었다. 그런 시간을 보내면서 걱정이 생기긴 했다. 순영은 공부를 기본에 두고 있지만, 미희는 달랐다. 인문고에 가야 할 애가 이러다 못 가면 어쩌나 하는 생각이 들 때도 있었지만 어련히 알아서 할 테지 하면서 걱정을 내려놓고 미희가 자기 집으로 가자고 할 때는 거절하지 않았다. 특별히 친구가 없어서도 아닌데 그렇게 어울리다 보니 둘은 친한 사이가 되었다. 미희가 활동적이고 순영이 내성적이라 둘의 성격이 잘 맞았던 모양이다. 공부는 둘이 비슷했지만, 굳이 따지면 미희가 조금 나았던 것 같았다. 그렇다고 아주 많이 차이 나는 건 아니었다. 자기도 마음만 먹으면 미희만큼은, 아니 더 잘할지도 모른다는 생각이 들기도 했다. 엄마나 아빠가 '공부, 공부'를 입에 달고 지내지 않아 공부에 매달리지 않았다. 그 무렵 순영이네 부모는 공부를 입에 달고 지낼 형편이 아니었다. 엄마는 눈뜨자마자 가게 일로 시장에 나가야 했고 아빠라는 사람은 이웃집 아저씨보다 얼굴 보기가 더 어려웠으니 공부하라는 말을 들을 기회조차 없었다. 남들은 공부에 시달리는 시간에 순영은 자신의 시간을 한껏 누릴 수 있었으니 어찌 보면 자유로워 좋았는지도 모른다. 그런 중학교 생활이 끝나갈 무렵 진학 안내 프로그램이 생겼다. 진학할 고등학교 안내 시간이었다. 미영은 대학 진학이 목표라 인문고로 진학하는 건 당연했다.

"순영아. 결정했어…?" 자주 물었지만, 대답을 얼른 할 수 없었다. 대학 진학은 어렵다는 생각에서다. 지금 대학생인 오빠 학비를 대는 것도 힘들어하는 엄마를 보면서 인문학교 진학 얘기는 꺼내기가 어려웠다. 막무가내로 간다고 우기면 갈 수야 있겠지만 엄마가 고생하는 모습이 보기 싫어 그런 말이 입 밖에 나오지 않았다. 너무 일찍 철이 든 것 같아 가슴이 먹먹해지기도 했다. 그러던 차에 그해 새로 생긴 전자마이스터고 설명회가 있었다. 참가한 학생은 그리 많지 않았다. 진학할 학교를 결정한 학생들은 들을 필요가 없었다.

그 설명회에서 순영은 이 학교라면 괜찮을 것 같다는 생각이 들었다. 미래 산업의 쌀이라는 IT 관련 공부인 데다 졸업하면 IT 회사에 취업이 바로 된다는 말에 마음이 끌렸다. 거기다 야간이지만 대학도 다닐 수 있다는 말이 더 달콤하게 들렸다. 자신이 벌어서 대학에 다닌다는 건 떳떳하고 멋지다는 생각이 들기도 했다. 넉넉지 못한 가정 형편 때문에 어린 마음에 그런 생각이 든 모양이었다. 그런 생각이 든 며칠 후 담임과 진학 상담이 있었다. 선생님은 마이스터고를 추천했다. 추천이 아니라 권했다는 말이 맞을 거다. 가정 형편을 고려하고 성적까지 생각하면 딱 맞는 학교라 했다. 성적은 최상위권은 아니었지만, 인문고에 갈 정도는 되었다. 그러나 대학 진학이 약속되어 있지 않았다. 약속이라는 말보다 거의 어렵다는 게 맞을 거다. 가정 형편이 갑자기 고무줄 늘어나듯 좋아질 리는 없을 테니 말이다. 인문고에 가는 건 어려워 보였다. 사정이 그러니 인문고 외에 어딘가는 가야 할 상황이라 마음이 조금 끌리기도 했고 담임 선생님의 추천에 귀가 솔깃해졌다. 나중에 떠도는 소문으로 알았지만 새로 생긴 마이스터고에 성적이 괜찮은 아이들이 진학하도록 권장하라는 지시가 위에서 내려왔다고 했다. 정부에서 전자 산업을 키우기 위해 추진하는 일이라 성적이 좋은 학생들이 많이 지원하도록 했다는 거다. 성적이 최상위권에 있는 아이들이야 갈 리 없으니, 순영이 그 조건에 딱 맞았다. 담임이 권할 수밖에 없었을 거다. 순영은 그런 사정은 모르고 마이스터고에 진학하기로 했다. 그 당시 알았다 해도 달리 선택의 길은 없었을 거다.

순영과 미희는 3년 후 서울 생활이 시작되면서 다시 만나게 되었다. 순영은 마이스터고가 입학할 때 약속했던 졸업과 동시 IT업체에 취업이 되었고 미희는 대학생이 되었다. 둘 다 서울 생활에 적응하느라 바쁘게 지냈다. 회사와 학교에서 자신의 자리를 찾느라 한동안 소식이 뜸하다가 생활에 자리가 잡히면서 예전 고향에서처럼 만나게 되었다. 연락을 먼저 한 건 미희 쪽이었다. 시간이 많은 편이라 "오늘 뭐 해?" 하며 연락을 해왔다. 그런 미희가 고마워 다른 일이 있어도 시간을 내어 미희를 만났는데 처음에 못 느꼈던 알 수 없는 찜찜한 감정을 조금씩 느끼게 됐다. 만나면 미희의 이야기 대부분은 대학 생활에 관한 것이었다. 어디서 온 괴짜 친구가 있는데 어떻다는 둥 강의가 특별하다는 교수에 관한 이야기를 한참 늘어놓았다. 순영은 그냥 듣기만 했다. 거기에 한마디 거들며 같이 할 게 없었다.

대학 생활을 해 보지 못한 순영이한테는 낯선 데다 궁금하기도 한 이야기였지만 은근히 주눅이 들기도, 화가 나기도 했었다. '뭐야, 지금 나한테 대학생이라고 자랑하는 거야.' 그래도 겉으로는 표를 내지 않고 들어 주었다. 지금 자신의 감정을 드러내면 초라해 보일 것 같아서였다. 그러면서 자신을 위로했다. '미희 너는 돈을 쓰고 있지만 나 순영은 돈을 벌고 있다.' 적은 월급이지만 알뜰히 사는 자신이 마음이 쪼그라들 일은 전혀 아니라며 달랬다. IT업체라 월급이 다른 곳보다 조금 많은 편이었다.

월세로 들어 있는 원룸도 자신의 힘으로 마련하였고 매달 엄마한테 용돈도 보내주는 게 자랑스럽기도 하고 흐뭇했다.

어쩌면 자신에 대한 위로였는지도 모른다. 자신 또래들이 대학으로 향할 때 자신은 회사로 출근하는 자신에게 '괜찮아 넌 이렇게 잘하고 있잖아.'하는 위로였을 거다. 그때는 그런 행동이 현실에 대해 보상하려는 마음이라는 걸 몰랐다. 그러다 미희를 만나면 찜찜했던 마음이 언제 그랬던가 싶게 사라졌다. 속상했다. 자신의 처지를 잊고 미희와 같은 분위기에 빠져드는 자신이 이상했다. 대학 생활의 낭만을, 미희를 통해 느껴보려 했는지도 모른다. 누구나 그런 꿈이 왜 없었겠나 싶은 생각이 들었다. 초라해지는 자신의 마음이 싫어 한동안 미희 전화를 받지 않기도 했었다. 그러다 또 만났다. 서울이라는 곳에서 마음 터놓고 이야기를 나눌 수 있는 사람은 그래도 고향 친구뿐이었다. 미희도 그런 모양이었다.

대학 생활을 하면서 새로 사귄 친구도 있었지만, 편하게 이야기할 수 있는 사람은 순영이라 여기는 모양이었다. 해가 바뀌면서 대화의 내용도 바뀌었다. 자랑 같았던 대학 생활 이야기에서 일상의 영역으로 옮겨졌다. 치기 어린 신입생의 티를 벗었다. 새로운 영화와 음악 이야기를 나누었다. 주로 미희가 말을 많이 했지만, 순영도 그쪽은 좋아해 주고받는 말이 통했다. 거기다 가끔 고향 소식도 곁들여 누가 어떻더라는 둥 새로운 소식도 들을 수 있었다. 자신보다 발이 넓은 미희가 새로운 소식을 많이 가져와 이야기가 풍성해졌다. 고향서 함께 어울리던 때처럼 다시 그렇게 지냈다.

※

"도와주세요, 빨리 도와주세요." 119 상황실 전화벨에서 다급한 목소리가 울렸다. 목소리에 위급함이 느껴졌다. 119 상황실에 걸려 오는 전화치고 위급하지 않은 것이 없겠지만 위급한 것도 등급이 있게 마련이다. 다급한 목소리는 최상급 단계로 들렸다. 사람이 쓰러져 죽어가고 있다고. 큰 파도에 휩쓸린 것처럼 무더기로 넘어지고 있다고. 아래쪽에 깔린 사람은 아마 숨을 못 쉴 거라고 했다. 전화기 너머 날카로운 비명과 어지러운 발자국에 악쓰는 소리가 함께 들렸다. 보통 위급한 게 아닌 것 같았다. 비상벨을 눌렀다. 출동대기 상태로 있던 대원들이 급히 서둘러 응급 구급차에 탑승해 출동했다. 다른 곳에 출동했다가 막 복귀한 대원들까지 출동했다. 그만큼 위급하다는 판단에서다. 신고가 들어온 곳에서 가장 가까운 곳이어서 현장 도착에는 시간이 오래 걸리지 않았다. 현장이 눈에 들어왔다. 거리에는 사람들이 가득했다. 발을 디딜 틈도 없이 빽빽한 모습이 보기만 해도 숨이 찼다. 몇몇 사람들은 그런 틈바구니를 헤집으며 이리저리 급히 뛰어다녔고, 아우성이 뒤섞여 혼란이 최고에 이른 모습이었다. 쓰러진 사람을 구하려 죽을힘을 쓰는 사람도 있고 멀찍이서 관망하는 사람도 있었다. 대원들은 가슴이 철렁 내려앉았다. 구급차는 그들 가까이 갈 수 없었다. 겹겹이 쌓인 사람의 벽이 제대로 움직일 수 없게 했다. 가만히 있는 벽이 아니라 움직이는 벽이라 더 힘들었다. 구급 대원들은 차에서 내려 장비를 챙겨 들고 움직이는 벽을 뚫고 넘어져 있는 사람들 곁으로 달려갔다.

출동 팀장은 현장으로 달려가는 대원들을 지휘하며 주위에 경찰이 보이지 않는 걸 알았다. 위급 상황을 알려야 했다. 지역 경찰서 상황실에 비상전화를 넣었다. 무슨 일이냐고 퉁명스러운 목소리가 전화기에서 흘러나왔다. 지금 눈앞서 일어나고 있는 지옥 같은 상황을 전하며 경찰 출동이 필요하다고 했다. 전화기 저쪽에서는 알았다는 응답을 하면서 지금 병력이 없는데 어쩌지 혼잣말처럼 중얼거렸다. 경찰기동대가 다른 곳에 출동한 모양이었다. 기동대 병력은 한정돼 있어 이미 출동해 있을 때 다른 곳에서 사건이 발생하면 출동이 어렵다. 그래서 기동대 출동명령은 신중히 내려진다. 당직자의 난처한 목소리로 봐 오늘 어딘가에 중요한 사건이 있어 출동한 모양이었다. 요즘 들불처럼 한창 퍼지고 있는 마약사범이라도 잡으러 간지 모른다. 팀장은 전화를 끊었다. 일단 상황을 알렸으니 그다음 일은 그들이 알아서 할 일이었다. 현장은 참혹했다. 넘어진 사람들이 시루떡처럼 겹겹이 쌓여있는 위에 또 쌓여갔다. 살려달라는 아우성, 도와달라는 다급한 소리, 이리로 좀 와달라고 외치는 소리가 소용돌이가 되어 정신을 차릴 수 없었다. 거기다 주변 상가에서는 밖에서 일어나고 있는 일을 아는지 모르는지 귀를 찢어 놓을 만큼 크게 틀어놓은 음악 소리가 아우성과 상승작용을 했다. 소리는 용광로에 녹아 거대한 소용돌이를 일으켰다. 소리를 멈추지 않은 상가들은 지금 일어나고 있는 일과는 아무 관계가 없다는 듯이 번쩍이는 네온사인의 화려한 불빛을 발산하며 혼을 빼놓고 있었다. 아비규환 그대로였다.

아래에 깔린 사람부터 구해야 했다. 그들은 팔을 축 늘어뜨리고 있어 생사를 알 수 없었다. 그들부터 끌어내는 게 급한 일이다. 잡고 끌어당길 몸의 부분을 찾았다. 위에 덮개져 있는 사람을 도로 옆에 옮겨놓으며 아래쪽 사람의 팔과 다리를 잡고 끌어당겼다. 장마 후 무 뽑듯이 쉽게 들어낼 수는 없었다. 꿈적 않았다. 큰 돌덩이처럼 무거웠다. 사람이 이렇게 무겁다는 게 놀라웠다. 옆에서 힘을 보태주었다. 위급할 때는 작은 힘이라도 보태면 희망이 된다. 그런 혼란스러움에도 희망은 있었다. 많은 사람이 도움의 손길을 내밀었다. 서로 힘을 합해 넘어진 이들을 일으키고, 쌓인 무더기서 빼낸 사람은 길 가장자리에 눕히고 응급처치를 했다. 119대원에만 맡겨두지 않았다. 많은 이들이 구급 대원 역할을 했다. 남자라면 군에 갔다 왔을 테니 응급처치 방법은 알고 있을 거다.

그들은 위급할 때 자신이 알고 있는 지식을 사용했다. 고마운 사람들이다. 구급차에 옮기는 일도 도왔다. 119대원과 함께했다. 위급한 사람을 선별해 구급차에 옮기는 일도 그들이 도왔다. 도움을 주는 사람들은 다친 사람과는 아무런 관계가 없는 이들이었다. 말 그대로 헌신이었다. 온몸이 땀으로 소나기를 맞은 것처럼 젖었지만 도움의 손길은 멈추지 않았다. 그런 도움으로 구급차는 비상 사이렌을 울리는 시간을 앞당길 수 있었다. 그러나 앞으로 나가는 일이 쉽지 않았다. 뒤이어 달려온 구급차들과 병원, 경찰차가 뒤엉켜 좁은 거리는 아수라장이 되었다. 인파는 여전히 좁은 거리로 몰려들고 있었다. 그들은 어디서 이렇게 많이, 왜 끝없이 나타나는지 알 수 없었다. 통제하는 경찰의 호각 소리는 소용없었다. 거리의 소음에 묻혀 버렸다. 구급차가 그 난장판을 헤치고 나오는 데는 한참이 걸렸다. 그런 와중에서도 멀찍이서 강 건너 불 보듯 하는 사람도 있었다. 도움이 뭔지 모르는 사람들이었다. 그런 사람들이 자신이 위급할 때는 도와 달라고 먼저 손을 내밀 거다. 마치 침몰하는 타이태닉호에서 아이와 여자들보다 먼저 구명보트에 올랐던 그런 사람일 거다.

2

아라리 아라리요. 아라리 고개를 넘으라네, 날 보고 넘으라네. 나는 싫네, 저 고개를 넘기 싫네…. 〈죽음은 모습을 보이지 않고 다가온다.〉

시계가 없는 곳이 두 군데 있다고 한다. 쇼핑센터와 카지노라고 한다. 시간을 의식하면 제대로 즐길 수 없는 곳이다. 신선놀음에 도끼자루 썩는 줄 모른다는 말처럼 세월을 내려놓고 즐기는 곳이다.

시간이 좀 이르다 싶은데도 홀 안은 은은한 조명으로 시간의 흐름을 잊게 했다. 여기도 시계가 없는 그런 곳과 비슷한 곳이다. 홀에 놓인 의자에는 대화를 나누고 있는 몇이 보였다. 일행을 기다리는지 아니면 중요한 이야기를 은밀히 나누는지는 알 수 없었다. '살롱·에브리싱'은 그럴만한 고객으로 늘 붐비하는 곳이었다. 오너인 강 사장은 사업 재간이 뛰어났다. 이런 사업에 잔뼈가 굵어서 어떻게 해야 매출을 올리는지 안다. 인간의 심리를 알고 있다는 말이다. 비싼 학비를 내어 심리학을 공부하지 않았어도 한 우물을 파다 보면 그쪽 사정은 훤하게 알게 된다. 그렇지 못해 망하는 사람은 미련스럽다고 해야 할 거다.

강 사장은 영악스러울 정도로 약삭빨랐다. 물 좋은 곳이라는 입소문이 나도록 했다. 입소문이라는 게 서로 비슷한 사람끼리 전해지는 탓에 고객의 층도 자연스레 같은 부류들이 줄이 닿아 찾게 되고 그들이 주요 고객층으로 자리를 잡게 된다. 처음 찾은 손님이라도 분위기가 자신과 맞다 여겨지면 다시 찾게 된다. 그래서 단골이 생기고 주인은 그들한테 특별 서비스를 제공한다. 일단 특수층이라 할 고소득 소비자들이 자리를 잡고 나면 그다음은 철옹성이 된다. 다른 업체가 넘보려 해도 강 사장은 자신의 성을 더 튼튼하게 쌓아 난공불락으로 만든다. 아무리 단골이라도 찾을만한 메리트가 있어야 하는데 강 사장은 그런 점에 능하다. 손님이 굳이 말하지 않아도 원하는 것을 찾아내는 재주가 정치로 말하면 10단은 된다. 고객의 가려운 곳을 찾아 맞춤으로 장사를 했다. 거기다 그런 장사가 되게끔 해주는 고객도 있었다. 젊고 예쁜 여자들이다. 자기 능력은 생각지 않고 가슴에 바람이 든 여자들이다. 화면에 몇 번 얼굴을 비쳤지만, 쓰는 돈에 비해 수입이 엉망이거나, 수입이야 어찌 됐든 화면에 얼굴 한번 비칠 기회가 혹시나 하는 여자들이 찾았다. 그들은 끈이 닿을만한 손님과 어울리려고 했다. 운이 좋으면 원하는 일이 실제 이루어져 TV 화면서 얼굴을 보이기도 했었다. 그리 흔한 일은 아니긴 하다. 그래도 꿈이 현실이 되는 상황인 것만은 틀림없었다.

그런 일에 강 사장은 이골이 났다. 당구공 어디를 쳐야 쿠션에 몇 번 부딪치고 들어가는지 길을 볼 줄 알았다. 그것도 정확하게. 무리해 보이지 않아 아주 자연스럽게 보인다. 강 사장의 장사 스타일이다. 서로가 필요로 하는 그들끼리 자연스럽게 이뤄지도록 보이지 않는 손이 되었다. 그런 일은 그냥 둬도 서로 원하는 게 맞으면 이뤄지게 되어있다. 싫어하는 걸 억지로 시키기도 어렵지만, 원하는 걸 못 하게 말리려 하기도 어렵기는 마찬가지다. 원하는 것은 자석의 양극처럼 서로 끌어당기듯 그렇게 이뤄진다. 인간의 사회도 자연의 원리에 따라간다. 지구라는 행성이 거대한 양극으로 이뤄졌으니 그 안의 생명이 그리 따르는 건 자연스러운 일이다.

강 사장은 극의 성질을 믿고 굳이 나서지 않았다. 그냥 있어도 잘 흘러가는데 자칫 잘못해 극이 어긋나게 해 잘 나가는 장사를 망칠 일은 없었다. 그러나 그건 겉으로 보이는 것이고 때로는 할 수 없이 손을 쓸 때도 있었다. 멀리 있는 양극을 가깝게 해 자력을 세게 해주는 일이다. 아주 특별한 고객에 한해서다. 그리하는 건 사업의 방패막이가 필요하기도 하고 수익을 올리는 데 도움이 되기 때문이었다. 장사란 정직하게만 해서는 목표에 도달하기 어렵다는 걸 알고 있다. 강 사장도 산전수전 다 겪은 터라 떫은지 단지가 금방 분간이 되었다. 그런 본능은 타고나기도 하지만 배우며 얻기도 한다. 강 사장은 다 해 당 된다. 타고난 소질에다 열심히 노력한 덕이다. 여러 가지 사업을 하면서 실패와 성공을 씨름판의 선수처럼 되치기를 거듭하며 여기까지 왔다. 사업은 시장의 흐름에 따른 본능에 의해 한다. 그 본능이 맞을 때도 있었지만 틀리는 때도 있었다. 그렇게 사업이라는 걸 배워서 지금은 본능이 틀리는 경우는 거의 없다. 본능은 지금 하는 사업이 대박이 날 거라는 기대를 키워주고 있다. 강 사장은 자신의 본능을 믿는다. 한창 수입을 올리고 있는 사업을 믿지 않을 수 없는 일이다. 지금 강 사장 기분은 말할 필요 없이 최고다.

김 부장이 문을 열고 들어오는 게 보였다. 늘 여유 있고 자신감 넘치는 모습이 보기 좋았다. 강 사장은 그 자신감에 반했다. 이런 장사를 하려면 기댈 든든한 기둥이 필요한데, 첫눈에 그가 적격이라는 느낌이 왔다. 오래 해온 장사의 촉이 본능적으로 저 사람 물건이라 여겨졌다. 그렇게 모신 김진달은 C 방송사 영상제작부장이다. 고객 중의 고객이다. 말하자면 VVIP이다. 앞에다 V 하나를 더 붙여도 괜찮을 고객이다. 꿈을 안고 찾아오는 여자들은 그의 눈에 띄려고 애를 쓴다는 걸 그도 알고 있다. 개중에는 그를 만나려고 엉뚱한 짓을 하는 여자들도 있어 강 사장이 신경 쓰는 일 중의 하나다. 약속 시간보다 좀 이르다고 여기며 그를 맞아 별실로 안내했다. "오늘은 시간 여유가 좀 있으신 모양입니다." 인사를 건네자 "강 사장이 보자는데 어찌 시간을 내지 않을 수 있겠어? 허허허…." 너스레를 떨며 강 사장을 추켜세웠다. 자신이 강 사장을 도와주기는 하지만 받는 대접도 보통이 아니기에 슬쩍 그리 띄워줬다. 강 사장 입장이야 술값보다 그가 찾아만 준다면 더없이 좋을 수 없었다. 그가 모습을 보이는 것 자체가 사업에 엄청난 광고효과가 있기 때문이다. 그가 가끔 얼굴을 비치기에 미인대회에 나가도 될 그런 젊고 예쁜 여자들이 찾고 있다. 전에는 길거리 캐스팅이라는 게 있었다는데 지금은 연예기획사에서 독점하고 있어 옛날얘기가 되었다. 기본적인 몸매는 받쳐주는데 형편상 그런 소속사에 갈 수 없는 여자들이 자신의 사업장을 찾고 있었다.

　연예인을 키워 무대에 세우기까지는 엄청난 시간과 노력이 필요하다. 그걸 감당할 능력이 있는 아이들이라야 갈 수 있는 게 현실이다. 그럴 형편이 안 되는 아이들은 다른 길을 찾게 되는데 그런 곳 중의 한 곳이 여기다. 예능 관련 일을 하는 이들이 온다는 소문이 나면서부터다. 이런 자리는 직장 동료들이나 같은 일을 하는 사람들이 함께 온다. 김 부장도 혼자만 오는 게 아니라 그쪽 계통서 일하는 사람들과 오다 보니 소문이 날만 했다. 운이 좋아 그들과 자리를 같이할 기회가 있으면 자신의 매력을 최대한 발휘해 단막극의 한 부분에라도 출연할 기회가 주어지길 바라는 여자들이었다. 백마 탄 기사가 나타나는 행운을 잡으려는 사람이다. 시대가 변해도 그런 행운의 백기사는 있게 마련이다. 그런 백기사를 기다리는 꿈꾸는 여자 중에는 강 사장한테 줄을 대는 일도 있었다. 강 사장은 그런 줄을 마구 쓰지 않았다. 적합한 타이밍에만 이용했다. 김 부장도 강 사장의 그런 부탁을 다 들어주지는 않았지만 가끔은 만나보기는 했다. 그중 몇은 괜찮아 보여 잠깐 출연시켜 주기도 했었다. 화면에 잠깐 얼굴이 나온 걸 가지고 마치 대단한 것이라도 된 듯이 뒷이야기가 돌았다.

 소문은 소문을 키웠다. 손만 잡았어도 애를 뺐다고 하는 게 소문이다. 강 사장은 그런 소문에 입이 귀에 걸렸다. 바라는 소문이기도 했다. 그런 소문은 많이 날 수록 좋은 일이었다. 돈 안 드는 광고였다. 그런 소문 광고에 힘입어 장사는 번창했고 고객은 많아졌다. 공을 들인 일인데 아무 말 없이 그냥 지나간다면 그게 정말 큰일이다. 뒷말이 있어야 성공한 작품이 된다. 단막극 화면에 나온 그 여자애가 지난번 누구와 자리를 같이했던 그 애라고 그들끼리 찌라시가 돌아야 한다. 그래야 꿈꾸는 여자들이 찾을 것이고 장사는 날개를 달고 날 거다. 강 사장이 바라는 일이 현실이 되었다. '살롱·에브리싱'은 탄탄대로를 달리고 있다. 김 부장은 황금알을 낳는 거위이며 화수분이었다.

"그래 무슨 일로 사장님께서 본인을 소환했습니까?" 짓궂은 미소를 지으며 물었다. 마치 바쁜 사람을 왜 불렀냐는 식이었지만 그렇다고 기분 나쁜 표정은 아니었다. 그도 강 사장과 만남이 손해 볼 일은 아니라는 걸 알고 있다. 최고의 대접에다 주머니에 슬쩍 찔러주는 봉투까지 생각하면 마다할 일은 없었다.

김 부장이 받는 대접 중에는 여러 가지가 포함되어 있다. 고급 와인이나 위스키뿐만이 아니었다. 그를 만나고 싶어 안달하는 여자들과 만나는 즐거움도 포함된다. 그런 여자 중에는 특별한 부류도 있었다. 가슴에 헛된 욕망이

든 것도 아니고 그냥 오늘을 즐기려는 단순한 층이다. 텐프로라고 부르기는 하는데 한데 묶기에는 층의 색깔이 복잡해 마땅찮은 호칭이기는 하다. 받쳐주는 몸매 덕에 능력 있는 사람과 어울려 비싼 술과 음식을 즐기려는 부류에서, 거기 덧붙여 경제적인 잇속을 챙기려는 층도 있다. 자기 능력으로는 할 수 없는 것을 하려고 방법을 찾은 것일 거다. 쥐꼬리만 한 수입으로 어떻게 고급 호텔에서 값비싼 와인을 마시고 맛있는 식사를 할 수가 있겠나? 그래서 찾은 방법 일 게다. 그러나 참 위험한 선택이다. 세상에 공짜는 없는 법이다. 일하기 싫고 돈은 없다. 그런데 욕망은 버릴 수 없다. 아무것도 없으면서 갖고 싶고, 먹고 싶은 것을 이루려는 욕망. 꿈꾸는 것을 쉽게 이루려는 젊은 여자들이다. 그들한테 미래는 보이지 않았다. 보이지 않는 미래는 이뤄질 수 없는 가상의 세계일 뿐이다.

가진 거라고는 그 잘난 몸뚱이뿐이다. 현실의 욕망을 채우는 자산이다. 소유라는 욕망에 이용하려는 유혹에 빠질 수도 있다. 흔히 '풀코스'라는 걸 요구하면 어쩌려고 했지만, 그들이 알아서 할 일이라 자신이 걱정할 일은 아니었다. 가끔 그런 여자들이랑 어울리면 바라는 게 많은 여자보다는 나았다. 머리 쓸 일 없이 그들이 먹고 싶고 마시고 싶은 것을 사주며 이야기를 나누다 돌려보내면 되기에 부담이 없었다. 강 사장이 알아서 하니 돈 들 일은 없었다. 여자들도 그리 서운하지 않을 거라 여겨졌다. 먹고 싶은 거 마음껏 공짜로 먹는 재미는 보통이 아닌 데다. '풀코스'를 요구하지도 않으니 좋을 것이다. 그런 여자들은 자주 바뀌었다. 혼자서 마시는 건 적적해 말동무 삼아 술잔을 비웠다.

"부장님, 소환이라뇨, 무슨 그런 황공한 말씀을 하십니까?" 납작 엎드리는 시늉을 했다. 준비된 술과 안주가 들어왔다. 그의 취향을 알기에 물어볼 필요 없이 들여오는 거다. 와인은 병에 붙은 라벨을 보니 프랑스 부르고뉴 지방서 생산되는 피노 누아다. 다른 적포도보다 색이 밝고 투명한 데다 향이 풍부해 좋아하는 와인이다. 라벨 밑에 찍혀있는 숫자 1896이 세월을 말해주고 있었다. 가격이 상당할 거란 생각이 들었다. 계산한 적이 없어 잘은 모르지만, 짐작이 그리되었다. 여기서도 비율은 맞지 않았지만 기부 앤 테이크다. 강 사장이 보자고 할 때는 작은 거라도 부탁이 있게 마련이다. 지금껏 그래왔다. 공짜가 없다는 건 어디서나 진리다. 강 사장이 오늘 무슨 부탁을 하려고 이러나 궁금해졌다.

"강 사장은 농담에 약해, 보기에는 강심장 같은데…? 허허허." 그냥 보고 싶어서라고 했지만, 그럴 리는 없을 테고 애들 들어오기 전에 얼른 본론을 말해 보라고 했다.

"그러시다면 말씀을 올리겠습니다. 제가 이 동네 발전 위원장이잖아요…."

"그래요, 전에도 언제 들은 것 같은데…. 아직 맡고 있나요?" 그렇다고 했다. 달리 맡을 사람이 없어 자기가 계속 맡고 있다고 했다. 말은 그랬지만, 아니라는 건 다 알려진 사실이다. 그 자리가 어떤 자린지 모르는 사람은 없을 거다. 상업지역의 재개발 사업이나, 상권에 관계된 일은 그의 손을 거쳐야 한다. 상업지역이란 작은 것이라도 이권관 관련이 없는 게 없다. 그런 일을 결정짓는 발전 위원장의 권한은 막강해 서로 그 자리를 맡으려 한다는 건 알려진 비밀이다. 이권이 딸린 문제를 해결하는 권한이 있는 자리다. 말하자면 심판관과 같은 지역의 권력자다. 권력의 속성은 힘을 가진 사람한테 복종하고 따르는 거다. 거기에 반기를 드는 세력은 수난을 각오해야 한다. 경제적, 정신적 손실이 눈앞에 놓인다.

정치권에서 야당은 법으로 활동을 보장해 주지만 다른 곳에는 어림도 없는 일이다. 중요한 결정을 그가 의도한

대로 할 수 있었다. 협의회를 걸친다고 하지만 그건 형식적인 절차다. 결정되는 대부분이 자신들과 직간접적으로 관련이 있는 일인 데다 이권과 줄이 닿아있다 보니 자리를 탐내는 이들이 많았다. 그냥 있다가는 언제 자리를 빼앗길지 모른다. 지키기 위해서는 활발한 활동을 해야 한다. 행사를 유치해 지역 상인들의 수익을 올려줘야 한다. 장사꾼이 주머니에 돈이 들어오는데 싫다는 사람은 없을 거다. 발전 위원장 자리에 있으려면 그만한 일을 해낼 수 있는 수완이 있어야 하는 건 당연하다. 돈으로만 자리에 오래 있을 수는 없을 거다. 강 사장이 자리를 계속 유지하고 있는 것은 그런 능력이 있기 때문일 거다. 그런 점에서 김 부장도 그의 수완을 인정하고 있다.

"그런데, 위원장을 내놓게라도 됐어…?"

"어디 그럴 리가 있습니까? 동네 축제 문제로 드릴 말씀이 있어서 모셨습니다." 자신도 알고 있었다. 매년 하는 축제라 널리 알려지면서 많은 사람이 찾는다는 걸 알고 있다.

축제에 대한 안내 방송을 몇 꼭지 해달라는 부탁이다. '이것 봐라, 하긴 세상에 공짜는 없지.' 아주 제대로 큼직한 보따리를 안겨줬다. 생각을 좀 해봐야 했다. 방송에서

사사로운 것을 방영하는 건 금지된 일이지만 축제를 소개하는 일은 가능하기도 하다. 전국 각지에서 행해지는 축제를 알리는 것도 시청자에 서비스라 할 수 있다. 그러나 그건 뉴스부서에서 결정할 사항이라 자신과는 거리가 있어 대답을 즉시 할 수 없었다.

방송사의 구성은 뉴스 파트와 예능 부분이라 할 수 있다. 그러나 그건 겉에 보이는 모습이고 속은 복잡했다. 전에는 뉴스부서가 방송을 장악하고 있었다고 해도 틀린 말은 아니었다. 기자나 앵커들은 예능 부서를 한참 눈 아래로 보면서 같은 식구로 여기지 않았다. 사실 얼마 전까지도 뉴스가 중요한 역할을 했다. 아무리 인기 있는 드라마라도 그건 뒷전이었다. 그런 시대가 IT 발전으로 변화가 오기 시작했다. 뉴스를 인터넷으로 보면서 TV와 멀어졌다. 특히 MZ 세대를 중심으로 그런 현상이 두드러졌다. 반면에 드라마는 달랐다. MZ 세대 취향에 맞는 작품을 내놓으면서 주목받기 시작했다. 시청률이 올라가는 게 눈에 띄게 나타났다. 자연히 뉴스부서 쪽 힘이 연예 쪽으로 옮겨지면서 힘의 균형을 이뤘다.

방송을 장악했던 뉴스부서는 내리막이고 예능 부서는 오름이 되었다. 그리된 원인은 IT 때문이기도 하지만 유튜버들의 눈부신 활약 탓이기도 했다. 그들은 가벼운 시스템으로 순발력 있게 어디든 달려갈 준비가 되어있었지만, 방송은 비대한 몸집으로 움직임이 둔할 수밖에 없었다. 썩어도 준치라는 말처럼 방송에서 아무리 뉴스의 입지가 줄었다지만 그래도 비중 있는 뉴스는 공중파 방송이 담당하는 건 사실이다. 앞으로 어찌 될지 모르는 일이지만 아직은 그렇다. X·MZ 세대들의 문화 패턴이 바뀌는 속도가 워낙 빨라 예측이 어려워졌다.

"강 사장, 그런 거라면 그 많은 유튜버한테 맡기면 될 텐데 굳이 어렵게 그래…?"

"아시면서 왜 그러세요? 그들 100명이 대든다 해도 지상파 한 꼭지만 합니까." 맞는 말이기는 했다. 유튜버들이 무더기로 몰려들어도 지상파 메인에서 한 꼭지 내보내는 것과는 비교가 되지 않는다. 당당히 흐르는 강물과 계곡을 흐르는 작은 물줄기와 비교라 할까 상대가 되지 않는 비유라 하겠다. 강 사장의 이어진 설명은 유튜버들은 그냥 가만히 둬도 생선가게 파리 떼처럼 몰려든다고 했다. 돈이 되는 일이라면 어디든 달려간다면서. 유튜버들은 구독자가 자신의 수입과 직접 연결되기 때문에 물불 가리지 않는다고 했다. 그러면서 그들의 구독자들은 팬덤이라 범

위가 좁다고 했다. 같은 취향을 가진 사람들이라 파급력에 한계가 있어 자신한테 부탁하는 이유였다.

※

　김 부장은 생각에 잠겼다. 강 사장의 부탁을 모른 척할 수도 없는 일이었다. 그동안 받은 걸 생각해도 그렇고 지금까지 좋은 관계를 앞으로 계속 유지하려면 이쪽에서도 움직이고 있다는 걸 보여주는 게 맞는다는 생각에 이르자 뉴스 데스크 쪽에 줄이 닿는 사람이 누굴까 생각했다. 요즘 힘이 좀 빠졌다고는 하나 방송사에서 여전히 주류를 이루며 존재감도 여전하다. 그런 그들의 자존감인 메인 뉴스에 숟가락을 얹으려 하면 그들의 심기를 거스르는 일이다. 아무리 부장인 자신이 건넨 쪽지라도 거들떠보지 않을 거라는 걸 알고 있다. 같은 솥 밥을 먹은 게 얼만데 그들의 생리를 모를 리 없었다. 은근히 뉴스 소스를 흘려야 한다. 인터폰 5번 단추를 눌렀다. 한 과장이 금방 나타났다. 한지만 과장, 그는 자신이 퇴직하면 자신의 자리에 앉을 1순위다. 자신이 빨리 퇴직하기를 바라는지도 모른다. 아무리 그래도 아직은 아니지, 바로 위층에 널찍이 자리한 실장 자리가 눈앞서 어른거렸다.

"한 과장, 당신 친구라는 취재기자는 요즘도 만나는 가?" 언제 한번 자리를 같이했는데 이름이 떠오르지 않았다.

"탁상만 기자 말씀인가요? 네, 자주 만나긴 합니다만…?" 자주 만난다니 잘된 일이었다. 아무리 친구라도 만남이 뜸하던 친구가 만나자면 무슨 일이지? 하는 의문이 들 수도 있다. 더군다나 기자라면 촉이 예민할 테니 선불리 접근했다간 들통이 날 수 있었다. 그런데 자주 만나고 있었다니 자연스럽게 될 수 있을 것 같았다. 그에게 축제 관련 소스를 흘리라고 했다. 그가 취재에 나설 정도로 궁금증을 불러일으켜야 하는 건 당연했다. 한 과장은 알았다고 했다. 자신이 하는 말이 무슨 뜻인지 분명히 인식했다는 표정이었다. 방송사에서 먹은 밥그릇이 금방 상황 파악이 되게 했다. 잘된 일이라고 했다. 탁 기자가 문화부로 옮겼는데 취재할 만 게 없느냐며 물어오던 참이라 했다.

그와는 '살롱·에브리싱'에도 같이 간 적이 있어서 거기 축제라면 흥미를 느낄 거라고 했다. 아무리 친하더라도 속은 보이지 않고 처리하라고 당부했다. 언론사라는 게 같은 밥을 먹고는 있지만 언제 돌아설지 알 수 없는 살얼음판이라 조심해야 했다. 날카로운 비수가 늘 자신을 겨누고 있다고 생각해야 한다. 겉으로 드러나는 흠결이 없어야 버텨낸다. 그런 사정은 두 사람 모두 잘 알고 있다. 그렇게 조심했기에 지금 이 자리에 있는 거다. 작업에 들어간 한 과장의 보고가 매일 올라왔다. 취재가 끝나고 자료가 뉴스 데스크에 올라갔다고 했다.

김 부장은 한 과장의 방송 시간을 알리는 문자를 보고는 뉴스 시간을 기다렸다. 데스크서 OK 사인이 났다고는 했지만 어떻게 나오나 보려고 TV를 켜놓고 시계를 보며 확인했다. 한 과장 말로는 탁 기자가 열심히 취재했다고 했다. 그 무렵 특별한 문화행사도 없는 터라 취재에 집중할 수가 있었고, 데스크에서도 반응이 좋았다고 했다. 켜둔 TV 화면에 시보가 세 번 울리고 뉴스 화면이 떴다. 뉴스 순서는 고정돼 있다. 국제 소식, 국내 정치 관련 소식이 끝나면 경제 그리고 문화 쪽이다. 뉴스가 진행되면서 화면 아래쪽에 자막이 물이 흘러가듯이 주르륵 옆으로 이동했다. 오늘 축제에 관한 안내가 나왔다.

경제 소식이 끝나고 문화 소식으로 넘어오자 바로 축제 관련 소식이 나왔다. 리포터가 현장에서 라이브로 생생한 모습을 보여주고 있었다. 축제 위원장인 강 사장과의 인터뷰도 나왔다. 강 사장 주위로 사람들이 몰려들었다. 함박웃음을 지으며 즐거워하고, 손가락으로 V를 만들기도, 얼굴을 들이밀며 보이려고 하는 사람들로 갑자기 혼란스러워졌다. 카메라는 방향을 바꿔 축제 거리를 비춰줬다. 음악 소리가 시끄럽게 나왔고 거리에는 많은 사람이 축제를 즐기는 모습이 나타났다. 사람이 너무 많아 움직임이 마치 파도가 넘실거리는 것처럼 보였다. 즐거운 축제장이라는 리포터의 목소리만 들렸다. 너무 혼잡스러워 카메라가 리포터를 잡지 못하는 모양이다. 리포터의 끝맺는 멘트로 다음 소식으로 넘어갔다. 이만하면 됐다는 생각이 들었다. 자신이 앞에 나서지 않길 잘했다는 생각이 들었다. 탁 기자도 취재하면서 소스가 어딘지는 알았을 거다. 자연히 데스크에서도 감을 잡았을 거다. 보도국 데스크와의 사이가 아직은 그런대로 괜찮은 것 같았다. 빨간 쪽지라—청탁하는 것—여기면서도 넘어가지 않았나 하는 생각이 들었다.

 이만하면 충분했다. 그동안 강 사장한테 받은 것을 생각하면 체면이 섰다. 혹시나 하던 염려를 내려놓았다. 지금 강 시장도 '김 부장은 역시 능력이 있는 사람이야.'하며 좋아할 거다. 여럿이 눈독을 들이는 발전 위원장 자리를 유지하는 데 도움이 되는 건 말할 필요가 없을 거다. 축제에 저리 많은 사람이 찾아서 장사가 잘되게 한 건 모두 그의 공이다. 위원장 자리를 엿보던 사람들의 기회가 줄어드는 건 당연한 일이다. 무언가 흠집이 있어야 바꾸자고 할 수 있는데, 이리 장사가 잘되게 하니 그들도 더는 할 말이 없을 거다. 장사꾼이 장사 외에 달리 트집 잡을 일은 없다. 정치권처럼 도덕성을 따질 일도 아니고 과거의 막말이나 흠결을 걸고넘어질 일도 아니다. 거기다 여자 문제를 분칠하듯 덧붙일 수도 없다. 그 동네에서 장사하는 사람치고 여자 없이 하는 사람은 없으니 여자 문제만은 모두 입을 닫고 있다. 그런 건 정치인들이나 하는 일이다. 강 사장은 앞으로 계속 위원장 자리를 유지할 거다. 그렇게 되게 한 것은 김 부장 자신의 힘이라 생각하며 스스로 만족했다. 그런 자기 능력이 신통하다 느껴지며 세상이 자기 뜻대로 움직여 주는 데 대해 감사했다. 저절로 자신감이 생겨 어깨가 으쓱 올라갔다. 순간 바로 위층에 있는 실장 자리가 눈앞에서 어른거렸다.

3

아라리 아라리요. 아라리 고개를 넘으라네, 날 보고 넘으라네. 나는 싫네, 저 고개를 넘기 싫네…. 〈죽음은 죽엄이 두려워 하얗게 질렸다.〉

그날 거기에 가게 된 건 우연이었다. 순영이 퇴근해 저녁을 먹고 나서 대학 진학을 위한 공부를 하려 책을 펼치려던 참이었다.

"순영아, 뭐해? 구경하러 가자…. 시간 나지?" 미희였다.

"무슨 구경? 나 쉬려는데…." 공부하려 한다는 말은 못 했다.

"애는, 완전 아줌마네…. 이번에만 볼 수 있는 별난 구경거리가 많다는 거 너 유튜브도 보지 않니? 집 앞에 갈 테니 얼른 나와…. 알았지?" 미희는 자신이 공부하는 걸 모르고 있었다.

"무슨 일인데 그래…. 난 알 수 없는데?" 순영은 무슨 말인지 알 수 없었다. 재미난 볼거리 같은 건 관심이 없었다. 종일 일하다 보면 그런 것에 신경 쓸 여유가 없었다.

그런 건 팔자 좋은 사람들이나 할 일이라 여겼다. 거기다 늦었지만 공부도 이어가려고 준비하다 보니 시간이 바쁘기만 했다. 자연히 그런 일에 신경 쓸 여유가 없었다.

"만나서 얘기해줄 게 나오기나 해. 알았지?"

"그래, 알았어…." 마음이 조금 비좁긴 했지만 오랜만에 하는 미희의 연락이었다. 하루 정도 쉰다고 큰일나는 것도 아니라 여겨져 대답했다.

문 앞을 나서자, 미희는 언제 왔는지 기다리고 있었다. 둘은 손을 잡고 미희가 가자는 곳으로 향했다. 거리는 사람들로 가득했다. 어디서 이렇게 많은 사람이 한꺼번에 몰려왔는지 알 수 없었다. 평일에도 퇴근 시간 무렵에는 복잡하기는 했지만 이렇지는 않았다. 평소의 열 배는 넘어 보였다. 하기는 생전 구경이라고는 다니지 않는 자신도 나왔으니 많을 수밖에 없을 거라는 생각이 들기도 했다. 미희가 말한 대로 구경거리는 많았다. 눈, 귀, 입이 다 즐거운 볼거리가 넘쳐났다. 오감을 즐겁게 할 것들이 줄을 이었다. 순영은 처음 보는 것이라 흥미롭고 재미있었다. 사람들이 몰려드는 까닭을 알 것 같았다. 축제는 온갖 것이 다 몰려들어 한판 크게 돈을 벌어보자는 장삿속이기도 했다. 야바위판에서 한몫 챙기려는 그런 분위기 같았다. 구경나온 사람들은 자신도 모르게 흥건한 분위기에 휩쓸렸다. 어지간히 마음을 먹지 않은 담에야 벗어나기 어려운 유혹이었다. 그런 데다 모처럼 그런 곳에 나오면 마음도 느긋하게 풀어지게 마련이다.

구경꾼의 지갑을 열게 하려면 흥이 나게 해야 한다. 그런 흥은 한곳에서 한다고 될 일이 아니다. 축제가 열리는 곳 전체가 들썩거리게 흥이 나도록 해야 한다. 그래야 축제장이 흥청거리며 분위기가 살아난다. 구경꾼은 분위기에 취해 예상에 없던 돈을 쓰게 된다. 그런 분위기가 뜨거워질수록 축제가 열리는 곳에 장사는 날개를 달아 훨훨 날아오른다.

축제 기간 가게를 가지고 있는 주인은 자신의 가게 앞을, 세를 놓아 장사하게 하기도하고 직접 하기도 한다. 대목을 챙기려 영업장소를 임시로 넓히는 거다. 축제장에는 전국서 장사꾼이 몰려온다. 요즘에는 외국인들도 그런 장사에 끼어들어 한몫 챙기려 한다. 무슨 셰프니, 소믈리에니 하며 낯선 요리와 와인을 내놓고 맛보게 했다. 그들이 정말 그런 자격을 가졌는지는 상관이 없다. 처음 보는 것이라 일단 맛을 보자는 분위기에 줄은 길게 이어지고 그들은 유명하다는 이름을 얻게 된다. 기다란 줄이 그렇게 만들어 준 셈이다. 모든 게 그렇지만 분위기가 중요하다. 경제도 심리라는 말처럼 분위기가 중요하다. 어렵다고 하면 점점 지갑을 닫고 경기가 좋다고 하면 지출이 늘어난다. 축제가 일단 뜨면 호황을 맞게 된다. 너도나도 먹고 마시며 돈 쓰는 게 아깝다는 생각을 잠시 잊게 한다. 장사 분위기가 무르익은 셈이다.

상가들은 대낮같이 불을 밝혀놓았고 네온사인이 번쩍거렸다. 화려하고 현란했다. 어느 외국의 번화가처럼 느껴졌다. 서울의 다른 곳에서는 볼 수 없었던 낯선 풍경들이 순영을 놀라게 했다. 술집에서 거리로 흘러나오는 음악은 귀를 찢었다. 반지하 유리창 너머로 보이는 홀 안은 온통 난리였다. 찢어지는 음악에 몸을 흔드는 무리가 파도처럼 출렁였다. 술을 파는 곳은 어디나 비슷한 광경이 벌어지고 있었다. 밖에서 구경하는 이들도 어깨를 들썩이며 함께 하지 못하는 아쉬움을 달랬다. 음악 소리가 세상을 뒤엎을 것 같은 곳은 사람들로 넘쳐났다. 실내는 더는 손님을 받을 수 없을 정도로 꽉 차 있었다. 그런 술집의 사장은 홀을 메운 사람의 머릿수가 전부 돈으로 보였다. 머릿수가 더 많아야 하고, 사임당 할머니가 펄럭이게 해야지 음악을 높여, 소리를 더 높이라고. 창을 넘어 밖으로 나온 음악 소리가 거리를 걷는 이들의 발끝에 차이며 공이 굴러가듯이 거리를 구르며 소리를 질렀다. 발길을 멈추는 유혹이었다. 그 유혹에 인파는 모여들었다. 소리는 모여든 인파의 발끝에 차이다 차츰 발목을 잡았다.

거리의 인파들은 잡힌 발목을 뺄 수 없어 꼼짝할 수가 없었다. 아우성은 점점 암흑으로 변했다. 아우성을 키우는 건 장사꾼만이 아니었다. 영상을 라이브로 올리는 유튜버들은 난리가 났다. 자신들의 활동이 수입과 직결되는 일이라 최대한의 수익을 올리기 위해 방법을 총동원했다. 흥미롭고 야한 장면, 눈요기할 만한 영상을 송출하며 자신들의 조회 수를 끌어 올렸다. 거의 벗다시피 한 보기 민망한 여자의 모습을 올리자 조회 수는 장대높이뛰기처럼 가파르게 올라갔다. 따라붙는 광고도 늘어났다. 노다지판이었다. 벌거벗은 여자는 유튜버가 고용한 모델이었다. 조회 수를 늘려주는 구독자는 내용을 알 수 없었다. 그런 틈새를 '사이버 렉카'도 비집고 들어왔다. 그들 특유의 가짜뉴스를 만들며 조회 수를 올리고 있다. 눈먼 돈이 앞뒤 가리지 않고 호주머니를 채워줬다. 카메라를 들고 바삐 움직이는 사람들은 재주가 특출했다. 꼼짝 못 하는 사람들 틈바구니에서도 원하는 곳으로 옮겨 다니며 촬영해 영상을 올렸다. 조회 수가 껑충껑충 뛰게 하려면 그래야 했다. 돈이 되는 조회 수와 광고가 붙으려면 죽음을 딛고서라도 조회 수가 올라갈 만한 영상을 만들어야 한다.

"여기는 젊음의 해방구, 당신의 욕망을 사겠습니다. 이리로 오세요."

"오늘을 위해 살았다. 내일은 없다. 아모르 파티…. 늦었어…. 빨리, 빨리…."

"오빠 뭐 하고 있어…. 귀여운 동생이 기다리고 있잖아…."

유튜버들의 유혹은 현란했다. 보기만 해도 몸이 들썩였다. 젊음의 호기심을 한껏 끌어올렸다. 거리는 사람들 열기로 뜨거워졌다. 섭씨 100도면 물이 끓는데 사람의 열기로 주위의 공기마저 끓을 정도였다. 유혹은 멈추지 않았다. 인파가 성난 검은 파도로 변해 밀려오는 게 보여도 멈추지 않았다. 어쩌면 보지 못했을 수도 있기는 했다. 맛집 부근도 발 디딜 틈이 없는 건 마찬가지였다. 임시로 설치된 무대 위에선 외국인 남녀가 리듬에 몸을 실어 비틀고 있었다. 즐기면서 상도 타기 위해서다. 상이라야 와인 한 병이거나 음식팃켓이지만 내용보다 상을 타는 즐거움이다. 한 팀이 끝나면 다른 팀이 전 팀보다 더 야한 몸짓으로 흔들었다. 춤의 강도가 점점 야해졌다. 무대에 오르려는 줄이 빨랫줄처럼 길어졌다. 줄을 이어 기다리는 이들은 손에 먹거리를 들고 이야기를 나누며 지루한 것을 모르고 즐겼다. 그들 옆으로 세계 음식 맛보기 시식 코너가 준비되어 있어 마음껏 맛을 즐길 수 있었다. 세상에 이런 즐거움을 어디서 맛볼 수 있을까? 그것도 공짜로 즐길 수 있는 곳은 여기 외는 없을 거다. 종이컵을 든 미식가들로 발 디딜 틈이 없었다. 이런 걸 인산인해라고 한다. 산처럼 높고 바다처럼 넓다는, 사람이 얼마나 많이 모였는지 짐작게 하는 말이다.

거리를 메운 사람들 모습도 가지가지였다. 호박 귀신 차림이 많았다. 눈이 위로 찢어지고 입을 일자로 벌리고 웃는 모습이 무섭다기보다는 바보스러워 보였다. 얼굴에 알 수 없는 모습으로 바디페인팅을 하고, 속옷만 입은 팔등신 아가씨는 온몸에 문신으로 뭔가 의미를 나타내려고 했다. 알 수 없는 어지러운 문신이었다. 거기다 처음 보는 가면에 그려진 흉측한 모습은 귀신같았다. 그런 무리가 거리에 넘쳐났다. 대부분이 그런 모습이었다. 섬뜩했다. 순영은 몸이 오싹해지면서 저들이 정말 사람인지 저승에서 온 야차인지 알 수 없었다. 귀신들이 잔치를 벌이는 곳이라 여겨졌다. 여길 빨리 벗어나야겠다는 생각이 들었다. 미희 손을 잡고 끌어당겼다. 사람들 틈새로 겨우 보이는 미희 얼굴이 하얗다. 겁에 질려 있는 모습이었다. 모든 게 즐겁기만 하던 미희도 저럴 때가 있나 싶을 정도로 겁이 나보였다. 빨리 벗어나려 했지만 그럴 수가 없었다. 밀려오는 검은 파도 위서 호박 귀신은 바보스러운 웃음을 웃고 있었다. 인간 쓰나미가 그들을 덮치는 걸 보면서도 웃고 있었다. 미친 음악 소리도 검은 파도에 잠겨버렸다. 호박 귀신이 입을 크게 벌려 웃었다. 그 웃음소리에 세상이 모두 블랙홀에 빨려 들었다. 바보 같았던 호박 귀신의 힘은 엄청났다. 모든 게 블랙홀로 빨려들어 텅 비워진 것 같았다. 주위가 조용해지는 느낌이 들었다. 갑자기 조용해지다니 별일이었다. 순영은 이상하다고 생각하면서 침묵의 세계로 깊이 빨려 들어갔다.

※

구청 상황실은 조용했다. 구청의 상황실이라는 게 평소에는 할 일이 그리 많지 않았다. 특별한 일이 발생하지 않으면 그날 당직자가 상황실을 담당했다. 특별한 일이라는 게 그리 자주 일어나는 것도 아니라 전에부터 하던 대로 그래왔다. 특별한 일이 발생하면 경찰이나, 소방대원이 출동하니 구청에서 할 일은 별로 없었다. 그래도 굳이 있다면 사전 예방을 위한 점검과 관계기관에 협조를 부탁하는 것 정도였다. 장마철에 축대가 무너질 위험이 있다면 부근 주민들에게 대피 명령을 내리기 위해 경찰의 협조를 요청하는 일 같은 경우다. 담당 지역에서 일어나는 일에 모든 책임이 있기는 하지만 직접 할 수 있는 일은 별로 없다 보니 상황실 근무라는 게 자연 느슨해지게 마련이었다. 그날도 그랬다. 자신들 구역에서 축제가 열리고 있다는 뉴스는 보고 있지만, 구청 행사 일정에 없는 거로 봐 허가신청을 하지 않은 것 같았다. 당직자는 함께 근무하는 동료한테 물었다.

"김 주무관, 뉴스 좀 봐봐. 저기 축제하는 데가 우리 지역인데 사람들이 엄청 많아, 저거 허가받은 것인가?"

"허가는 무슨 허가, 거기 상인들끼리 매년 하는 행사잖아. 지난해도 사람들이 엄청나게 모였다더군."

"허가도 내지 않고 저리해도 되는가, 무슨 일이 생기면 어쩌려고?" 돌아온 대답은 간단했다. "허가가 없으면 책임도 없는 거지"라고 했다. 법적으로야 그렇다 치더라도 사고가 발생하면 구청이 입방에 오르내리기 마련이라는 생각이 들었다. 공직사회라는 게 무슨 책임질 일이 생기면 항상 말단에 돌아왔다. 높은 사람은 어떻게든 이유를 달아 빠져나갔다. 그런 생각이 들자 다시 뉴스에 눈길이 갔다.

인파가 너무 많았다. 경찰이 알아서 정리하겠지만 일단은 상황을 보고하는 게 맞는다는 생각이 들었다. 윗선인 과장한테 전화를 넣었다. 함께 근무하는 김 주무관은 청사 순찰에 나갔는지 보이지 않았다. 과장도 뉴스를 봤다면서 구청장한테 연락하라고 했다. 지시대로 연락망으로 전화를 넣었지만, 전화를 받지 않았다. 외출 중인 모양이었다. 공적 일은 휴대전화로 하는 게 아니지만 어쩔 수 없었다. 휴대전화의 신호가 한참 흐른 후에 구청장은 짜증 섞인 목소리로 이 밤중에 무슨 일이냐고 했다. 상황을 설명했다. 알았다면서 관할 경찰서에 협조 요청을 하라고 지시했다. 경찰서 상황실에서는 이미 알고 있었다. 지시대로 자신이 할 수 있는 일은 다 한 셈이다. 무슨 일이 생긴다 해도 책임질 일은 없을 거라 여기면서 혹시 있다고 해도 가벼워질 거란 생각에 가슴을 누르던 부담감이 덜어졌다. 보고한 지 한참이 지났는데도 재난업무 담당자도 구청장도 나타나지 않았다. 걱정은 다시 이어졌다. 혹시 현장으로 바로 간지도 몰라 전화를 넣어보았으나 연결되지 않았다. 현장에 있다면 혼란으로 전화 소리는 듣지도 못하겠지만 받을 상황이 아닐 거란 생각도 들었다.

중앙재난본부는 정신이 없었다. 예기치 않은 일이 생기면 당황하게 마련이다. 인사이동으로 인해 새로 업무를 맡은 이들이 많아 응급상황에 대응이 민첩하게 돌아가지 못했다. 업무 파악을 마치지 못한 상태였다. 어쨌든 비상상황에 대비해 행동 요령을 만들어 놓은 게 메뉴얼이다. 그대로 따라 하면 되지만 처음이라 메뉴얼을 뒤적이느라 시간이 지체되었다.

우선 인근 병원에 응급 인명구조 명령을 내렸다. 종합병원은 그 명령에 따라야 한다. 다음은 경찰청 상황실에 1급 비상 발령을 하달하고 가용 병력을 동원해 현장 통제와 인명구조에 나서라고 했다. 그리고 소방청에도 똑같이 전했다. 그들은 이미 현장에서 구조활동을 하고 있었지만, 인원을 늘리라고 했다.

그리고 중요한 일은 또 있다. 현장을 찾을 주요 인사들의 안내와 경호에 관한 일이었다. 현장에서 인명구조 못지않게 중요한 일이다. 경찰청 경호담당자에게 협조 요청을 보냈다. 고위직 비서실에도 연락해 현장을 찾는 시간을 확인하고 대비해야 했다. 사건 현장에서 일어나는 혼란만큼은 아니더라도 사무실은 어수선했다. 상황판 CCTV를 보며 내려보낸 명령이 진행되고 있는지, 부족한 지시 사항을 보완해 다시 내려보내야 하는 일로 정신이 없을 정도로 혼란스러웠다. 언론사에도 상황을 알려 축제에 참여하려는 이들에게 자제를 당부하는 긴급 뉴스를 내보라고 협조를 요청했다.

지시받은 경찰청 상황관리실은 사고 현장인 축제장으로 몰려드는 인파를 확인하며 심상치 않다고 여겨졌다. 인파는 거센 물결처럼 점점 거세지면서 덩치가 커졌다. 인파를 차단해야 했다. 주변을 지나는 지하철이 사람을 내려놓지 말아야 했다. 지하철 상황 관리자에 연락해 인근 지하철역 무정차 통과 협조를 요청했다. 돌아오는 대답은 분명치 않았다. 자신의 권한 밖이라 위에서 지시해야 할 수 있는 일이라 했다. 모든 곳이 절차가 복잡했다. 위로, 또 위로 권한은 위로만 향하고 있었다. 권한의 낭비를 막는 방법이긴 하지만 위급 상황에서는 걸림돌이 되기도 했다. 지금이 그렇다. 현장에서 할 수 있는 일이란 그리 많지 않았다. 현장을 볼 수도 없는 멀리 있는 권한 책

기억의 실루엣

임자의 지시에 따라야 했다. 답답했다. 할 수 있는 일은 협조 요청을 거듭하는 일 외는 없었다. 지하철은 경찰의 요청에도 불구하고 계속 정차하며 사람들을 내려놓았다. 지하철 관계자는 지상에서 일어나는 일을 모르고 있는 것 같았다. 알았다 해도 자신들과 땅 위의 세상과는 별개라는 생각인지도 모른다. 고객이 원하는 곳에 내려주는 게 자신들이 할 일이라는 생각인지도 모른다. 고객 우선이 제일이라는 회사 경영목표가 몸에 배어있어 그대로 한 것일 수도 있다. 어쨌든 무정차는 없었고 사람들은 계속 축제장으로 몰려들었다. 이미 축제장이 아니라 죽음의 장이 되었는데도 그들은 아무것도 몰랐다.

※

　C 방송 뉴스 데스크는 곤란해졌다. 재난관리실의 연락을 받고 당황할 수밖에 없었다. 머리가 복잡해졌다. 축제 모습을 미리 녹화해 둔 것을 몇 꼭지 할애해 즐기는 모습을 보여주면서 함께 즐기라 부추기는 듯한 뉴스가 방금 나갔는데, 곧바로 사고 소식을 전하기에는 마뜩잖았다. TV 화면 아래에 흐르는 자막에 축제를 알리는 내용이 지

금도 그대로 이어지고 있다. 재난 소식을 바로 내보낼 수 없었다. 시청자들한테 '이게 뭐야, 장난하냐?' 욕을 바가지로 먹을 게 불 보듯 했다. 오락프로도 아니고 이건 말이 되지 않았다. 다른 방송사를 살펴봤다. 대부분 재난관리본부의 지시를 따르고 있었다. 긴급 뉴스를 편성하거나, 붉은 바탕에 '긴급 뉴스'라는 자막으로 상황을 알리고 있었다. 데스크에서는 재난관리본부의 협조를 모른 척할 수도 없는 일이라 시간을 조금 늦춰보기로 결정을 내렸다.

김 부장은 느긋한 마음으로 축제 뉴스가 끝나자 TV를 끄고 의자에 엉덩이를 깊숙이 박아 넣으며 가장 편한 자세를 취했다. 강 사장을 내일쯤 만날까 하는 생각이 들었다. 자기 능력이 어느 정도인지를 어깨를 으쓱거리며 보여주고 싶었다. '내가 이런 사람이라 걸 다시 알았지.' 확인하고 싶었다. 입이 귀에 걸려있을 강 사장의 표정도 보고 싶고 거기에 곁들여 고급 와인에 자신을 만나지 못해 안달을 내는 텐프로들과 이야기도 나누며 시간을 보낼 생각에 저절로 자신도 강 사장처럼 입이 귀에 걸렸다. 조금은, 어쩌면 조금이 아닐 수도 있었지만, 신경이 쓰이던 일이 예상보다 큰 성과를 가져와 마음이 흐뭇해지면서 몸이 푹 빠지는 소파서 눈을 감았다. 위층에 있는 실장실에 앉아있는 자기 모습을 그려보았다. 멋있다는 생각이 들면서 흡족한 미소를 지었다. 그런 즐거운 시간을 멈추게 하는 구내 전화벨이 요란히 울렸다. 한 과장이었다. '수고했다'라는 칭찬을 바라는 전화라 여기며 '이 사람 되게 조급하네, 기다리면 해줄 텐데, 참, 사람이라고는….'하는 생각으로 수화기를 들었다. 수고했다는 말을 꺼내기도 전에 다급한 목소리가 전해졌다. "부장님, T 방송 뉴스를 보세요. 이거 심상찮은 일인 것 같습니다." 무슨 뚱딴지같은 말인지 이해가 가지 않았다.

무슨 일인가 싶었다. TV를 켜자 좀 전에 봤던 화면이 떴다. 자신의 방송사에서는 정규 프로가 방영되고 있었다. 무슨 일인데 그러지…? 하면서 버튼을 눌러 T 방송에 맞췄다. T 방송 화면에는 아수라장이 된 사고 현장을 비추면서 다급한 목소리가 터져 나왔다. 어디서 큰 사건이 터졌다는 생각이 드는 순간 너무 놀라 자리서 벌떡 일어났다. 강 사장의 축제장으로 보였다. TV 화면 가까이 다가가 확인했다. 조금 전에 자신의 방송사에서 뉴스 시간에 내보낸, 눈에 익은 거리 바로 거기였다. 정신이 아득해지면서 어지러워졌다. '이게 뭐지…? 어떻게 된 일이지…?' 김 부장은 낭떠러지로 떨어지는 것처럼 정신이 아득해졌다. 놀라 일어났던 소파에 맥없이 풀썩 주저앉으며 전신이 아래로 끝없이 꺼져내려 갔다.

4

아라리 아라리요. 아라리 고개를 넘으라네, 날 보고 넘으라네. 나는 싫네, 저 고개를 넘기 싫네…. 〈죽음은 수많은 죽엄에 눌려 숨을 쉴 수 없다.〉

요즘 들어 찾는 손님이 뜸해진 재래시장 귀퉁이를 지키고 있는 봉순네 반찬가게는 한산했다. 손님들은 진열해 놓은 반찬들을 건성으로 살피며 지나갔다. 어쩌다 몇 가지 사 가는 사람들은 오랫동안 이용한 단골들이다. 불경기라고는 하지만 장사가 이렇게 안 되는 건 처음이다. 봉순네가 반찬가게를 한 지는 오래되었다. 그래서 단골들이 꽤 생겼다. 그럭저럭 가게를 지키고 있는 건 한창 잘나갈 때 아끼지 않고 듬뿍 덤을 주며 쌓아온 정으로 이어진 그들 덕이다. 정이라는 게 치사스럽다고들 하지만 그 덕에 그나마 파리를 덜 날리고 있다. 요즘 젊은 새댁들은 필요한 것은 큰 마트에서 사기에 장사가 어려워졌다. 단골들도 이제 나이가 들어 젊은 새댁들처럼 마트에 가면 편할 수도 있겠지만 그래도 봉순네를 찾는 게 고마워서 아침부터 가게 문을 열어놓는다. 반찬을 사면서 이런저런 살아가는 얘기들을 한참씩 쏟아놓고 가는 단골들을 보면서 살아가는 게 다 고만고만하다 느껴지며 특별한 것도 아니라는 생각이 들곤 했다. 단골들이 남기고 간 이야기에는 자식 자랑도 있고 먼저 간 남편 흉도 있었지만, 그게 사랑이고 그리움이라는 것을 봉순네는 알고 있다. 마트서는 그런 자투리 마음을 편하게 남길 수 없기에 자신의 가게를 찾는다는 것도 안다. 그들이 털어놓는 속에 있던 것 중에는 약으로 고칠 수 없는 것들도 있었다. 그렇게 속내를 툭 털어놓으면 체기가 내려가듯 시원해지기에 찾는 단골도 있었다. 조금씩 얹어주는 덤 때문만은 아닐 것이다. 마트는 이웃 간의 따뜻함이 없는 곳이다. 한 움큼의 더움은 고사하고 답답한 속내를 어디 둘 곳이 없다. 그러다 보니 나이가 어지간한 이들은 이용하는 게 뜸해지게 마련이다. 그런 단골들과 수다를 주고받다 보면 하루해가 언제 지나갔는지 모른다. 내려앉은 어둠을 어깨에 얹고 집으로 가는 게 일과다.

"요즘 우리 오야봉은 어디서 일해?"

가게 일을 마치고 늦게 들어오는 엄마한테 수고했다는 인사로 물었다. 순영은 그런 물음을 던진 자신이 딱하다는 생각이 들었다. "엄마, 오늘 고생했어. 수고했어요." 이렇게 말하면 될 일인데 빙 둘러 엉뚱한 말을 하는 자신이 가끔 한심하기도 했다.

"난들 아냐, 남쪽 어디 현장에 있겠지…. 가끔 연락이라도 하면 어디 덧나는지, 그놈의 전화기는 왜 가지고 있는지 모르겠다니까…."

뒤를 잇는 엄마의 긴 한숨이 아버지한테서 연락이 없었다는 걸 말해주고 있었다. 늘 그런 아빠니까 물어본 자신이 말을 잘못 꺼냈다는 생각이 들었다.

아버지 이강수를 오야봉이라 부르는 건 어릴 때부터였다. 아빠와 같이 일하는 사람들이 부르는 걸 들어왔기에 지금도 그렇게 부르고 있다. 어릴 때는 일본 말인 줄 몰랐고 지금은 알지만 익숙하게 굳어버렸다. 아빠와 같이 일하는 그들도 익숙해진 탓인지 고쳐 부를 생각을 안 하고 있다. 아빠는 건설 현장에서 일할 노동자를 모아 같이 일한다. 같은 노동자이긴 해도 직접 일하는 것보다는 일거리를 찾는 일과 거기에 맞춰 사람을 모으는 일이 더 많다.

기억의 실루엣 249

말하자면 건설 현장의 인부들 팀장이었다. 얼마 전부터는 외국인들도 아빠를 찾아 함께 일한다고 했다. 언론에 가끔 그들의 어려운 현실을 보도하는 일이 있긴 했지만, 아빠와 같이 일한다는 사실에 외국인들이 그렇게 많은가, 그러면 우리나라 일꾼들은 모두 어디로 갔지? 하는 생각이 들기도 했다. 어쨌거나 일손이 부족하니 외국 사람이 들어와 일하는 것이니 그걸 이상하게 생각할 일은 아닌 것 같았다.

인부들도 혼자서 일하는 것보다 여럿이 조직을 만들어 일하면 좋은 점이 많다고 했다. 우선은 일한 노임을 떼일 일이 적었다. 만일 그런 일이 생기면 혼자보다는 여럿이 힘을 합하면 해결이 쉬워졌다. 단체의 힘은 크게 마련이다. 그래서 회사마다 노조를 만들어 목소리를 키우는 것일 거다. 그런 어려운 일을 해결하고 일거리를 찾아오는 일을 맡아서 하는 아빠를 그들은 오야봉, 두목이라는 뜻으로 불렀다. 아빠는 그들한테 말 그대로 우두머리였다. 일이 끝나고 나면 그들한테 일한 돈을 나눠주는 것도 아빠가 했다. 일하는 동안 먹고 자고 움직인 비용을 제하는 건 당연했다. 그 세계에서 아빠는 비교적 공정한 사람이라는 평을 받는 것 같았다. 순영이 그런 사실을 알게 된 건 그들이 나누는 얘기를 들어서였다. 이따금 순영이 있는 데서 그들이 나누는 얘기들이 그랬다. 순영이 들어보라고 일부러 그런 건 아니고 또 그럴 필요도 없는 일이었다.

그들 말 중에는 어떤 오야봉은 회사에서 일하고 받은 돈을 나눠주지 않고 몽땅 들고 날라버린, 또 먹고 자고 한 경비를 턱없이 많이 제하고 준다는 등 현장에서 일어나는 억울한 일을 이야기하며 자기들은 오야봉을 잘 만났다고 하는 말을 들어서 알게 되었다. 그들에게 그런 믿음을 주는 아빠는 가정에서는 그만큼 신뢰를 얻지 못했다. 건설 현장에 있다 보니 집에 머무는 시간이 적은 것은 물론 보내주는 돈도 많지 않았다. 엄마가 반찬가게를 하게 된 것도 힘든 가정 살림 때문이기도 했었다.

"오빠는 소식이 있어…?"

"네 오빠야 지금 제정신이겠니? 졸업은 코앞인데 취직시험 준비하느라 한창 바쁘겠지, 요즘 취직하기가 하늘의 별 따기보다 어렵다는데 걱정이다."

엄마는 정식이 오빠 이야기만 나오면 걱정이 태산이었다. 마이스터고에 다니는 자신은 이미 취직이 된 것처럼 아예 걱정 밖이었다.

기억의 실루엣 251

오빠, 정호와는 터울이 있어 그런지 가깝게 지낸 기억이 나지 않았다. 어렸을 때는 재미있게 지냈는지 모르지만, 기억이 나지 않으니 없었던 거나 마찬가지였다. 어쩌면 오손도손 지내지 못했는지도 모른다. 엄마는 '아들, 아들' 하며 입에 달고 지냈으니 딸인 자신이 오빠한테 가까이 다가가지 못했을 수도 있었을 거다. 아니면 조금씩 커가면서 그런 분위기가 싫어 오빠를 미워하며 피했을 수도 있는 일이었다. 순영이한테 오빠에 대한 기억은 책상에 앉아 공부하는 모습 외는 별로 나지 않았다. 공부하느라 동생인 자신과 함께하는 시간이 없었을 수도 있었을 거다. 아무튼, 공부는 잘했다.

엄마는 그런 즐거움으로 새벽같이 시장에 나갔는지도 모른다. 가게를 찾는 단골한테 "우리 정호가 이번 시험에서도 1등을 했잖아요. 글쎄 1등을 놓치지 않는다니까…." 하며 자랑하는 재미로 버텼는지도 모른다. 지금도 마찬가지일 거다. 순영은 엄마가 오빠 얘기만 나오면 엄살을 부린다는 생각이 들기도 했다. 공부 잘하는 오빠가 어디든 시험을 보면 합격할 텐데 괜히 자신한테 엄살을 부리는 것 같았다. 자기한테 잘해주지 못한 미안함에 그러는지는 알 수 없었지만, 엄마는 여전히 아들이 제일이라는 생각에는 변함이 없어 보였다.

그런 애지중지하던 오빠가 졸업하자 미국으로 훌쩍 유학을 가버렸다. 엄마의 기대와는 달랐다. 졸업하고 국내 이름난 기업에 다니기를 바랐다. 가까이 있으면서 자신이 해낸 노력의 결실에 대한 성취감을 누리려 했던 것 같았다. 눈이 오나 비가 오나 새벽 시장에서 '봉순네 반찬' 가게를 하면서 일으킨 성과라는 걸 주위에 보여주고 싶었다. "이번에 아들이 첫 월급으로 사준 것인데 어때요…?" 하며 작은 선물이라도 자랑하고 싶었는데…. 그런 희망을 뒤로 미뤄야 했기에 아쉬움이 남는 것 같았다.

미국 유학도 쉬운 일이 아니니 자랑이야 이어갈 수 있겠지만, 눈에 보이는 자랑과 보이지 않는 무형의 자랑과는 차이가 날 것이다. 거기다 조금이나마 학비를 계속 보태줘야 한다는 생각에 가슴이 무거울 수밖에 없었던 모양이다. 아무리 나랏돈으로 간다고 하지만 한 푼도 안 대줄 수는 없는 일이라는 걸 대충 짐작하는 것 같았다. 그런 오빠 걱정에 순영이 눈에 보일 리 없었다.

순영도 그런 오빠가 그리 좋게 생각되지는 않았다. 자신의 욕심만 채운다는 생각이 들었다. 순영이 대학 진학을 포기한 건 오빠 때문이기도 했다. 굳이 떼를 쓰며 대학을 가겠다고 했을 수도 있었지만 누울 자리 보고 다리 펴라는 말처럼 순영은 일찍 철이 들었던 것 같았다. 마음 깊은 곳에는 새벽시장을 나가는 엄마가 불쌍하다는 생각이 들었는지도 모른다. 오빠가 졸업만 하면 엄마가 찬바람 맞으며 새벽잠을 깨우지 않아도 될 것으로 여겨서 대학 진학을 고집하지 않았는지도 모른다. 엄마의 고생이 이어지는 게 싫어서였을 거다. 그런 순영의 바람이 엉뚱한 방향으로 흘러가니 마음이 편할 리 없었다. 아직 세상 살아가는 이치를 모르긴 하지만 그렇게 느껴졌다.

자신의 목표를 이루기 위해 가족의 어려움을 모른 척 뒤에 두는 오빠의 처신이 매정하다는 생각이 들었다. 오빠가 박사가 되고 유명한 사람이 되더라도 그리 자랑스러워할 것 같지는 않았다. 엄마도 좋아는 하겠지만 그 농도가 전에만은 못할 거라는 생각이 들었다. 오빠가 사준 선물을 들고 자랑하는 것과 멀리 한참 떨어진 미국서 박사를 땄다고 자랑하는 건 다를 거다. 그것도 많이. 눈에 보이지 않은 건 그리 큰 자랑이 되지 않는다.

사람은 즉물적인 것에 더 믿음이 간다. 보이지 않는 학위는 선물보다는 자랑의 효과가 떨어지리라는 걸 엄마는 알고 있는지도 모른다. 순영도 오빠가 졸업하면 서울서 같이 생활하며 가까이 다가가고 싶었는데 이제 어렵게 되었다. 오누이의 정을 살갑게 만들어 보고 싶었는데, 그런 마음은 오빠를 따라 미국으로 갈 수는 없었다.

※

그날을 생각하면 어떻게 되어 그리되었는지 지금도 알 수 없는 수수께끼 같은 일이었다. 미희와 손을 잡고 걸어가며 구경거리를 즐겼다. 처음 보는 것이 많아 두리번거리며 "저것 봐… 저기…. 와 놀랍다…. 세상에…." 하며 거리를 가득 메운 사람들을 비집고 앞으로 나갔다. 마음에 있던 욕망들이 '뭐…. 야, 나도 구경 좀 하자.' 하며 밖으로 뛰어나오는 것 같았다. 속에 찜찜하게 남아 있던 체기가 내려간 것처럼 후련해졌다. 즐거웠다. 처음 보는 구경거리에 정신이 온통 쏙 빠져들었다. 재미에 빠져 사람들이 몰려들어 발 디딜 틈이 없을 정도가 됐다는 걸 몰랐다. 그래서 뭔가 어두운 기운이 다가오는 것을 느끼지 못했다. 순영과 미희뿐만 아니라 거기 있던 사람들 모두 그랬었다. 폭발하는 즐거움이 폭죽처럼 어두운 그림자를 묻었다. 묻힌 어둠 속에서 파도가 밀려왔다. 크고 검은 인파였다. 사람도 저렇게 파도가 될 수 있다는 게 놀라웠다. 옛날에도 이런 일이 있었으니, 인파(人波)라는 말이 생겼을 거다. 순영은 단지 그걸 보지 못했을 뿐이었다. 설령 봤더라도 어쩔 수 없었을 것이다. 워낙 급작스러운 데다 거대한 파도였으니 어쩔 도리가 없었을 거다. 자신의 힘으로는 견디기 힘든 파도였다. 순영은 그 어쩔 수 없는 순간의 파도에 휩쓸렸다. 아주 멀리 끝없이 떠내려가는 순영에게 집채만 한 파도는 검은 아우성을 지르며 다가왔다. 끝도 없이 밀려왔다. 저주 같은 잔인한 파도였다. 아우성은 시루떡처럼 쌓였다. 순영은 그 순간 잘못되어가고 있다는 걸 알았다. 죽음이 이렇게도 오는구나. 두려움에 몸을 떨었다. 이렇게 죽으면 안 되지, 안돼…. 아직 할 일이 많은데 지금은 아니야 살아야 한다. 무엇이든 붙잡고 어둠의 아우성에서 벗어나야 했다. 잡고 있던 미희의 손은 놓쳤는지 보이지 않았다. 아니, 볼 수 없었다. 순영이 자신도 볼 수 없었으니까. 오직 산더미처럼 쌓여가는 검은 아우성만 점점 멀리서 들리는 것 같았다. '안돼, 이러면 안 돼…. 지금까지 어떻게 버텨온 내 삶인데 죽을힘을 써봐, 이대로 죽으면 너무 억울하잖아…. 이 바보야….' 마음이 순영에게 소리쳤다. 기를 쓰고 외치는 것 같았다.

아우성 소용돌이 안에서 겨우 밖으로 팔을 뻗었다. 축 늘어져 죽음에 가까이 다가간 손에 무언가 잡히는 게 있었다. "살려주세요. 제발 살려주세요." 온 힘을 다해 소리쳤다. 그러나 온 힘을 다한 소리는 밖으로 나올 수 없었다. 몸 안에 갇혀 꼼짝을 못 하고 있었다. 간절한 호소는 순영의 가슴안에서 안타까웠다. '팔이라도 움직여 봐 그래야 아직 숨이 붙어있다는 걸 알게 될 것 아니야!' 안타까움이 소리쳤다. 그때 팔을 잡아 주는 기적이 일어났다. 팔을 흔들었는지는 알 수 없었다. 누가 순영의 팔을 잡아 줬는지는 알 수 없는 일이었다. 일어날 수 없는 일이 생겼을 때 기적이라는 말을 한다. 기적이 일어났다. 그 기적의 손이 검은 아우성의 파도에서 순영을 끌어내 길가에 눕혔다. 기적의 손이라 그런지 팔을 그렇게 세게 잡아당겨도 아프지 않았다. 아무런 감각도 없었다. 순영은 두 팔을 벌리고 누워있는 자신이 보였다. 하얗게 핏기가 사라진 얼굴은 걱정이 없어 보였다. 바삐 움직이는 자신의 주위는 아무 소리도 들리지 않았다. 이상한 일이었다. 자신의 그런 모습이 보이는 것도 주위가 아무 소리도 들리지 않는 조용한 게 이상했다. 사람들이 점점 더 많이 모여들었다. 누워있는 자신을 내려다보던 사람 중 한 명이 자기 가슴을 짓눌렸다. 모르는 사람이었다. 저러면 아플 텐데 순영은 자기 가슴을 만져봤다. 아무렇지도 않았다. 이상한 일이었다. 봉긋하게 예쁜 가슴은 지금껏 남에게 보여 준 적이 없었는데 알지도 못하는 남자가 저리 짓눌러도 가만히 있는 자신이 이상하기만 했다. 주위에 있는 사람들도 이상했다. 그러는 사람을 말리지도 않고 구경만 하고 있었다. 거대한 검은 파도의 아우성에 정신이 나간 모양이었다. 하기는 순영이 자신도 이상한데 다른 사람들이라고 멀쩡할 리는 없었다. 자기 가슴을 누르던 남자는 지쳤는지 물러나자, 형광램프가 빠르게 번쩍이는 구급차에 자신이 실려지는 게 보였다. 그 후는 미희와 함께 어딘지 알 수 없는 곳에서 함께 지내고 있다. 미희도 어떻게 여기에 왔는지 몰랐다. 그래도 둘이 같이 있어 다행이라 여겨졌다. 둘이 함께 여기저기 구경하면서 보냈다. 그리 지냈는데 이제 와 미희가 혼자 갈 테니 따라오지 말라며 떠났다. 인정머리 없는 친구다. 전에처럼 나쁜 버릇이 도진 모양이라 여겨졌다.

  기분이 나빠졌다. 뭐라 욕이라도 하고 싶었다. "그래, 넌 늘 그렇게 날 무시했지, 날 우려먹기나 하고 넌 나쁜 년이야." 미희한테 처음 욕을 하는데 입이 잘 움직여지지 않았다. 왜 이러지 미희가 사라지기 전에 들어야 하는데, 더 용을 썼다. "으…. 음…. 너…. 언…." 그렇게 힘을 써서 그런지 갑자기 눈앞이 캄캄해졌다. 눈앞이 이렇게 캄캄해지는 경우는 가끔 있기는 했다. 무슨 일에 열중하다 고개를 들면 앞에 물체는 보이지 않고 별이 번쩍거린 적이 있었다. 지금 그런 상태인지 곁에 누워서 꼼짝하지 않던 많은 사람도 보이지 않았다. 입술을 오물거려 '으…. 음' 신음을 내는 것 같았다. 바쁜 걸음 소리가 들렸고 자신의 몸을 흔드는 게 느껴졌다. "눈 떠보세요. 내 말이 들리면 눈을 깜박여 봐요…. 아, 깨어났다. 이제 살았어요." 겨우 떴던 눈을 다시 감았다. 어지러운 발걸음 소리가 들리며 순영이 누운 침대가 어디론가 옮겨지고 얼굴에 뭔가 씌워졌다. 전보다 편해졌다. 정신이 조금씩 드는 것 같았다. '여기도 병원인가…? 내가 매우 아픈 모양이지?' 다시 잠이 들었다.

※

순영은 병원에서 몇 달째 치료를 받고 있다. 금방 나을 것 같던 순영의 상태는 예상외로 오래 갔다. 정신이 들었다가도 어느 순간 까뭇하여 정신 줄을 놓는 일이 반복되었다. 그런 일이 반복되니 몸이 성치 않은 것은 확실했다. 건강이 회복되었다면 그런 일이 생길 수 없는 일이다. 그런 큰 사고를 당하면 겉으로 드러나 보이는 병은 치료의 효과가 빠르지만 보이지 않는 정신건강은 오래 가기도 하고 치료도 어렵다. 순영의 그런 상태는 정신적인 문제라 할 수밖에 없다. 그런 현상은 몸이 나른해지며 눈이 감길 때 나타났다. 전에 겪었던 일이 실루엣으로 나타나는 유령 이미지(ghost image)였다. 정신이 깨어나기 전 음습한 곳을 미희와 다니던 일이 기억에 남아 있어 그런 것 같았다. 기억하고 싶지 않은 것은 지우려 해도 지워지지 않는다. 기억하려 하는 건 잊어버리는 경우가 많은데 잊으려 하는 건 잘 잊히지도 않는다. 기억의 저변에 단단히 자리를 잡고 어두운 기억을 재생산한다. 그런 나쁜 기억이 떠오르면 충격을 받아 정신이 혼미해지는 현상이 반복된다. 그날 검은 인파에 깔려 죽었다가 겨우 살아났으니 그 충격이 얼마나 큰지는 당해보지 않은 사람은 짐작도 못 할 일이다. 그런 큰 충격을 받았을 때 일어나는 상황 스트레스 반응을 불안장애라고 했다. 순영은 그런 불안장애 치료를 받고 있다.

병원에서 그렇게 지내는 동안 바쁜 오빠도 귀국해 순영이 곁을 지켜주었다. 그리 많은 시간은 아니지만 공부하느라 정신이 없을 텐데 시간을 쪼개 태평양을 건너 달려온 건 오누이 정이 덤덤하기만 한 게 아니었던 거 같았다. 서로의 마음을 전하지 못했을 뿐이었다. 순영의 손을 잡고 "너를 잃는 줄 알았어, 얼마나 놀랐는지 몰라. 얼른 정신을 차리고 일어나. 너를 많이 사랑한다." 오빠의 목소리가 귓가에 아물거렸다, 아지랑이처럼. 따뜻했다. 지금껏 듣고 싶었던 말이기도 했다. 고마웠다. 순영은 실눈을 뜨고 오빠를 쳐다봤다. 고맙다는 인사다. 정호 오빠도 눈인사를 보내왔다. 그런 며칠이 지나고 오빠는 출국했다. 오래 있을 사정이 아니라는 건 순영도 알고 있었다. 잠시지만 오빠가 귀국하는 바람에 엄마의 보고 싶은 마음을 조금은 달래주었을 거다. 오빠가 출국하고 나서 엄마와 아빠가 번갈아 병원을 드나들며 순영의 곁을 지켰다. 혼자 있으면 불안해지기에 곁에 누가 있어야 했다. 그것도 간병인보다는 가까운 사람이 곁을 지켜주면 좋다는 의사의 말에 아빠도 현장을 다른 사람한테 맡기고 병원으로 달려왔다. 지금껏 딸한테 하지 못한 사랑을 주려는 것 같았다. 공사 현장에 있느라 딸과 가까이하지 못한 건 그도 알고 있고 순영이한테 가장 미안한 일이었다. 죽었다 살아난 딸인데 그동안 못한 사랑을 주려는 마음에서 순영의 곁을 지켜주었다. 그렇게 엄마와 번갈아 자신을 지켜주는 게 고맙기도 하고 미안하기도 했다. 집을 위해 일하다 이렇게 된 것도 아니라 미안함은 더 컸다. 친구와 구경하러 갔다 사고를 당한 일이라 병원에 오래 머무는 것도 편한 마음은 아니었다. 마음이야 어쨌든 치료는 마쳐야 퇴원할 수 있는 일이다.

순영은 얼른 정신을 차려 그런 미안함을 덜려 했지만 마음대로 되지 않는 일이었다. 정신이 말짱할 때는 속이 탔다. 그런 순영의 마음을 달래주는 건 아빠였다. "우리 딸 다른 걱정하지 말고 치료나 잘 받아, 순영이 덕에 아빠도 쉬어보자"라며 위로해 줬다. 이웃집 아저씨 같았던 오야봉이 이제 진짜 아빠로 느껴졌다.

"아빠, 같이 있으니 좋기는 한데 이렇게 쉬어도 되는지 걱정되네?" 정신이 온전할 때 걱정스러운 마음을 꺼내놓았다. 아빠는 순영의 그런 걱정에 "딸아, 아무 걱정하지 마라. 아빠가 알아서 다 할게, 어서 낫기만 해."하며 그동안 하지 못한 사랑을 한꺼번에 주려는 듯 곁을 지켰다. 고맙기도 했지만 이러면 생활비는 어떻게 하지, 걱정이 아이답지 않게 들었다. 가정 형편이 어떻다는 걸 알기 때문에 생기는 염려였다. 엄마도 자기 때문에 반찬가게를 임시 문을 닫았고 아빠의 현장 근무도 쉬고 있으니, 수입이 없다는 걸 알기 때문이다. 거기다 자신한테 들어가는 비용도 있을 거다. 큰 치료비는 대책반에서 임시 부담해 주고 있다지만 필요한 일용품이나 간식비, 오가는 교통비 같은 소소하게 들어가는 것이 여간 안일 거다. 그런 걱정을 덜려면 얼른 나아야 하는데 몸뚱이는 마음을 따라주지 않고 있었다.

5

아라리 아라리요. 아라리 고개를 넘으라네, 날 보고 넘으라네. 나는 싫네, 저 고개를 넘기 싫네…. 〈죽음은 흔적을 시간에 지운다.〉

사고 대책위원회가 조직되었다. 어떤 사고가 발생하면 만들어지는 한시적인 조직이다. 목적이 달성되면 해체된다. 그런데 이런 위원회가 좀처럼 빨리 해체되지 않는다. 사고가 발생한 지 십 년이 넘었는데도 존재하는 위원회가 있다는 소리를 들었다. 위원회가 무능한 것인지, 워낙 사건이 복마전처럼 복잡해 그런지는 알 수 없으나 십 년을 넘겨 존재한다는 사실 자체도 평범한 일은 아닐 거다. 조사할 일이 그리 많으면 경찰이나, 검찰 같은 조사기관에서는 뭘 했는지 도통 알 수 없는 일이 벌어지고 있다. 위원회가 하는 일이 사고의 원인을 밝히고 사망자와 다친 사람들에 대한 처리 방안을 논의하기 위해서다. 사고 당일 언론에서 취재한 것을 보면 사고 원인은 거의 밝혀진 셈이다. 복잡한 절차가 필요 없을 것 같았다. 축제 주관이 어디고 사고 당시 명령체계가 어떻게 되었고, 어디서 주춤거리며 사고가 커졌는지는 이미 거의 밝혀졌다. 사고 부근에 있던 사람들의 목격담이나, 현장에서 어렵게 살아난 이들의 증언을 들어보면 사고 원인과 책임은 분명했다. 복잡할 것 없이 간단했다.

그런 분명 하고 간단한 일이 이상해지기 시작했다. 십 년 넘게 존재한다는 어떤 위원회처럼 될지도 모른다. 그렇게 되는 것은 정치인이 관여하면서 선명하던 초점이 흐려지고 복잡해지기 때문이다. 이상한 논리가 펼쳐지면서 분명하던 일이 미궁으로 빠져들었다. 그들이 관심을 보이면 쉽던 일이 어려워지고 이상해진다. 정치가들이 일단 관심을 가졌다 하면 내려놓지 않는다. 세상의 모든 일은 자신들의 기준으로 결정되어야 한다는 생각이 관심을 내려놓을 수 없게 한다. 그들의 결정은 늘 현실과 거리가 떨어져 있었다. 이상이 너무 높거나 너무 멀리 바라본 결정이기도 했다. 수십 년 후에 올 일을 앞당겨 놓거나 당장 눈앞에 있는 일을 수십 년 뒤로 미뤄놓는 일을 한다. 정치가는 급할 게 하나 없는 대범한 일을 하는 사람이라 평범한 우리와는 다르다. 그런 그들이 우리 눈에는 의도적으로 분명한 것을 어렵게 만들며 일을 꼬이게 하는 것처럼 보이기도 했다. 존재감을 나타내는 방법인 것처럼.

간섭이 심하며 일에 혼란이 생긴다. 사공이 많으면 배가 산으로 간다는 말처럼 지금 흘러가는 모양새가 그런 꼴이라는 생각이 들었다. 여기저기서 참았던 용암이 솟구치듯이 터져 나오는 법과 책임에 대한 말들이 제각기 노를 젓는 사공이었다. 현장에서 구조활동을 한 사람한테 책임을 물으려 하고, 엉뚱한 사람의 목덜미에 법의 잣대를 갖다 대며 미운털 뽑듯이 끌어내리려 하는 것이 그랬다. 다친 사람이나 목숨을 잃은 사람에 대한 애도나 슬픔은 사공의 노 젓는 소리에 묻혔다. 정작 아픔은 저만치 밀

기억의 실루엣 265

쳐두고 누구한테 벌을 줘야 하는지에 집중했다. 당연히 처벌받아야 할 사람은 받는 게 정의겠지만 애매한 사람한테 적용된다면 정의는 정당성을 잃게 된다. 벌을 받아야 한다는 사람 중에는 평소 그들 정치인한테 미움을 받던 사람도 있었다. 이참에 하면서 눈 밖에 난 놈의 목에 칼을 들이댔다. 그들을 제외한 모두가 이상하다 해도 늘 그래왔기에 이상한 일이 아니었다.

김 부장은 그런 움직임을 보면서 안도하다가도 은근히 불안해지기도 했다. 그날 사고와 자신과는 직접적인 관련이야 없지만, 원인을 조사하다 보면 저만큼 자신의 그림자가 보일지도 모른다는 우려 때문이었다. 뉴스에서 축제 참가를 부추기는 듯한 방송에 대한 여론이 좋지 않으면 조사 대상이 될 수도 있다는 생각이 들었다. 그래도 설마 그런 일이야 하며 마음을 진정시켰다. 언론의 힘을 가장 민감하게 느끼는 부류가 그들인데, 설마 칼끝을 자신들한테 겨누지는 않을 거란 믿음이 있어서다. 믿는 도끼에 발등 찍을 때도 있기는 하지만 지금은 아니라는 생각이 들었다. 발등을 찍으면 찍는 놈도 살아남기 어려우니 그런 일은 동반자살이나 같은 것이다. 정치인이 동반자살을 꿈꿀 리는 없다. 그런 건 최후의 방법이다. 말하자면 장렬

한 최후를 맞을 각오가 되었을 때 하는 거사다. 지금 그들이 그런 거사를 해야 할 일은 티끌만큼도 없었다. 상황판단이 확실해지자 걱정을 털어내면서 사망자 명단을 확인했다. 강 사장이 궁금했다. 강경수라는 이름은 없었다. 그렇겠지, 그는 지옥에서도 살아남을 위인이니 그 난리 통에서도 무사할 거다. 그래도 혹시나 하여 부상자 명단에라도 있는지 알아보라고 한 과장한테 지시했다. 시간이 한참 지난 후 지금은 확인할 수 없는 상황이라며 전화 연결이 되지 않는다는 연락이 왔다. 강 사장이 탈이 없다고 해도 지금쯤은 어디로 날랐을 거라 여겨졌다. 워낙 약삭빠른 인물이라 지금 여기 있으면 좋을 리 없을 거란 판단이 섰을 거다. 세상 돌아가는 이치를 몸으로 겪으며 터득한 사람이니 어찌해야 한다는 걸 알았을 거다. 잠적이다. 그가 그렇게 잠적한다면 김 부장 자신한테도 그리 나쁘지 않다는 생각이 들었다. 그가 조사관한테 쓸데없는 말을 늘어놓으며 텐프로가 어쩌고 하면 자신의 이름이 나올지 모른다는 염려에서다. 그런 조심스러운 염려는 강 사장이 잠수를 타면 없어질 일이었다. 그런 생각을 하면서 그동안 인연을 보더라도 강 사장이 무사하기를 바랐다. 그런 진실한 마음이 생긴 건 처음이라 이상하기도 했지만, 강 사장한테 신세를 지면서 고마운 마음이 자신도 모르게 쌓였던 모양이었다. 사실 그동안 남이 누리지 못하는 좋은 시간을 보낸 것은 강 사장의 덕이라 하겠다. 자신의 월급으로는 꿈도 꾸지 못할 일이고 법인카드를 쓴다 해도 명분이 있어야 하는데 그런 곳에서 그렇게 큰 지출을 매번 할 수는 없는 일이었다. 그런 접대를 강 사장한테 자신이 먼저 요구한 일이 아니라 해도 결국은 숨겨놓고 속내를 드러내지 않았을 뿐이었다. 그런 걸 법에선 '의도된 암묵적 행위'라 하며 제재를 받는다. 강 부장은 자신은 거기까지는 아니라 우기면서도 가슴 한쪽에선 해당하는 일이라며 고개를 끄덕이는 자신의 모습이 보이기도 했다.

그나저나 자신을 만나려고 줄을 섰던 그 여자애들은 어찌 됐는지도 궁금했다. 특별히 마음에 둔 여자가 있어서 아니라 그 여자애들이 살아남았다면 어디로 갈지, 지금까지의 생활방식을 바꿀지가 궁금했다. 사람은 큰일을 겪고 나면 마음이 바뀐다고 하는데 그들도 그럴지 하는 의문이 들었다. 사람은 바뀌기 어렵다는 말을 되새기면서.

※

 순영이 죽었다 깨어난 것은 운이 좋았다고 해야겠다. 그 많은 죽음에서 벗어날 수 있었던 것을 달리 설명할 방법은 없었다. 자기 팔을 잡아 준 누군가와 자기 가슴을 짓누르던 또 다른 누구의 도움이 자기를 살아나게 했다. 운이라는 게 기적이기도 하다. 자신과 똑같은 처지였지만 끝내 돌아오지 못한 이들도 많았다. 운명이라 해야겠다. 미희도 자기와 거의 같은 시간에 같은 조치를 받았는데 돌아오지 못했다. 자신한테 일어난 기적이 미희한테는 일어나지 않았을 뿐이다. 그 기적이 삶과 죽음을 갈라놓았다. 미희가 같이 가자고 하지 않고 따라오지 말라며 혼자 멀어지던 모습을 생각하면 가슴이 아팠다. 순영이 깜박하며 정신을 잃을 때는 늘 유령 이미지가 떠오를 때였다. 미희와 함께 알 수 없는 이곳저곳을 돌아다니며 살펴보던 일이 생각날 때면 정신을 깜빡 잃었다. 깨어나 생각해도 몸이 으스스 떨렸다. 음침하고 습기 찬 곳에 여러 사람이 침대에서 꼼짝하지 않고 누워있는 창백한 얼굴, 물에 흠뻑 젖은 모습으로 어서 나가라며 여기는 있을 곳이 아니라던 앳돼 보이던 여자아이들이, 몸이 온통 그을려 숯

검정인 언니들이, 호박 가면들이 이리저리 돌아다니던 모습이 떠오르면 그랬다. 몸이 겪었던 일을 정신이 재생하는 '환상'이었다. 충격에 따른 잠재적 환상이 되풀이되었다. 의사는 '잠재적 불안장애'라 했다. 병명도 별났다. 불안장애면 됐지, 앞에다 '잠재적'이라는 제한을 두는 거로 봐선 그리 흔한 불안장애가 아니라는 말이기도 했다. 지금 생각해 보면 그들은 살아있는 사람이 아니었다. 누워서 꼼짝하지 않는 사람은 영혼이 떠난 시체였다. 그리고 자신한테 어서 가라는 말을 해준 여자들은 저승길에 오르지 못한 영혼들이라는 생각이 들었다. 가야 할 저승길에 지금껏 가지 못한 까닭은 알 수 없지만, 영혼임은 틀림없다는 생각은 확실했다. 그냥 단순한 꿈은 아니었다. 순영이 정신을 잃고 죽음의 문턱에 있을 무렵 어쩌면 순영의 영혼도 미희처럼 저승사자에 이끌려 갈 수도 있었는데 살아난 건 기적, 운명이라는 말 외에 달리 설명이 되지 않는다. 미희는 지금 그곳을 벗어나 좋은 곳으로 갔겠지만, 그때를 생각하면 몸이 으스스 움츠러들며 무서워졌다. 꼼짝하지 않고 누워있던 그 많은 사람과 알 수 없는 곳으로 떠나던 미희 모습이 떠오르면 불쌍해졌다. 숯검정 언니가 자신을 콕 짚어 시간이 얼마 남지 않았다며 위험하다고 하지 않은 게 다행이라는 생각도 들었다. 미희한테는 미안한 생각이 들었지만 살아남았으니 정신을 차려야 한다. 이제 그들의 생각은 될 수 있는 대로 하지 말자고 다짐했다. 어서 일어나 그날 저녁, 사고를 당하기 전 준비하던 공부를 계속해야겠다는 생각이 들었다.

눈을 감으면 나타나든 어둡고 침침한 '유령 이미지'로 정신 줄을 놓는 횟수가 줄어들었다. 몸 상태가 조금씩 좋아지고 있다. 마음을 단단히 먹은, 자기한테는 할 일이 있다는 목표가 생기면서 나아야겠다는 의지가 강해진 탓이기도 했을 거다. 병은 마음먹기에 따라 달라진다고 했다. 어쨌거나 좋은 일이었다. 의사도 미소를 지으며 상태가 좋아지고 있다며 용기를 주었다. 그래도 누구보다 제일 좋아한 사람은 엄마, 아빠였다. 소식을 들은 오빠도 미국서 전화를 걸어 축하해 줬다. 고마웠다. 자신을 위해 바쁜 시간을 내어 귀국해 곁을 지켜준 이후 오빠에 대한 거리감이 줄어들었다. 아니, 없어졌다는 표현이 맞을 거다. 피를 나눈 사이라는 게 그랬다. 아빠도 다시 전의 오야봉으로 돌아가려고 채비하는지 분주해 보였다. 여기저기 전화를 걸면서 현장 분위기가 어떠냐고 물었다. 전에 함께 일하던 사람들인 것 같았다. 건설 현장에서 지내던 사람이 병실에서 환자를 돌보며 지내는 일은 어려웠을 거다. 며칠이면 몰라도 1년이 넘게 그리하는 건 아무리 딸의 일이라지만 어려운 일이었을 거다. 내리사랑이 크다고는 하지만 긴 병에 효자 없다는 말은 역으로도 해당하지 않을까? 하는 생각이 들었다. 내리사랑과 치사랑의 크기가 다르니 맞는 생각인지는 모르지만 어쨌든 힘든 것만은 사실이었을 거다. 사람은 자신이 놀던 물에서 놀아야 신이 나는 법이다. 요즘은 그런 걸 적성이니, MBTI가 어떻고 하며 심리학 용어를 사용하지만 쉽게 말하자면 자기 좋아하는 일을 하면 신이 나고, 즐겁고, 능률이 오른다는 말이다. 아빠도 당신이 일하던 곳에 있어야 흥이 나는 사람이다. 순영의 몸 상태가 조금씩 좋아지면서 아빠가 무료해하던 병실의 분위기도 바뀌었다.

이제는 엄마 혼자서도 간호가 될 것 같았다. "아빠, 이제 현장으로 가봐. 나 엄마와 둘이 있어도 돼." 아빠는 좀 망설이는 기색이었지만 표정만은 환하게 밝아졌다. 순영의 입에서 그런 말이 나오길 기다린 것처럼 밝아졌다. 그러면 잠깐 현장에 다녀오겠다는 말을 남기고 병실 문을 나서는 아빠 등에다 대고 "그놈의 현장이 뭐라고 저리 쏜살같을까? 정말 알 수 없는 사람이야." 엄마의 지청구도 싫지 않아 보였다.

 침울하고 활기 없던 곳에 봄을 맞아 새싹이 움트는 분위기가 느껴졌다. 눈에 보이지는 않지만, 몸으로 느껴졌다. 세상엔 볼 수 없어도 존재하는 게 있다. 분위가 그랬다. 분명했다. 순영의 몸도 그런 분위기에 따라 좋아지고 있다는 것을 느낄 수 있었다. 그래 이대로만 간다면 금방 나을 수도 있을 거란 희망이 점점 가슴을 채워갔다. 그 희망이 가슴을 가득 채우면 퇴원을 해도 될 거라는 믿음이 희망으로 자라게 했다. 그리 기다리던 때가 되었다는 생각이 들었다. 의사한데 다 나은 것 같다며 퇴원을 원하는 눈빛을 보냈다. 간절한 눈빛이었는지 모른다. 의사는 엷은 미소를 지었다. 긍정적인 생각은 바람직한 거라 했다. 그러나 지금은 이르다고 했다. "잠재적이란 의미는 없어졌다는 게 아닙니다. 단지 지금 보이지 않을 뿐입니다. 언제 다시 나타날지 모르는 일이지요. 좀 더 두고 봐야겠습니다." 그렇게 퇴원이 미뤄지고, 또 미뤄지며 시간이 흘렀다. 몸에서 가장 복잡하고 예민한 곳이 뇌가 하는 일이다. 뇌에 관한 연구는 역사도 짧지만, 워낙 복잡한 곳이라 전부를 알기는 어렵다. 그러니 의사도 확신이 서지 않는 것은 '잠재적'이라는 어중간 용어를 사용할 수밖에 없을 거

기억의 실루엣 273

다. 어찌 됐든 '잠재적'이라는 용어도 사용 빈도가 시들해지는 시간이 흘러 퇴원이 허락되었다. 순영이 사고를 당하고 입원해 퇴원까지는 1년이 훨씬 넘게 걸렸다.

"절대 뒤돌아보지 마세요. 당신의 기억은 실루엣으로 남아 있다가 언제든 되살아날 수 있습니다. 이제 겨우 잠들게 했는데 지나간 일을 생각하면 다시 깨어날지도 몰라요." 병원을 나서는 순영에 의사가 남긴 말이다. 그게 어디 마음대로 되는 일인가. 생각하지 말아야지 하는 게 더 생각나게 하는 원인이 되기도 한다. 의사의 지시를 따라야겠지만 그때의 그 검은 파도와 아우성을, 하얗게 된 얼굴로 돌아서던 미희의 차가운 모습이, 그 기억의 실루엣이 말끔히 없어질지는 모르는 일이었다.

※

병원밖에는 예상하지 못한 일이 기다렸다. 순영을 맞으러 기다리는 것은 언론사 카메라와 마이크를 든 사람들이었다. 병원 계단을 내려오는 길을 가득 메운 그들을 보자 순영은 어지러워졌다. 사고가 난 그날 밤의 검은 파도가 밀려오는 것 같았다. 밀려드는 파도가 쏟아놓는 질문이 거품처럼 부풀어 올랐다가 파도에 휩쓸려 사라졌다. 아무것도 들리지 않았고 귀가 먹먹해졌다. 못 듣는 걸 아는지 귀 가까이 대고 소리를 지르듯이 질문을 던졌다.

"사고 원인은 뭐라 생각하십니까?" 모깃소리만큼 들렸다. 원인이 밝혀지지 않은 모양이었다. 아직도 하는 생각이 얼핏 들었다. 병원에 있는 동안 거기에 대해 누구도 말을 해주지 않았다. 치료에 도움이 되는 일이 아니라 그랬을 거다.

"책임을 물으실 겁니까?"

"피해 보상은 얼마를 생각하고 있습니까?"

물음이 어려웠다. 예상 못 한 일이라 대답을 할 수 없었다. 예상했더라도 그런 물음에 답을 하려면 며칠을 생각해야 했을 거다. 아니, 며칠을 생각한다 해도 답을 찾지 못했을 거다. 순영은 그런 일에 관심이 없었다. 관심이 아니라 끼어들고 싶지 않았다. 가고 싶어 내 발로 갔던 일인데 알지도 못하는 누구한테 책임을 묻는다는 건 생각해본 일이 없었다. 그렇다고 죽음을 불러온 일을 용서하겠다는 것은 아니다. 이제 그렇게 한들 죽은 미희가 살아올 수 없는 일이다. 목숨을 잃은 그 많은 이들이 억울했다. 그저 잊고 싶을 뿐이다. 카메라 플래시를 뚫고 계단을 내려섰다. 순순히 물러설 사람들이 아니었다. 집요했다. 순영에겐 수능 문제보다 어려운 킬러 문항 질문을 여름 소나기처럼 쏟아놓으며 발길을 잡았다. 떼로 몰려드는 것 같은 물음은 그날 밤의 검은 아우성이었다. 두통이 일어나며 어지러웠다. 숨이 가빠지며 가슴이 울렁거렸다. 속이 메스꺼워졌다. 검은 파도가 입을 벌리고 자신을 삼키려는 것 같았다. 여기를 벗어나야 한다는 생각이 들었다. 그때 죽을힘을 다해 팔을 조금씩 움직이던 생각이 났다. 그때의 누군가처럼 자기 팔을 잡아 줬다. 아빠였다. 어려울 때 나타나는 아빠가 고마웠다.

"그만해…. 아픈 사람한테 이게 뭐 하는 짓이야? 사진 찍지 말고 물러나. 우리 아이 몸이 나빠지면 그땐 당신들 책임을 물을 거야…. 알았어? 왜 대답이 없어…. 알았으면 저리 비켜."

건설 현장에서 막노동으로 일하던 기질을 발휘했다. 말을 싹 깎아버리고 해라체로 나갔다. 상대가 하는 말을 들으면 어떻게 대해야 하는지 그들은 알고 있다. 만만찮았다. 질문에 답을 듣지 못할 거란 것은 이미 알고 있었다.

기자들은 답을 듣기 위해 질문하는 게 아니라 어떤 질

문을 했느냐에 방점을 두고 있다. 언론사가 주목하는 게 무언지 알리는 것을 기자의 질문으로 대신하는 거다. 아빠라는 사람의 행동으로 봐선 막무가내로 밀고 들어갈 일이 아니라 여겨졌다. 저런 인간은 잘못했다간 되려 물고 늘어지며 귀찮게 할 인간이라는 걸 그들은 알고 있다. 거기다 자신들이 해야 할 질문은 다했기에 물러갔다. 다음 날 신문에 실린 사진에는 순영의 얼굴은 모자이크가 되어있었고 아빠 이강수가 주먹을 쥐고 성난 표정을 한 모습이 큼지막하게 실려있었다. 사진 설명도 간단했다. 부상자 이순영이 퇴원하는 모습이라고. 사진 전체를 보면 아빠가 누구한테 책임지라며 화를 내는 모습으로 보였다. 아빠의 연기는 훌륭했지만 메시지는 엉뚱하게 전달되었다.

6

아라리 아라리요. 아라리 고개를 넘으라네, 날 보고 넘으라네. 나는 싫네, 저 고개를 넘기 싫네….〈국화꽃에 앉은 죽음은 갈 길을 찾지 못했다.〉

순영이 치료하는 기간은 회사에서는 병가로 처리해 줬다. 기본급은 받을 수 있었다. 기본급은 얼마 되지 않아 이런저런 수당이 따라야 생활비가 되었다. 그런 기본금만이라도 특별한 혜택이었다. 통상적으로 직원에 사고가 생기면 면직을 시키거나 무급으로 처리하는 게 일반적인데 그 예를 벗어난 처리였으니 큰 배려였다. 회사에서 그리 처리한 까닭이 있었겠지만, 어찌 됐든 고마운 일이었다. 회사 일을 하다 다친 것도 아니라 산재 처리도 어려웠을 거다. 그런데도 치료비에다 기본급을 받은 것은 사고대책위원회의 역할이 아니었을까 하는 짐작이 갔다. 그날 사고로 병원서 치료받은 사람이 순영만은 아닐 테니 그들이 함께 목소리를 키웠을 거다. 아무 일도 하지 않고 병원에 누워있는데도 기본급을 주는 회사에 고마운 마음이 들었다. 회사도 보이지 않은 사정은 있었을 거다. 워낙 사회적으로 관심이 쏠린 사고였으니 자칫 잘못 처리했다간 엉뚱한 오해를 살 수도 있었다. 그날 사고를 당한 직원한테 회사에서 소홀하게 한다는 소문이 언론에 알려지면 비난의 독박을 쓸 수도 있었으니 그럴 수는 없는 일이었을 거다. 사회가 주목하고 있어 그랬든 어떻든 회사의 사정이야 알 수 없었지만 고마웠다. 퇴원했으니, 회사에 출근하든지 그만두든지 해야 했다. 일단은 회사에 가서 그동안의 일에 고맙다는 인사를 하는 게 도리였다.

  인사과장과 마주 앉은 자리가 어색하게 느껴졌다. 평소 같았으면 이렇게 가까이 마주할 일은 없었을 거다.

  "그동안 고생 많았어요. 이렇게 출근하게 된 것을 환영합니다." 인사가 형식적이란 생각은 들지 않았다.

  "회사의 도움에 감사드립니다."

  "회사에서 순영 씨한테 신경 많이 쓴 건 사실입니다. 이제 정상적으로 출근하셔야죠?" 순영은 얼른 대답하지 못했다. 그동안의 배려에 답하려면 "네, 그러겠습니다."라고 하는 게 맞지만, 얼른 대답이 나오지 않았다. 오빠의 전화가 대답을 망설이게 했다. 힘들더라도 미국에서 전문적인 IT 공부를 하는 게 어떻겠냐는 전화가 발목을 잡았다. 결심만 서면 오빠가 도와주겠다고 했다. 오빠도 연구 프로젝트가 끝나 여유가 생겼다고 했다. 병원에서 뒤돌아보지 말고 앞길로 향해가라고 한 말도 떠올라 오빠 말을 따를지 생각하는 중이었다. 엄마 아빠가 걱정이어서다. 순영이 그리하면 엄마는 계속 새벽어둠을 깨우며 시장으로 향해야 하고 아빠는 건설 현장인 지방에 머물러야 할

기억의 실루엣 279

거라는 생각에 결정할 수 없었다. 인사과장은 고개를 갸웃거리며 대답을 망설이는 순영에게 무슨 일이 있느냐고 했다.

※

　사고가 난 지 1년이 지났지만, 달라진 것은 없었다. 분명하고 단순해 보이던 사고 원인은 풀어진 실타래처럼 뒤엉켜 복잡해졌다. 앞뒤 구분이 어려워지며 원인을 밝히는 일은 점점 안갯속으로 가려지는 것 같았다. 경찰 자체 조사에서 책임이 있다고 지목한 몇은 법원을 들락거리고 있지만 언제 책임이 확정될지는 알 수 없는 일이었다. 세상은 점차 그 일을 잊을 테고, 또 다른 일에 관심을 둘 거다. 오래 기다릴 것도 없이 지금이 그랬다. 김 부장은 여전히 그 자리를 지키고 있다. 다른 방송사에서는 긴급 뉴스로 사고 소식을 전하는 그 시간 정규 프로를 방영한 C 방송은 어떤 조치나 하다못해 주의 촉구도 없었다. 사고 당시 상황실장이었던 최일수 경무관은 치안감으로 승진해 무궁화 2개 묶음 계급장이 어깨서 묵직한 빛을 번쩍였다. 축제를 주관한 강 사장은 소식이 끊겼지만 동남아 어디

골프장에서 모습이 보이더라는 소문과 현지서 한국서 하던 사업과 비슷한 것을 하고 있다는 풍문이 돌기도 했다. 소문은 소문이라 믿기 어려웠지만, 소문이 사실일 때도 있다. 숨어만 있을 강 사장이 아닐 거라는 생각이 들기도 했다. 그가 한국에 없다고 해도 '살롱·에브리싱'에서 진을 치고 있던 여자들, 허황하다 할 꿈을 꾸던 여자들은 여전히 있을 거다. 그들은 어떻게 든 다시 김 부장한테 끈이 닿을 테고, 또 그런 시간의 톱니바퀴가 돌아갈 거다. 시간의 윤회. 세상은 그렇게 자신의 나이테를 그리며 지나가고 있다. 가끔 벗어나는 때도 있기는 하지만 그리 흔치 않은 일이다. 오래된 나무의 나이테를 보면 알 수 있다. 나란히 그어진 원을 벗어난 것이 한두 개 있더라도 전체에 아무런 변화를 주지 못한다.

※

인사과장과 앉은 자리는 처음보다는 편하게 느껴졌다. 순영이 결정하고 나니 한결 마음이 가벼워졌다. 그리 결정하기까지는 오빠의 충고가 결정적이었다. 잠재적 불안장애는 사고가 일어난 곳에서 멀리 떨어져 있는 게 좋다고 했다. 미국서 공부하다 보면 그 일을 잊을 수 있을 테니 오는 게 좋을 거라 권했다. 엄마 아빠도 오빠의 말을 듣고는 그러라고 했다. 그 악몽을 잊을 수만 있다면 무슨 일이든 못하겠냐고 했다.

인사과장이 먼저 말문을 열었다.

"전에 대답을 미루면서 오빠 이야기를 했지요?" 알면서 묻는 의도가 무언지 알 수 없었다.

"네, 그렇습니다." 편하게 대답하면서 상대의 눈을 바라봤다. 무언가 말하려는 것을 뒤에 남겨두고 있다는 걸 느낄 수 있었다.

"그래, 어떻게 결정했어요?" 자신의 대답을 듣고 나면 더는 이야기를 이어갈 일이 없을 거다. 오빠한테 가기로 했다고 하면서 마지막 인사를 하려는 순영을 향해 잠깐이라는 손짓을 보냈다. 아직 할 말이 끝나지 않았다고 했다.

"괜찮은 제안을 하지요. 순영 씨한텐 도움이 될 거라 여겨지는데 생각해 보기 바랍니다." 그의 제안은 뜻밖이었다. 순영의 IT 공부를 회사에서 도와주겠다고 했다. 학비를 대어주겠다는 거다. 쉽게 말해 유학을 시켜주겠다는 제안이다. 공부를 마치고 귀국해 회사에서 근무해야 한다는 조건을 달기는 했지만 의외였다.

"생각할 시간을 드리겠습니다. 결심이 서면 대답을 주기 바랍니다." 그의 말처럼 도움이 되는 제안이었다. 회사에서 이런 제안을 하는 이유가 뭘까? 의문이 길게 줄을 이었다. 회사에서 자신을 이용할 가치가, 그럴만한 이유는 하나도 없다는 생각이 들었다. 굳이 따진다면 있기는 했다. 사회적인 주목을 받았던 사건이었던 만큼 그 피해자가 건강을 회복하고 회사에 복직하자 유학을 보내줬다. 언론의 주목을 받으며 회사의 이미지에 도움이 되는 건 확실한 일이긴 했다. 그런 생각을 하면서 자신을 향해 꾸짖었다. 회사의 선한 일을 옆으로 생각하려는 자신의 마음을 움켜잡았다. '순영아 정신 차려라. 너 왜 그러니? 알 수 없는 아가씨네….' 그리 달래면서도 마음이 어딘지 모르게 개운하지 않았다. 이유는 알 수 없었지만 억울한 어느 죽음으로 인해 자신에게 주어지는 스톡옵션이 아닌가? 회사 출입문을 열고 계단을 내려오면서 그런 생각이 들자 멀어져가던 미희의 창백한 얼굴이 떠올랐다.

이게 뭐야 이러면 안 되는데, 어쩌지, 어쩌지, 잠재적 유령 이미지가 또… 또…? 파랗던 하늘이 갑자기 붉게 물들어갔다.

해설

지금·여기를 향한 다섯 가지 질문
―박성규 『생각해 봤는데 너무하다 싶어』

장두영(문학평론가)

1. 들어가며

소설은 언제나 '지금·여기'를 비추는 가장 민감한 거울이다. 박성규의 소설집 『생각해 봤는데 너무하다 싶어』에서 각각 저마다의 결을 가진 다섯 편의 작품이 한자리에 묶인 것은 그 거울이 조금씩 다른 각도로 우리 사회를 비춰 주기를 바라서일 것이다. 정년퇴직을 앞둔 남성이 '안전지대'를 찾아 헤매는 여정, 와인의 풍미를 빌려 욕망과 관계의 '긴장감'을 탐색하는 이야기, 방송작가의 창작노동을 통해 젠더 권력의 민낯을 드러내는 고발, 굿 의례와 귀향 서사를 겹쳐 과거와 현재를 화해시키는 작법, 그리고 유령의 시선으로 반복되는 참사의 구조를 고발하는 환상적 리얼리즘까지.

이 글은 다섯 작품이 건네는 다층적 질문들을 한 호흡으로 묶어 읽어 보려는 시도다. 노년과 청년, 도시와 바다, 현실과 환상, 개인의 상처와 집단의 트라우마가 교차하는 지점에서 우리는 결국 '지금·여기'라는 공통 분모를 확인하게 된다. 그 결을 조금 더 선명하게 더듬어 보기 위해 작품마다의 내적 구조와 감각을 세밀하게 들여다보고자 한다.

2. 안전지대를 찾는 모험의 길

「안전지대」는 정년퇴직을 앞둔 서술자인 '나'의 하루 이동 경로를 따라간다. 안전지대를 찾아 헤매는 '나'는 고향으로 귀환하는 모험의 여정을 지속하는 오디세우스를 닮았다. 그동안 회사라는 울타리 안에 머물던 탓인가, 회사 바깥 도시의 곳곳을 돌아다니는 '나'의 앞에는 새로운 것들이 속속 펼쳐진다. 그리고 '나'는 자신이 마주한 새로움에 대해 면밀히 관찰하고 다양한 각도에서 들여다본다. 그 결과 '나'의 시선을 통해 펼쳐지는 소설의 서술은 우리가 살고 있는 오늘날의 모습을 하나씩 스케치하게 된다.

이처럼 「안전지대」는 우리가 평소에는 미처 알아차리지 못했던 다양한 경계와 틈을 하나씩 소설의 문장으로 담아내는 방식의 작품이다.

거리를 돌아다니던 '나'는 서점으로 들어선다. "지금껏 알고 있는 서점 모습과는 다른, 익숙지 않은 모습"의 서점, 소위 독립서점이라는 곳이다. 처음 와서 어리둥절하게 둘러보는 '나'를 박대하지 않는 곳, 차를 마시면서 책을 볼 수 있는 곳, 세계여행을 하며 쓴 기행문을 읽는 시간, 커피 맛이 아쉽게 느껴지기도 하지만, 커피를 마시면서 책을 읽으니, 카페에서 맛보았던 불안에서 벗어날 수 있었다. 잠시 느긋하고 기분 좋은 시간을 보낼 수 있었고 그곳이 안전지대일지 모른다는 기대도 갖게 된다.

하지만 그러한 평온함과 안락함은 그리 오래가지 않았다. 출입문이 조심성 없이 열리며 여중생쯤 되어 보이는 학생들이 밀어닥쳤기 때문이다. 소란스러운 학생들로 인해 독립서점의 평화는 순식간에 깨진다. "학생들이 들어오면서 책을 보던 몇 사람은 자리를 비웠고 주위는 자신뿐이었다. 안전지대가 사라지고 금세 불확실한 곳으로 변했다." 안전지대에서 위험지대로 순식간에 돌변하는 순간이다. 사실 주인공 '나'가 서 있는 곳은 늘 이런 식이다.

안전지대와 위험지대의 경계, 그동안 회사 생활에 너무 충실했던 탓인지 회사 밖의 세계는 "톰슨가젤이 어쩌다 사막에 오게 된 꼴이었다."

소설은 안전지대를 찾아 돌아다니는 '나'의 발걸음에서 고령사회 한국이 마주한 세대 분리의 공간화 현상을 날카롭게 포착한다. 이 작품에서 가장 눈길을 끄는 장면은 주인공 '나'가 프랜차이즈 카페 유리창에 붙은 "경로증을 소지한 분은 출입을 금합니다"라는 경고문을 목격하게 되는 것이다. 이는 'No Kids Zone'을 넘어 'No Senior Zone'으로 확장된 한국식 출입 통제 담론의 극단적 형태로, 노년층을 잠재적 불청객으로 규정하는 자본 친화적 공간 논리를 적나라하게 드러낸다.

언제부턴가 자신의 주위에 'No Senior Zone'이라는 보이지 않는 경계선이 쳐졌다. 휴전선처럼 보이는 것도 아니어서 멋모르고 발을 디뎠다간 부비트랩을 밟게 된다. 지뢰처럼 매설된 곳이 곳곳에 있다. 그곳엔 '위험'이라는 경고판도 붙어있지 않았다. 눈치가 어두운 이들은 지뢰를 밟을 여지가 충분했다. 자신의 나이를 잊고 아무 데나 들어가다 보면 매설된 부비트랩을 밟아 상처를 입을 거다. 그 상처는 다리가 잘리고 팔이 부러지는 게 아니라 마음이 폭발하는 중상을 입게 된다. 회복이 거의 불가능한 상처다. 강의에서 들은 '안전지대'가 다시 떠올랐다. 그래 딱 한 곳이 있기는 하다. 이제 그 유일한 안전지대로 가야 한다.

'나'가 경험하는 공간적 배제는 단순한 불편함을 넘어 존재론적 위기로 이어진다. 'No Senior Zone'이 당사자에게는 일종의 부비트랩, 폭발물과 같이 여겨진다는 것은 자못 충격적이다. 경계선을 넘으면 마음이 폭발하는 중상을 입는다는 것, 그리고 그러한 상처는 회복이 거의 불가능하다는 것이다. 그러한 경계선이 곳곳에 쳐져 있다는 사실을 깨닫는 순간 위험이 상존하고 있다는 불안이 시작되고, 주체는 점점 위축되고 소외되기만 한다. 나이가 곧 사회적 유용성의 지표가 되는 신자유주의적 공간 질서가 부리는 폭력에 다름 아니다. 이 대목은 젊은 층에 특화된 소비 공간들은 구매력과 체류 시간을 최우선 가치로 삼으며, 경제적 효용이 낮다고 여겨지는 노년층을 체계적으로 배제하는 오늘날의 상황을 예리하게 포착한다.

작품에서 반복적으로 언급되는 AI나 IT에 관한 서술에서도 세대 갈등의 요소를 확인할 수 있다. "어려운 일을 척척 해결해 주는 AI"와 달리 "사람 다루는 일은 여전히 전에 방식"이라는 대목을 보면, 기술의 진보가 인간 소외를 해소하지 못한다는 역설을 드러낸다. 디지털 전환으로 인해 노동 현장은 더 '젊은 속도'에 맞춰지고, '나'는 그 속도에서 밀려나며 '안전지대' 상실을 체감한다. 이처럼 세대 갈등의 근본 원인 중 하나로 기술·자본 복합체가 지목되는 지점이 돋보인다.

작품은 뚜렷한 사건 없이 공간 전이형 로드무비 구성으로 진행된다. '회사→카페→서점→지하철→집'으로 이어지는 동선은, 안전지대를 찾으려다 끝내 "집"이라는 최소 단위로 회귀하는 원형적 궤도를 그린다. 문체는 독백에 가까운 1인칭 서술이며, 은근히 유머러스한 이름(이조원·김만년)을 통해 시스템적 폭력의 부조리를 풍자한다. 긴 호흡의 문장, 생활어·비유·회상을 교차시키는 방식은 정년퇴직을 얼마 남겨놓지 않은 장년 남성의 뒤엉킨 생각을 리얼하게 재현한다. 이로써 독자는 인물의 조급함·분노·허탈을 심리적 체험으로 공유하게 된다.

덩그러니 거실에 혼자 있으니 찾아드는 적막감을 좇으려 옆에 있는 텔레비전 리모컨을 들다가 '아차, 조용히 해야지… 또 잊을 뻔했네'하며 내려놓았다. 그러면서 여기도 정말 안전지대인가 하는 의문이 들었다. 요즘 들어 Safe Zone이 어딘지 분간이 잘되지 않는다.

작품의 결말을 보면 안전지대를 찾는 '나'의 소망은 요원해 보인다. 유일한 안전지대라 믿었던 집에서도 아내의 눈치를 보아야 하기 때문에 편안하고 자유로운 휴식을 맛볼 수 없다. 안전지대가 어딘지 분간이 잘되지 않는 아이러니한 상태, 정년퇴직을 앞둔 장년의 눈에 비친 오늘날 우리 사회의 세태이며, 점점 좁아지는 존재론적 입지에 대한 적확한 포착이 아닐 수 없다.

3. 취향에 관한 탐구

「바람의 시간」은 소믈리에, 와인 동호회, 미술 전시라는 전문적 취향의 영역을 전면에 내세우는 작품이다. 아마도 작가는 이런 소재를 작품 속에서 다루기 위해 제법 깊이 파고들어 공부했을 것 같다. 작품 속에 나오는 묘사는 여간해서는 쉽게 도달할 수 없는 수준, 어느 정도 그 분야에 과감히 한 발 담갔을 때 가능한 수준이 아닐까 싶다.

작품은 주인공 은영이 레스토랑에서 와인을 고르다 난감해하는 장면으로 소믈리에 현우를 첫 소개한다. "이 친구 소믈리에입니다"라는 옆자리의 짧은 소개 뒤, 현우는 와인 맛의 '긴장감'을 설명하며 자연스레 전문용어를 생활어로 풀어낸다. 기술적 지식을 주입하기보다 대화 속 "자극보다는 은은함을 유지한다"는 감각적 비유를 앞세워, 독자는 소믈리에의 언어를 맛보듯 들을 수 있다. 여기서 테이스팅 노트는 캐릭터의 윤곽을 그려 주는 인물화 도구이자, "긴장감이 희석되는 순간 사랑도 옅어진다"라고 하여 앞으로 두 사람의 관계에 대한 복선으로도 작동한다.

현우가 이끄는 와인 프로그램에 들어서면, 독자는 본격적인 동호회 생태를 목격한다. 강의가 가라앉을 때 동철이 "표현이 떠오르지 않네"라며 머쓱해하는 모습은 초심자의 시선을 대변하고, 이를 통해 난해한 테이스팅 서사를 유머로 완충한다. 또 여성 회원 나리·지윤의 잔을 나누는 짝꿍의 묘사는 문화자본 경연장이기 쉬운 와인 클럽을 소소한 사람 구경의 장으로 환기한다. 이처럼 와인 동호회에 가본 적이 없는 독자에게는 새로운 호기심을 충족시킬 수 있는 흥미로운 간접 경험이 된다.

물론 설명이 다소 과하다는 생각이 없지는 않다. 소믈리에, 와인 동호회, 미술 전시와 같은 고급 취향의 소재들을 한꺼번에 모아놓고 있기 때문에 생기는 불가피한 현상이라 할 수 있다. 자칫 소설적인 느낌보다는 다큐적인 성격이 지나치게 강해질 수 있다는 말로 바꿀 수도 있다. 그러나 이에 대해 작가는 주인공 은영이 사랑을 예감하고 사랑에 빠졌다가 사랑에 배반당하는 일련의 서사를 내걸어서 소설적 흥미를 살리고 있다. 앞서 짚어보았던 「안전지대」의 주인공과는 성별은 물론 세대, 직업, 감수성 등 여러 면에서 판이하게 다른 은영이라는 인물을 설정하고 있다는 점에서 다양한 시도를 하는 작가의 노력이 돋보이는 지점이기도 하다.

  멈춰 있는 바람은 없다. 빈자리에는 새로운 바람이 불어올 거다. 뭔지는 모르지만, 가슴이 설레었다. 설레임은 희망일 수도 있다. 미소를 짓는 거울 속 여자에 윙크를 보냈다. 오늘 함께 할 그들에게 선물도 가져가야 할 것 같았다.
  '어떤 와인을 가져갈까?' 진열장에 있는 와인병을 둘러봤다. 회원전을 끝내고 선물로 받은 게 남아있었다. 보내준 이들의 얼굴이 떠올랐다. 보라가 포스트잇에 남긴 글이 눈에 들어왔다. '이 와인 풀바디야. 뭐든 오래 가라고, 파이팅이다… 보라가.' 자신을 이해해주는 고마운 친구, 그 병을 집어 들었다. '그래 오래 가야지…'

집을 나서며 은영은 스카프를 목에 둘렀다. 바람이 볼을 스치고 지나갔다. 발걸음이 빨라졌다. 새로운 누군가의 미소를 기대하며… 그래, 다시 하는 거야. 삶은 계속 돼야 하니까.

「바람의 시간」의 결말은 이번 소설집에 수록된 여러 작품의 결말 중에서 가장 신선하고 상큼한 느낌을 준다. 새로운 사랑에 대한 기대가 한껏 부풀어 오른 은영의 심리 묘사가 그러하고, 새로운 바람이 불어오면서 새로운 삶의 페이지가 펼쳐질 것이라는 기대감이 그러하다. 또한 '풀바디'라면서 제법 오래 갈 것만 같은 긍정적 미래에 대한 암시가 그러하다. 세련된 취향에 관한 탐구로 이루어졌던 소설을 끝맺는 방식으로 제법 잘 어울리는 결말부라고 할만하다.

4. 창작노동과 젠더 권력의 교차점

「만루홈런」은 여성 방송작가의 퇴사와 재도전을 중심으로, 플랫폼 자본주의 시대 창작노동의 불안정성과 미디어 업계 내 젠더 권력 구조를 예리하게 분석한다. 주인공 박주희가 몸담았던 방송국은 콘텐츠 제작의 현장으로 국장-PD-작가-서브 작가로 이어지는 위계질서는 오직 프로그램 성공률이라는 수치로만 인간을 평가한다. 이는 오늘날 플랫폼 자본주의가 요구하는 실시간 성과 지표의 대표적인 예시로 창작이 재능과 열정의 결과가 아니라 계약직과 프리랜서 노동으로 환원되는 현실을 그려낸다.

주희가 '칼'과 '쇠뭉치'로 표현된 폭력적 피드백 혹은 잔소리에 시달리는 장면은 창작노동자의 시달림과 고통을 잘 보여준다. 여기서 작가가 포착하는 것은 단순한 업무 스트레스가 아니라, 창작자의 인격과 작품이 분리되지 않은 상황에서 작품에 대한 공격이 존재 자체에 대한 공격으로 이어지는 구조적인 억압이다.

이 작품에서 가장 강렬한 사회적 고발은 성별 권력 불균형에 관한 것이다. 국장이 박주희 박 작가를 '방 작가'라고 잘못 부르며 상대방을 무시해버리고, 술자리를 미끼로 썸 타자고 제안하는 장면은 우리 사회 여러 종류의 조직에서 빈번히 보고되는 권력형 성희롱의 전형적인 사례이다. 잘못된 호명은 곧 정체성 말소이고, 음흉한 제안은 성적 거래의 암묵적 강요다. 이는 창작 현장에서 여성들이 전문성을 인정받기 이전에 성적 대상으로 먼저 인식되는 현실을 적나라하게 드러낸다.

주목할 만한 것은 작품 속 여성 인물들이 국장에게 카운터펀치를 날린다는 것이다. 주희는 정면으로 불의에 맞서 싸우고 시원하게 퇴사하고, 나혜는 퇴사 후 돗자리 깔 정도로 세상을 배운 뒤 국장을 물먹일 역습을 준비하고, 보라는 정면 돌파 대신 능력을 인정받아 승진에 이른다. 특히 작품 후반부에서 주희, 보라, 나혜가 국장의 함정을 데드 타임 전술로 무력화하는 장면은 핍박받는 처지에 놓인 이들의 연대 가능성을 시사한다. 물론 이 연대는 정서적 위로가 아닌 현실적 이해득실의 계산 위에서 성립한다. 보라는 승진이 급하고, 나혜는 복직을 지렛대로 개인의 복수를 완수하는 것이다. 작가는 이를 통해 협력은 곧 이타주의를 기반으로 한다라는 평범한 도식화를 거부하고, 연대 역시 저마다의 절실함과 필요에 의해 이루어지는 행위임을 암시한다.

"언니, 살아보니 세상 바람이 너무 험하더라. 나도 정신 차리고 살아보려고… 응원해 줘…"

"그래 힘내…"

그 험한 바람은 거기서도 분단다… 그런데 개떡 같은 이 기분은 뭐지? 만루 홈런에 열광하는 관중들이 어른거렸다. 투수는 보이지 않았다. 자신이 날려야 할 홈런을 예상치 못한 곳에서 먼저 날린 것 같았다. 누구지…? 씁쓸해지면서 어디선가 은근한 미소를 지을 인물이 희미하게 떠올랐다.

'만루홈런'이라는 제목이 암시하는 통쾌한 한 방의 기대는 결국 불발로 끝난다. 주희는 문학상 발표를 기다리며 휴대폰 벨 소리에 과민 반응하지만, 기다리는 수상 소식은 들려오지 않는다. 시원하게 국장을 물먹이면서 쌓였던 울분을 털어버리면서도 다시 복직되어 자기가 원하는 일을 하는 나혜의 연락을 받으면서 왠지 자신이 날려야 할 통쾌한 한 방을 빼앗긴 것 같은 기분마저 느낀다. 이 소설이 단순한 복수의 성공으로 끝났더라면 그 자체로 만루홈런은 완결되었을 것이다. 하지만 홈런이 불발로 끝났다는 것은 복수의 성공 여부와 상관없이 불합리한 억압과 폭력적인 시달림이 앞으로도 상당 기간 계속될 것임을 암시한다. 그러한 부정적인 현실은 어느 한 개인의 문제가 아니라 우리 사회의 구조적인 문제와 연결된 것이라는 사실을 강조하는 셈이다.

5. 과거와의 만남

「해신당」은 굿 의례에 관한 서사와 과거 기억 속 그리운 인물에 관한 서사를 유기적으로 결합시킨 작품이다. 부정굿-용왕제-넋맞이-송신굿으로 이어지는 순차적 단계는 죄책-애도-해원으로 나아가는 화자의 내면 호흡과 정교하게 병행되며, 의례적 시간과 서사적 시간이 하나로 수렴되는 지점에서 독특한 문학적 효과를 창출한다. 이러한 굿의 단계는 오롯하게 경호 형의 넋을 위로하고 자신의 과거와 화해하는 하나의 정신적 치유의 과정이 된다.

굿판의 의례성은 단순한 민속적 배경이 아니라 플롯의 나침반 역할을 한다. 송신 단계에서 저승으로 떠나는 혼백과 실종자를 떠나보내는 '나'의 이미지가 겹쳐지며 의례와 심리의 평행구조가 완성되는 장면은 특히 인상적이다. 관객, 관광객, 무속 주체들이 뒤엉킨 굿판의 장관은 산 자와 죽은 자, 과거와 현재가 한데 뒤엉키는 제의적 시간을 창출하며, 독자는 이 시간 속에서 일상적 논리를 벗어난 심층적 체험을 하게 된다. 소설을 읽는 시간 자체가 일상에서 벗어나 허구적 세계를 간접 경험하는 시간이라고 할 때, 이 작품에서는 그 체험의 시간을 굿의 과정을 통해 구축하고 있다는 말이기도 하다.

바다는 이 소설에서 생명과 파국을 동시에 품은 곳이며 노동과 죽음을 잇는 거대한 추로 기능한다. 어부들이 만선을 기대하며 그물을 던지고 잡은 고기로 어촌은 잠시 흥청거리기도 하지만, 예상치 못한 돌풍 한 번이면 배가 순식간에 전복되고 시신조차 찾지 못하는 참담한 죽음이 찾아온다. 근대적인 산업화 이전부터 수천수만 년 동안 이어져 오던 어부들의 노동과 죽음이 펼쳐지던 공간으로서의 바다는 운명에 전적으로 종속된 인간의 비극성을 동시에 환기하는 문학적 장치가 된다.

이런 바다로 '나'를 초대한 것이 바로 굿 의례이다. 어촌의 풍어를 기원하고, 무사고를 기원하는 굿이 올해도 열렸고, '나'는 고향으로 돌아가 어린 시절 고향 친구 해수와 만나고 굿을 구경한다. 한 이 작품에서 과거로의 여행을 촉발하는 매개물이 '굿'이라는 전통적인 신앙 의례라는 설정은 과거로의 여행의 의미를 지닌다. 도시에 살고 있는 '나'에게 오랜만의 귀향은 현재의 시간성에서 벗어나 과거의 시간성을 여행하는 일이기도 한 것이다. 그 결과 마치 김승옥의 「무진기행」처럼 고향으로 돌아온 '나'는 과거의 기억을 헤아리며 잠시 잊고 있었던 진한 감정을 느끼게 된다.

경호 형을 만난 건 중학생 때였다. 그와 처음 마주했을 때 아저씨라고 불렀더니 내가 그렇게 나이가 들어 보이냐며 형이라고 부르라 했다. 처음에는 형이란 말이 어색했었다. 시간이 지나 가까워지면서 형이라고 부르는 게 친근했고 편한 느낌이 들었다.

처음 그를 만났을 때 어딘가 분위기가 다르다는 느낌이 들기는 했었다. 큼직한 가방을 메고 대문을 들어서는 모습이 고기만 잡는 뱃사람으로는 보이지 않았다. 얼굴도 검게 타지 않은 데다 뱃사람의 우락부락한 거친 모습이 아니었다. 자신과 마주친 눈동자가 따뜻하게 느껴졌었다. 저런 사람이 고기를 잡을 수 있을까? 하는 생각이 들었다. 단순히 고기 잡는 어부는 아닌 것 같다고 여겨졌다. 처음의 예감이 얼추 맞기는 했지만, 대학생일 거라는 생각은 하지 못했었다. 어쨌든 나도 사람 보는 눈은 있다는 생각이 들면서 언제 시간이 될 때 그와 이야기를 나눠보기로 마음먹었다. 그에 대해 궁금함과 큰 도시의 새로운 소식을 듣고 싶기도 했다.

경호 형이라는 인물은 이 작품에서 가장 복합적인 의미를 지닌다. 대학생이면서 학비를 마련하기 위해 고기잡이배를 탄다는 사실을 어린 '나'는 의아하게 생각했다. 대학생이라면 도시적 이미지, 지적 이미지의 표상이었고 평소 보았던 어부들은 작은 시골 어촌의 땀 냄새와 비린내 섞인 육체적 이미지로 대표되었기 때문이다. 영어 원서를 탐독하고 소설 습작에 매달렸으며 마주친 눈동자가 따뜻하게 느껴지던 경호 형은 어린 '나'에게 큰 도시의 상상력을 북돋아 주는 존재였다. 경호 형의 권유로 '나'가 집을 떠나 유학길에 오르게 되었으니 도시의 이미지는 분명히 확인된다. 그러나 정신노동과 육체노동의 간극에 끼어 있는 경호 형의 존재는 도시가 아닌 바다와 시골 어촌을 지향하며 서 있다. 표면적으로는 등록금 마련이 주된 이유이지만 좀 더 깊이 들여다보면 사랑했던 여인과의 이별이라는 심리적 상처가 그를 바다로 이끌었다고 볼 수 있다.

도시와 바다의 경계에 끼어 있는 또 다른 존재가 바로 '나'이다. 현재 도시에서 살고 있는 '나'이지만 고향은 바다이고, 지금 굿을 보기 위해 바다로 찾아왔다. 과거의 고향과 현재의 도시 사이를 오가면서 살아야 하는 '나'라는 존재에게 풍랑에 휩쓸려간 대학생 소설가는 그 이루지 못한 꿈을 '나'가 대신 떠맡아야 하는 일종의 부채 의식처럼 남았다. 어떻게 보면 경호 형에 대한 부채 의식이 진정한 여행의 계기인지도 모른다.

작품의 메타픽션적 전략 또한 눈길을 끈다. 작품 속에서는 『노인과 바다』, 『모비딕』 같은 해양 서사를 세밀하게 호출하며 전개된다. 여기에는 경호 형이 쓴 소설 「해당화」와 「무역풍」도 포함됨은 물론이다. 주인공이 경호의 미발표 원고를 읽고 재해석하는 행위는 '현실', '텍스트', '텍스트 속 텍스트'를 톱니처럼 결합시켜 독자에게도 읽기의 과정 곧 하나의 굿판 구경에 참여하게 만드는 초대장이 된다. 경호 형의 작품을 읽으면서 이미 죽은 자인 경호 형은 현재화되고, 이렇게 호출된 경호 형과 '나'의 만남은 일종의 강신술을 펼친 무당이 벌이는 굿판이랑 다를 바 없게 된다. 곧 '나'가 경호 형의 문장을 낭독하며 자신의 기억과 교직할 때, 작품은 한 발 물러나 '해신당'이라는 자기 서사의 경계를 드러내고, 이야기하기라는 행위 자체를 주술적 의례로 승격시키는 셈이다.

"경호 형 어디 있어… 어디로 간 가야?" 부채 접는 소리가 파도 소리 같다는 생각이 들었다. 모습을 감춘 경호 형을 오라고 손을 흔들었다. 손이 어딘가에 부딪히는 바람에 놀라 눈을 떴다. 햇살은 창에 여진히 비치고 풍경은 바람이 지나듯 흘러가고 있었다.

왠지 이제는 경호 형 생각을 하지 않아도 될 것 같은 느낌이 들었다. '무역풍' 소설의 쓰이지 않은 이야기가 궁금해졌다. 경호 형은 어떻게 마무리하려 했을까? '해당화'와 '무역풍'의 주인공은 아무 관계가 없는 걸까? 경호 형의 마음이 담긴 그 돈을 받을 여인은 누구일까? '무역풍'의 무명의 여인과 '해당화'의 연희 말고 제3의 여인이 또 있는 걸까? 꼬리를 잇는 의문이 창밖을 스치는 풍경과 함께 길게 남겨졌다.

소설의 결말에서 '나'는 이제 경호 형 생각을 하지 않아도 될 것 같은 느낌을 갖는다. 이것을 보면 억울하게 죽은 넋을 위로하는 해신당의 굿은 성공적이었던 것 같고, 도시에서 내려와 과거로 여행했던 '나'의 발걸음도 무거운 부채 의식을 다소간 해소하는 데 성공한 것 같다. 이렇게 본다면 이 소설은 '경호 형 제사 지내기'에 다름없다. 먼저 떠나간 이를 기억하고, 남겨진 이는 다시 삶의 현장 속에서 충실히 삶을 영위하기 위한 의례의 목적은 충분히 달성된 것이다.

6. 집단 기억과 구조적 폭력의 가시화

「기억의 실루엣」은 2022년 10월 이태원 압사 참사를 모티프로 삼아, 현실적 접근 대신 유령 시점이라는 독특한 서사 전략을 통해 참사의 비가시적 층위를 조명한다. 육신과 분리된 피해자들이 병원 복도를 떠도는 광경은 단순한 환상이 아니라, 국가 시스템의 구조적 방치와 사회적 무관심으로 인해 사회적 죽음을 당한 이들의 존재 방식을 은유한다. 독자는 그 유령들의 시선을 따라 뜨거운 비명과 얼어붙은 행정 사이의 간극을 생생히 목격하게 된다.

작품이 가장 신랄하게 고발하는 것은 참사를 키운 구조적 방치의 메커니즘이다. 소설 속 경찰청 상황실은 신고가 쇄도하는 동안 양치기 소년 취급으로 전화를 끊고, 보고라인을 따라 위로만 책임을 전가한다. 경무관-경감-경사로 이어지는 계급 구조는 윗선의 승진 계산법에 매몰되어 책임의 무게를 기계처럼 전가하며, 3시간의 지연이 쌓이는 동안 거리의 '검은 파도'는 결국 군중들을 짓누르게 되었다. 이는 단순한 무능이 아니라 생명보다 서류와 계급(혹은 승진)을 우선시하는 행정 시스템의 내재적 모순을 드러낸다.

고발의 시선은 이내 도시 자본의 탐욕으로 이동한다. 살롱 에브리싱과 강 사장, 방송국 김 부장으로 이어지는 야간경제의 삼각구도는 값비싼 와인, 텐프로 여성, 미디어 권력이 뒤엉킨 욕망의 소비 공간을 형성한다. 서로의 이익을 위해 서로를 욕망하는 무한한 욕망의 악순환이 생생히 그려진다. 작품은 이 클럽카르텔을 통해 이태원이 단순 유흥지가 아니라 관광, 부동산, 연예 산업이 결합한 복합 상품이었음을 폭로한다. 욕망을 소비할수록 안전장치가 약화되는 역설적 메커니즘 속에서 군중은 그 상품의 부가가치를 위한 도구로 전락하고, 참사는 예정된 부작용처럼 터져버린다.

유령이 된 순영과 미희가 병실을 부유하며 만나는 또 다른 원혼들은 각기 다른 재난의 희생자들로 설정되어 있다. 물에 젖은 아이들, 붕괴 현장에서 숯처럼 그을린 여성들, 거리를 가득 메운 호박 가면 군중과 검게 그을리고, 물에 젖은 영혼은 이태원 참사, 집창촌 화재사고, 세월호 참사의 희생자들을 가리킨다. 이질적 재난을 한 병동에 겹쳐 놓음으로써 작품은 참사가 반복되는 한국 사회의 구조적 문제점을 날카롭게 비판한다. 사회가 사고 원인을 개인 부주의로 돌릴 때 피해자 집단은 하나의 장례식장에 갇히고, 병원은 체념과 분노가 층층이 쌓인 거대한 공동묘지로 변한다.

이 작품이 겨누는 대상은 '망각의 정치'다. 반복되는 참사는 쉽게 변하지 않는 관료적이며 불합리한 사회 구조와 긴밀히 연결되어 있고, 도시 자본의 탐욕의 결과이기도 하다. 사회의 기득권은 희생자들을 향해 개인적인 일탈의 결과로 희생되었다고 비난하며, 정작 사건의 핵심은 은폐하기에 급급하고, 사람들이 빨리 잊게 하기 위해 더 자극적인 뉴스와 찌라시를 뿌리며 관심을 돌린다. 이에 이 작품은 희생자들을 기억해야 한다고 강조한다. 또 왜 사고가 일어났는지 관심을 가져야 한다고 강조한다. 잊어서는 안 되는 것을 결코 잊지 말아야 한다는 '기억의 윤리'를 선명히 내걸고 있는 것이다.

7. 나가며

　다섯 편의 이야기는 서로 다른 소재와 장르적 장치를 취하고 있지만, 결국 하나의 질문으로 수렴된다. "우리는 어디에서, 어떻게 서로에게 닿고 있는가." 'No Senior Zone'의 차가운 유리문 앞에서, 와인 잔 속에 각자 다른 향을 맡으며, 폭력적인 국장의 시선 아래에서, 굿판의 북소리와 파도 소리가 겹치는 해변에서, 그리고 병원 복도의 적막을 떠도는 유령의 눈길 안에서 작품들은 우리가 짐짓 외면해 온 사회적·정신적 경계들을 거울처럼 비춰준다. 또 그 경계가 결코 고정 불변이 아님을 타인의 서사를 깊이 읽고 기억할 때마다 조금씩 밀려나고 흔들릴 수 있음을 보여준다.

　이제 남은 과제는 이 작품들이 비춘 거울을 우리 각자의 삶 속에서 들여다보는 일이다. '생각해 봤는데 너무하다 싶'은 일들, 곧 소설 속 인물들이 맞닥뜨린 단절과 충돌이 우리 사회가 아직 해결하지 못한 과제들의 축소판이라 한다면, 작가는 독자들에게 '너무한 것'을 정상적으로 돌릴 방법이 무엇일지 생각해 보라고 권유하는 듯하다.

계속해서 안전지대를 찾기 위해 걸어가라고, 비록 만루홈런을 치지 못했어도 계속 걸어가라고, 때로는 과거를 돌아보고, 잊지 말아야 할 것을 결코 잊지 말라고 독자들에게 권유하는 듯하다.

작가의 말

작가는 작품을 통해 삶에 대해 묻는다.

가슴에 일렁이는-사랑, 이별, 아픔, 슬픔…. 죽음-대해 어쩌란 말이냐고.

그에 대한 답은 작가의 몫이지만 독자의 몫이기도 하다. 답이 너무 많아 얻기는 어려우리라 본다. 모든 게 답일 수도, 아닐 수도 있으니….

그럼에도 물음-창작-을 이어가는 건 문학의 특성 때문일 거다. 문학이라는 영지의 영주는 자신의 신민에게 늘 새로운-창의성-것을 요구한다. 그러기에 신민은 창작의 수레바퀴를 돌리는 일을 시시포스처럼 해야 한다.

소설집 제목이 다소 엉뚱하다 싶다. 발표작품에도 없는 제목이기도 하여. 제목은 전제작품을 집약하는 이미지이기에 그러하다. 우리 일상에 '너무하다 싶어'지는 일도 많으니까.

 무속신앙인 굿은 민속예술로 승화해 우리 곁을 지키고 있다. 유네스코 세계문화유산으로 지정된 강릉 단오제는 굿이 그 중심에 있다. 굿이 차지하는 비중이 그만큼 크기 때문이다.
 바다가 삶의 터전이었던 포구에는 바다신을 모시는 해신당이 있다. 해난사고가 나지 않게 용왕께 치성드리는 (또는 사고로 숨진 영혼을 위로하려) 굿당이다. 그런 굿마당서 접신하듯 무녀들과 만남이 있었다. 믿음이야 어떻든 신과 인간의 경계를 넘나드는 그녀들 세계의 언저리에 가보려고 한 사내의 아픈 서사를 동봉한 작품이 「해신당」이다. 멀쩡한—신기가 없는—작가가 신의 세계에 더 가까이 다가가는 건 허락되지 않았다. 하여 변죽만 만져 본 것 같다.
 삶이 이뤄지는—사회라는—곳에서 일어나는 일—사건,

사고-에는 원인이 있다. 그 원인이 파도가 되려면 에너지가 필요하다. 발생하는 모든 일은 독립적일 수 없다. 복잡한 얽힘이 엉켜있다. 보이지 않는 그런 얽힘에 숨겨진 검은 에너지의 실체를 그려보려 한 작품이「기억의 실루엣」이다. 벌어진 삶의 틈새를 다 메우지 못한 게 아쉬움으로 남는다. 단편 3편은 삶의 곁을 떠나지 않는 소소한 애증의 일상이다.

글을 쓰다 보면 이야기가 담길 그릇이 정해진다. 그리되는 건 글을 쓰는 작가라기보다는 이야기 자체인 것 같다. 음식에 따라 담길 그릇의 모양과 크기가 다르듯이 이야기도 그렇다. 이만큼은 되어야 한다며 쓰는 사람을 부린다. 사람도 각자의 자리가 있듯이 이야기도 내용에 따라 담길 그릇이 다르다.

담은 그릇이 어울리지 않아 개작한 작품이 있다.

「기억의 실루엣」은 『월간문학』(2023. 11월)에 「검은 파도」로(단편) 발표했던 것인데 퍼즐이 듬성해 중편으로 모양을 맞추려 했다. 「안전지대」는 『인간과 문학』(2023. 겨울호)에 짧은 소설로 발표한 작품인데 남겨진 이야기를 넣어 아귀를 맞췄다. 「만루 홈런」은 『문학나무』(2024. 가을호)에 발표한 작품을 온전히 실었고 그 외는 미발표작이다.

2025. 초록이 눈부신 어느 날 박성규

생각해 봤는데 너무하다 싶어

초판 1쇄 인쇄 2025년 6월 7일
초판 1쇄 발행 2025년 6월 10일
저　자 박성규
발행인 박지연
발행처 도서출판 도화
등　록 2013년 11월 19일 제2013-000124호
주　소 서울시 송파구 중대로34길 9-3
전　화 02) 3012-1030
팩　스 02) 3012-1031
전자우편 dohwa1030@daum.net
인　쇄 (주)유진보라
ISBN 979-11-92828-88-6 *03810
정가 17,000원

잘못 만들어진 책은 교환해 드립니다.
저자와 출판사의 허락 없이 책의 전부 또는 일부 내용을 사용할 수 없습니다.

도화道化, fool는
고정적인 질서에 대한 익살맞은 비판자,
고정화된 사고의 틀을 해체한다는 뜻입니다.